U0010879

聊齋志異
原著／蒲松齡
編撰／曾珮琦
繪圖／尤淑瑜
好讀出版

讀鬼狐精怪故事 讀懂蒲松齡用心

文／曾珮琦

談到《聊齋志異》這部小說（共四百九十一篇故事），給人的印象大多是講述些鬼狐精怪故事，歷來更有不少故事被改編成影視作品（且風行不輟、改編不斷）——其中最膾炙人口的是〈聶小倩〉，講述書生與女鬼之間的戀愛故事；〈畫皮〉也被改編爲電影，然原本故事僅講述女鬼變化成美女迷惑男子，裡面並無愛情成分。無論是人鬼戀，抑或鬼怪迷惑男子的故事，《聊齋志異》的作者蒲松齡，於屢次科舉失意後日益醉心蒐羅並撰寫鬼狐精怪、奇聞「異」事，其眞正用意不只是談狐說鬼，而想藉由這些故事諷刺當時官僚的腐敗、揭露科舉制度的弊病，反映出社會現實。

書裡收錄的各短篇故事，均爲奇聞異事，情節有趣、奇妙且精彩，不僅滿足讀者一窺天底下新鮮事的好奇心，還寓有教化世人、懲惡揚善的意涵，這也是這部古典文言文小說能從清朝流傳至今逾三百年的原因。當我們隨著蒲松齡的筆鋒遊覽神鬼妖狐的世界時，或可一邊思考故事背後隱含的思想，這些思想，很可能才是作者眞正想透過故事傳達的。

不過，《聊齋志異》中除了宣揚教化、諷刺世俗的故事，確實不乏浪漫純眞的愛情故事，如〈小翠〉、〈青鳳〉、〈聶小倩〉等均歌頌了人狐戀，意寓眞摯的愛情本質並不爲人狐之間的界限所侷限，此等故事相當感人。

《聊齋志異》第一位知音——清初詩壇領袖王士禎

至於蒲松齡的寫作素材來自哪裡？他是將聽聞來的鄉野怪譚予以編撰、整理，亦有各地同好提供故事題材。他蒐羅故事的經過，傳說是在路邊設一個茶棚，免費提供茶水給過路旅客，條件是要講一個故事。明末清初，蒲松齡的家鄉山東慘遭兵禍，當時屍橫遍野，於是流傳了許多鬼怪傳說，由此成了他寫作的題材。

《聊齋志異》這部小說在當時即聲名大噪，知名文人王士禎對此書更是大力推崇。王士禎（一六三四～一七一一），小名豫孫，字貽上，號阮亭，別號漁洋山人，人稱王漁洋，謚文簡。蒲松齡在四十八歲時結識了這位當時詩壇領袖，王士禎讀了《聊齋志異》後十分欣賞，為之題了一首詩：「姑妄言之姑聽之，豆棚瓜架雨如絲。料應厭作人間語，愛聽秋墳鬼唱時（詩）。」不僅如此，王士禎也為書中多篇故事做了評點，足見他對此書的喜愛，而其評點文字的藝術性之高，亦廣泛成為後代文人研究分析的主題。蒲松齡對此甚感榮幸，認為王士禎是真懂他，亦做了詩回贈：「志異書成共笑之，布袍蕭索鬢如絲。十年頗得黃州意，冷雨寒燈夜話時。」還將王士禎所做的評點，抄錄收進書中。

在介紹《聊齋志異》這部小說前，先來談談作者蒲松齡的生平經歷。他是個懷才不遇的文人，參加鄉試屢次落榜，於是一邊教書，一邊將精力放在編寫奇聞怪譚故事上。讀這部書，可發現蒲松齡實際上將自己的人生經歷與思想寄託在其中——例如〈葉生〉，便是講述一個於科舉考試屢屢名落孫山的讀書人，而後遇到一個欣賞他才華的知府。後來他病重，知府正好在此時罷官準備還鄉，想等葉生一起回去。葉生後來雖病死，魂魄卻跟隨知府一起返鄉，並教導知府的兒子讀書，知府的兒子一舉中榜，這全是葉生的功勞。以此故事對照蒲松齡的經歷來看，可發現他屢經落榜挫折時，也曾受到江蘇寶應知縣孫蕙〈字樹百〉的青睞，邀他前往擔任文書幕僚，也就是俗稱的「師爺」，兩人不僅是長官與下屬關係，更是知己好友；也正是在此時，蒲松齡看盡了官場黑暗，對那些貪官汙吏、地方權貴深惡痛絕。

在〈成仙〉中，地方權貴與官府勾結，將成生的好友周生誣陷下獄，還隨便編派罪名，要置他於死地；於是成生後來看破世情，出家修道。蒲松齡本人並未如主人翁成生那樣出家修道，反倒將心中的憤懣不平，藉著他手上那支文人的筆宣洩出來。足見，《聊齋志異》不僅寫鬼狐精怪、奇聞異事，更抒發了蒲松齡懷才不遇的苦悶。難怪他在〈聊齋自誌〉中要說「三閭氏感而為騷」，意即將自己比喻成屈原——屈原被楚懷王放逐後，才作了《離騷》；同樣的，蒲松齡也因失意於考場，才編著了《聊齋志異》。

《聊齋志異》的勸世思想——佛教、儒家、道家及道教兼有之

蒲松齡除了將自己人生經歷融入這些奇聞怪譚中，還不忘傳遞儒釋道三教的懲惡揚善思想。如〈畫壁〉，故事主人翁是一名朱姓舉人，和朋友偶然經過一間寺廟，進去參觀，看到牆上壁畫有位美女，心中頓時起了淫念，隨後進入畫中世界展開一段奇妙旅程。朱舉人在壁畫幻境中，與裡面的美女相好，但擔心被那裡的金甲武士發現，最後躲了起來。朱舉人心中非常恐懼害怕，最後經寺廟中的老和尚敲壁提醒，才總算從壁畫世界逃了出來，脫離險境。蒲松齡在故事末尾評論道：「人有淫心，是生褻境；人有褻心，是生怖境。」（人心中有淫思慾念，眼前所見就是如此；人有淫穢之心，故顯現恐怖景象。）

可見，是善是惡，皆來自人心一念，此種思想頗似佛教所謂的「一念三千」。「一念三千」是指，我們在日夜間所起的一念心，必屬十法界中之某一法界，與殺生等之瞋恚心相應的是地獄界，與貪欲相應的是餓鬼界。所以，顯現在我們眼前的是哪一個法界，源於我們心中起的是什麼樣的心念。〈畫壁〉一文，不僅蘊含了佛教哲理，苦口婆心勸戒世人莫做苟且之事，通篇還使用許多佛教詞彙，足見蒲松齡佛學涵養之深厚。

至於蒲松齡的政治理想，則是孔孟所提倡的仁政——他尊崇儒家的仁義禮智，講求道德實踐，因此《聊齋志異》書中時常可見懲惡揚善的思想。值得注意的是，孔孟所提倡的仁義禮智，並非外在教條，而要我們發自內心理性的自我要求。《孟子．告子上》提到：「仁義禮智，非由外鑠我也，我固有之也，弗思耳矣。」（仁義禮智，不是由外在的制約逼迫、強制自己必須這麼做，而是我發自內心想這麼做。）孟子還舉了個例子——只要是人見到一個小孩快掉進井裡，都會無條件的衝過去救他。這麼做不是想博得美名，也不是想巴結小孩的父母，純粹只是不忍小孩掉進井裡溺死罷了。

這個「不忍人之心」，每個人生下來即有，也就是孔子所說的「仁心」。而孟子將此仁心的十字打開，發展成「仁義禮智」，其實此四者簡言之，就是「仁」而已。清代政治腐敗，貪官汙吏橫行，權貴爲一己私慾，不惜傷害別人，甚至做出剝奪他人生存權利之事。孔孟所提倡的仁政與道德蕩然無存，這些貪官汙吏無視、更無法實踐，實是人心墮落與放縱私慾的結果。蒲松齡有感於此，藉著這些鄉野奇譚，寄寓了諷刺當時政治腐敗與人心黑暗的想法。因而，《聊齋志異》不僅是志怪小說，更是一部寓言。書中可看出蒲松齡試圖撥亂反正、爲百姓伸張正義的苦心；現實生活中的他無能爲力，只好將此憤懣不平心緒，藉自己的筆寫出，宣洩在小說中。

此外，《聊齋志異》也涵蓋了道家與道教的思想，像是書中時常可見《莊子》的詞彙與典故，亦有神仙方術、洞天福地等道教色彩。老莊等道家哲學，是以「道」爲中心開展的哲學，追求人的心靈之自由自在，解消人的身體或形體對我們心靈帶來的束縛。而道教則認爲，人可以透過神仙方術長生不老、飛升成仙。《聊齋志異》書中多篇故事，於是出現了懂得奇門遁甲法術、捉妖收妖、符咒的道士，這些奇幻的神仙色彩，增添了故事的精彩與可讀性，也讓後世之人改編成影視作品時有更多想像空間。

《聊齋志異》寫作體裁——筆記小說＋唐代傳奇

大陸學者馬積高、黃鈞主編的《中國古代文學史》，將《聊齋志異》分成三種體裁：一、短篇小說體：主要描寫主角人物的生平遭遇，篇幅較長，細膩刻畫了人物性格及曲折戲劇化的故事情節，此類作品有〈嬌娜〉、〈成仙〉等。二、散記特寫體：重點在於記述某事件，不著墨於人物刻畫，此則受到古代記事散文的影響，此類作品有〈偷桃〉、〈狐嫁女〉、〈考城隍〉等。三、隨筆寓言體：篇幅短小，將所聽之事記錄下來，並寄寓思想在其中，此類作品有〈夏雪〉、〈快刀〉等。

《聊齋志異》深受魏晉南北朝筆記小說、唐代傳奇小說的影響。筆記小說，是隨筆記錄下聽到的故事，比較像在記筆記，篇幅短小。此種小說乃受史書體例影響，十分重視將事件確實記錄下來，而非有意識的創作小說；且多爲志怪小說，又以干寶的《搜神記》最著名。《聊齋志異》裡頭有多篇保留了筆記小說特點的篇幅短小故事，如〈蛇癖〉、〈眞定女〉等。

唐代傳奇，則是文人有意識的創作小說，內容是虛構的、想像的，題材有志怪、愛情、俠義、歷史等等。像是《聊齋志異》中的〈葉生〉，葉生死後，魂魄隨知己丁乘鶴返鄉，直到回家看見屍體，才發現自己已死；此種離魂情節，乃受到唐傳奇陳玄佑〈離魂記〉的影響。由此可見，蒲松齡無論在創作手法或故事題材上，無不受到古代小說影響，此乃《聊齋志異》之承先。

《聊齋志異》之啓後在於，蒲松齡將六朝志怪與唐宋傳奇小說的主要特色融爲一體，給予後世小說家很大啓發，進而出現許多效仿之作，如清代乾隆年間沈起鳳的《諧鐸》、邦額的《夜譚隨錄》等，以及現代諸多影視作品。不過値得注意的是，改編後的電影或戲劇，爲了情節精彩與內容多樣化，不一定按照原著思想精神呈現，若想了解《聊齋志異》的原貌，實應回歸原典，才能體會蒲松齡寄寓其中的思想精神與用心。

此次，爲了讓現代讀者能輕鬆倘佯於《聊齋志異》的志怪玄幻世界，才有了這套書的編撰，畢竟古典文言文小說在我們現代人讀來相當艱澀且陌生。因此，我們除了收錄「原典」，還加上了「白話翻譯」、「注釋」。値得注意的是，儘管本書的白話翻譯已盡量貼近原典，然而任何一種翻譯都是主觀詮釋，裡頭融合了譯者本身的社會背景、文化思想等因素，這些都會影響譯者對經典的理解。

然而，這並不是說白話翻譯不可信，而是想提醒讀者，本書的翻譯僅止於一種詮釋的觀點，並不能與原典畫上等號。眞正的原典精華，只有待讀者自己去找尋了。

原典，值得信賴

原典以一九九一年里仁書局出版的張友鶴《聊齋志異會校會注會評》（簡稱《三會本》）為底本。

張友鶴是以蒲松齡的半部手稿本，以及鑄雪齋抄本（乾隆十六年抄本，抄者為歷城張希傑）為主要底本，從而編輯了《三會本》。他的版本最為完整，且融合了多家的校注、評點，極富參考與研究價值。

「異史氏曰」，真有意思

《聊齋志異》有些故事在正文結束後，會有一段以「異史氏曰」開頭的文字，這是蒲松齡對故事及人物所做評論，或是陳述他自己的觀點、見解（但他亦有些評論，不見得都冠上「異史氏曰」）。這種作法沿用自史書，如《史記》的「太史公曰」，即司馬遷自己的評論。值得注意的是，有些「異史氏曰」相關文字，不僅僅做評論，還會再附其他故事，以與正文的故事相應和。

文章中除了蒲松齡自己的評論，亦可見以「友人云」為開頭的親友評論，其中最常出現的是蒲松齡文友王士禛以「王阮亭云」或「王漁洋云」為開頭的評論；這些評論由蒲松齡親自收錄在文章中，與後世所作評點不同。

聊齋志異

僧孽

張姓暴卒，隨鬼使去，見冥王。王稽[1]簿，怒鬼使悞[2]捉，責令送歸。張下，私浼[3]鬼使，求觀冥獄[4]。鬼導歷九幽[5]，刀山、劍樹，一一指點。末至一處，有一僧扎股穿繩而倒懸[6]之，號痛欲絕。近視，則其兄也。張見之驚哀，問：「何罪至此？」鬼曰：「是為僧，廣募金錢，悉供淫賭，故罰之。欲脫此厄，須其自懺。」張既甦，疑兄已死。

時其兄居興福寺，因往探之。入門，便聞其號痛聲。入室，見瘡生股間，膿血崩潰，挂足壁上，宛然冥司倒懸狀。駭問其故。曰：「挂之稍可，不則痛徹心腑。」張因告以所見◆。僧大駭，乃戒葷酒，虔誦經咒。半月尋愈。遂為戒僧。

異史氏曰：「鬼獄渺茫，惡人每以自解：而不知昭昭之禍，即冥冥之罰也[7]。可勿懼哉！」

有個姓張的人突然死了，鬼差將他的魂魄拘去見冥王。冥王查核《生死簿》，發現鬼差抓錯人，盛怒之下命鬼差把人送回陽間。姓張的私下拜託鬼差帶他參觀冥獄，鬼差帶他導覽九幽、刀山、劍樹等景象。最後來到一個地方，見一僧人，繩子從其大腿穿透，頭下腳上的被懸在半空中，痛苦哀號不止，他走近一看，此人竟是自己兄長，驚問鬼差：「此人犯何罪？」鬼差答：「此人作為和尚卻向信徒募款，把錢拿去嫖妓賭博，所以懲罰他。欲解脫，必須要他自己悔過才行。」姓張的醒來後，懷疑兄長已死。

118

注釋解析，增進中文造詣

針對原典中的艱難字詞加注，既有助讀者領略古人的用語，亦可賞讀蒲松齡作文之美。每條注釋，均扣緊原典的上下文文意而注，惟該字詞自有它用在別處的可能解釋，注釋意涵恐無法盡括。

注釋盡可能跟隨原典擺放，以收對照查看之效。

白話翻譯，助讀懂故事

為了讓讀者能輕鬆閱讀，每篇故事均附白話翻譯（採取意譯，非逐句逐字譯）。

值得注意的是，由於《聊齋志異》為古典文言文短篇小說集，作者蒲松齡講述故事時有時過於精簡，白話翻譯將視情況需要，於貼合原典的準則下，增加一些補述，以求上下文語意完整。

插圖，圖文共賞不枯燥

為了更增《聊齋志異》故事閱讀的生動，一方面盡可能收錄晚清時期珍貴的《聊齋志異圖詠》線稿圖畫，另方面亦邀請廿一世紀新生代繪者尤淑瑜，以藝術家的眼光、樸實的全彩筆觸，讓故事場景更加躍然紙上。

評點，有助理解故事

評點，是中國獨特的文學批評形式，近似讀書心得或讀書筆記。礙於篇幅關係，無法將《三會本》所收錄的評點全都附上，每篇僅擇最切合故事要旨、或發人深省哲思的一家評點，供讀者參考。由於《聊齋志異》並非每篇故事都有評點，若無，即從缺。

常見的代表性評點有與蒲松齡同時代的王士禎評本（清康熙年間）、馮鎮巒評本（清嘉慶年間）、何守奇評本（約清道光年間），以及但明倫評本（清道光年間）。其中，以馮、但這兩家的評點特別能顯出故事中隱藏的思想精神，他們皆以儒家的道德實踐為準則，著重揭露蒲松齡寫作的思想要旨、故事中人物的心理活動，同時也涉及社會現象等層面。

他前往兄長居住的興福寺探望，剛進門，便聽見兄長正痛苦哀號。走進內室，看到兄長的大腿長了膿瘡，膿血從傷口流出，雙腳懸掛在牆壁上，一如他在冥府所見。他驚訝的問兄長為何將自己倒掛在牆上？兄長回答：「若不這樣倒掛，將痛徹心扉。」姓張的便把在冥府所見所聞告知兄長。和尚非常震驚，立刻戒掉葷酒，虔誠誦經。不過半個月，病已痊癒，從此成為一名戒僧。

記下奇聞異事的作者如是說：「做壞事的人，以為鬼獄不過是傳說而已，哪裡知道人世間的禍患，即來自幽冥的處罰。」

1稽：叩頭、稽查。
2悞：出了差錯。同今「誤」字，是誤的異體字。
3浼：讀作「每」，拜託、請求。
4冥獄：人死後，受刑的牢獄。
5九幽：原指極深暗的地底，此處指九泉之下，囚禁鬼魂之地。
6扎股穿繩：以繩子穿過大腿。扎，穿孔、穿洞。股，大腿。倒懸：人的頭腳被繩子綁住，頭下腳上的被吊掛在半空中。
7昭昭：人世間。冥冥：陰間、地府。

◆**但明倫評點**：生時痛苦，即是陰罰；焉得見者而告之，使孽海眾生，翻然而登彼岸。

活著時受苦，正是來自冥獄的處罰，豈能讓你看到了解，使陷落在苦海的芸芸眾生，幡然悔悟而得解脫。

【卷二】僧孽

119

目次

【卷二】

聊齋自誌

披蘿帶荔[1]，三閭氏感而為騷[2]；牛鬼蛇神，長爪郎[3]吟而成癖。自鳴天籟[4]，不擇好音[5]，有由然矣。松[6]落落秋螢之火，魑魅[7]爭光；逐逐野馬之塵[8]，罔兩[9]見笑。才非干寶，雅愛搜神[10]；情類黃州[11]，喜人談鬼。聞則命筆，遂以成編。久之，四方同人，又以郵筒相寄，因而物以好聚，所積益夥。甚者：人非化外，事或奇于斷髮之鄉[12]；睫在眼前，怪有過于飛頭之國[13]。遄飛逸興[14]，狂固難辭；永托曠懷，癡且不諱。展如之人[15]，得毋向我胡盧[16]耶？然五父衢[17]頭，或涉濫聽[18]；而三生石[19]上，頗悟前因。放縱之言，有未可概以人廢者。

松懸弧[20]時，先大人[21]夢一病瘠瞿曇[22]，偏袒[23]入室，藥膏如錢，圓黏乳際。寤[24]而松生，果符墨誌[25]。且也：少羸[26]多病，長命不猶。門庭之淒寂，則冷淡如僧；筆墨之耕耘，則蕭條似缽。每搔頭自念：勿亦面壁人[27]果是吾前身耶？蓋有漏根因[28]，未結人天之果[29]；而隨風蕩墮，竟成藩溷[30]之花。茫茫六道[31]，何可謂無理哉！獨是子夜熒熒[32]，燈昏欲蕊；蕭齋[33]瑟瑟，案冷凝冰。集腋為裘[34]，妄續幽冥之錄[35]；浮白載筆[36]，僅成孤憤[37]之書：寄托[38]如此，亦足悲矣！嗟乎！驚霜寒雀，抱樹無溫；弔月秋蟲，偎闌自熱。知我者，其在青林黑塞[39]間乎！

康熙己未[40]春日。

1 披蘿帶荔：語出《九歌》中的〈山鬼〉：「若有人兮山之阿，披薜荔兮帶女蘿。」這是指出沒在野外的山鬼，而薜荔、女蘿皆植物名。《九歌》原為南方楚地祭祀用的樂歌，經屈原潤色而成。分別為〈東皇太一〉〈雲中君〉〈湘君〉〈湘夫人〉〈大司命〉〈少司命〉〈東君〉〈河伯〉〈山鬼〉〈國殤〉及〈禮魂〉等十一篇。

2 三閭氏感而為騷：三閭氏，指屈原，他曾擔任楚國的三閭大夫。騷，指《離騷》，是屈原被楚懷王放逐漢水之北時所作自傳，抒發其懷才不遇的苦悶心情，以及理想抱負不得施展的悲苦。（編撰者按：蒲松齡之所以在作者自序中提及屈原所作《離騷》，可能是因他與屈原遭遇相似——蒲松齡鄉試落榜，正如空有滿腔抱負、卻不得君王重用的屈原。）

3 長爪郎：指唐朝詩人李賀，有「詩鬼」之稱；因其指爪長，故稱為「長爪郎」。

4 天籟：典故出自《莊子．齊物論》：「夫吹萬不同，而使其自己也。」天籟是無聲之聲，天籟因其無聲給出了一個空間，讓大自然的各種孔竅洞穴能發出聲音。此處指渾然天成的優秀詩作。

5 不擇好音：指這些作品雖好，卻不受世俗認可。

6 松：指本書作者，蒲松齡的自稱。

7 魑魅：讀作「癡媚」，山野中的鬼怪精靈。

8 野馬之塵：本意為塵土，此處指視科舉功名若塵土。

9 罔兩：亦作「魍魎」，山川草木中的鬼怪精靈。

10 才非干寶，雅愛搜神：不敢說自己才比干寶，只酷愛些鬼怪奇談而已。干寶，是東晉編集《搜神記》的作者，此書蒐羅了一些志怪故事，為中國古代志怪故事代表作。

11 黃州：指蘇軾，自子瞻，號東坡居士。蘇軾在宋神宗元豐二年（西元一○六九年）因烏臺詩案獲罪，次年被貶謫黃州。他曾寫詩自嘲：「問汝平生功業，黃州惠州儋州。」

12 化外、斷髮之鄉：皆指未受教化的蠻夷之地。

13 飛頭之國：古代神話中，人首能夠分離、且會飛的奇異國度。

14 遄飛逸興：很有興致，欲罷不能。遄，讀作「船」，迅速。

15 展如之人：真摯、誠懇之人。依照上下文意，應指那些只相信現實經驗、而不相信那些奇幻國度的人。

16 胡盧：笑聲。

17 五父衢：路名，在今山東曲阜東南。孔子不知其生父所葬之地，而將母親葬於此處。衢，讀作「渠」，通達四方的大路。

18 濫聽：不實的傳聞。

19 三生石：宣揚佛教輪迴觀念的故事。佛教認為人沒有靈魂，但今生所造的業，會帶到來生。人今生今世所受的果報，無論善或惡，皆由過去累世累劫積累而成，而今生所造的業，亦影響來生所承受的果報。

20 懸弧：古人若生男孩，便將弓懸掛在門的左邊。

21 先大人：蒲松齡的先父。

22 瞿曇：梵文，讀作「渠談」，為釋迦牟尼佛的俗家姓氏，此處指僧人。

23 偏袒：佛家語，指僧侶。原指古印度尊敬對方的禮法，後為佛教沿用，僧侶在拜見佛陀時，須穿著露出右肩的袈裟以示尊敬；但平時佛教徒所穿袈裟，則無偏袒。袒，讀作「坦」，裸露之意。

24 寤：讀作「物」，醒來、睡醒。

25 果符墨誌：與蒲松齡父親夢中所見僧人的胸前特徵相符——「藥膏如錢，圓黏乳際」。墨誌，指黑痣。

26 少羸：年少時，身體瘦弱。羸，讀作「雷」。

野外的山鬼，讓屈原有感而發寫成了《離騷》；牛鬼蛇神，被李賀寫入了詩篇。這種獨樹一幟的作品，不見容於世俗，其來有自。我於困頓時，只能與魑魅爭光；無法求取功名，受到鬼怪的嘲笑。雖不像干寶那樣有才華，能寫出流傳百世的《搜神記》，卻也喜愛志怪故事；也與被貶謫黃州的蘇軾一樣，喜與人談論鬼怪故事。聽到奇聞怪事就動筆記錄下來，這才編成了這部書。久而久之，各地同好便將蒐羅來的鬼怪故事寄給我，物以類聚，內容更加豐富。甚至——人不處於蠻荒之地，卻有比蠻荒更離奇的怪事發生；即便在我們周遭，也有比飛頭國更古怪的事情。我越寫越有興趣，甚至到了發狂的地步；長期將精力投注於此，連自己都覺得癡迷。那些不信鬼神的人，恐怕要嘲笑我。道聽塗說之事，或許不足採信；然而這些荒謬怪誕的傳聞，有助於人認清事實，增長智慧。這些志怪故事的價值，不可因作者籍籍無名而輕易作廢。

我出生之時，先父夢到一名病瘦的僧人，穿著露肩袈裟入屋，胸前貼著一個似錢幣的圓形膏藥。夢醒，我就出生了，胸前果然有一個黑痣。且我年幼體弱多病，恐活不長。門庭冷清，如僧人般過著清心寡慾的日子；整天埋首寫作，貧窮如僧人的空缽。常常自想，莫非那名僧人眞是我的前世？我前世所做的善業不夠，所以才沒法到更好的世界；只能隨風飄蕩，落入污泥糞土之中。虛無飄渺的六道輪迴，不可謂全無道理。特別是在深夜燭光微弱之際，燈光昏暗蕊心將盡，書齋更顯冷清，書案冷如冰。我想集結眾人之力，妄圖再續《幽冥錄》；飲酒寫作，成憤世嫉俗之書：只能將平生之志寄託於此，實在可悲！唉！受盡風霜的寒雀，棲於樹上感受不到溫暖；憑弔月光的秋蟲，依偎著欄杆還能感到一絲溫暖。知我者，大概只有黃泉幽冥之中的鬼了！

寫於康熙十八年春。

27 面壁人：和尚坐禪修行，稱為面壁。面壁人，代指和尚、僧人。
28 有漏根因：佛家語。有漏，由梵語轉譯，是流失、漏泄之意，意即煩惱。有漏因，即招致三界（欲界、色界、無色界）果報的業因，語出景德傳燈錄卷三菩提達磨章（大五一・二一九上）：「帝曰：『何以無功德？』師曰：『此但人天小果，有漏之因，如影隨形，雖有非實。』」原文中並無「根」字。
29 人天之果：佛家語。有漏之業的善果。欲界，指一切有情眾生所住之世界，地獄、餓鬼、畜生、阿修羅、人、六欲天皆屬此。欲界之有情，是指有食欲、淫欲、睡眠欲等。色界之眾生脫離淫欲，不著穢惡之色法，此界之天眾無男女之別，其衣是自然而至，而以光明為食物及語言。無色界，指超越物質現象經驗之世界，此界之有情眾生，沒有無色法、場所，無空間高下之分別。
30 藩溷：籬笆和茅坑。溷，讀作「混」。
31 六道：佛家語。眾生往生後各依其業前往相應的世界，分別為：地獄道、餓鬼道、畜生道、阿修羅道、人間道、天道。前三道為惡，後三道為善。
32 熒熒：讀作「迎迎」，微弱光影閃動的樣子。
33 蕭齋：對自己所居房屋或書齋的謙詞，典故出自——梁武帝造寺，命蕭子雲於寺院牆上寫一「蕭」字。寺院毀壞後，刻字的殘壁仍保存下來。至唐朝李約，將此牆壁運歸洛陽，置於小亭，以供賞玩，稱為「蕭齋」。
34 集腋為裘：意謂此部《聊齋志異》，集結了眾人之力，積少成多才完成。
35 幽冥之錄：南朝宋劉義慶所編纂的志怪小說集，屬於六朝志怪筆記小說，篇幅短小，為後世小說的先驅。
36 浮白：暢飲。載筆：此指寫作著書。
37 孤憤：原為《韓非子》一書的其中一篇篇名。此指憤世嫉俗的著作，意即對一些看不慣的世俗之事執筆記錄下來，以表心中悲憤。
38 寄托：寄託言外之音於文辭之間，猶言寓言。
39 青林黑塞：指夢中的地府幽冥。
40 康熙己未：清朝康熙十八年（西元一六七九年）。這一年，蒲松齡四十歲。

卷一

01

這些荒謬怪誕的傳聞，
有助於人認清事實，增長智慧。
這些志怪故事的價值，
不可因作者籍籍無名而輕易作廢。

考城隍

予姊丈之祖，宋公諱燾[1]，邑[2]廩生[3]。一日，病臥，見吏人持牒[4]，牽白顛馬來，云：「請赴試。」公言：「文宗[5]未臨[6]，何遽[7]得考？」吏不言，但敦促之。公力疾[8]乘馬從去，路甚生疎[9]，至一城郭，如王者都。

移時入府廨[10]，宮室壯麗。上坐十餘官，都不知何人，惟關壯繆[11]可識。簷下設几、墩[12]各二，先有一秀才坐其末，公便與連肩。几上各有筆札[13]。俄題紙飛下，視之，八字云：「一人二人，有心無心。」二公文成，呈殿上。公文中有云：「有心為善[14]，雖善不賞；無心為惡[15]，雖惡不罰。」諸神傳贊不已。召公上，諭曰：「河南缺一城隍[16]，君稱其職。」

公方悟，頓首泣曰：「辱膺寵命[17]，何敢多辭。但老母七旬，奉養無人，請得終其天年，惟聽錄用。」上一帝王像者，即命稽[18]母壽籍。有長鬚吏，捧冊翻閱一過，白[19]：「有陽算[20]九年。」共躊躇間，關帝曰：「不妨令張生攝篆[21]九年，瓜代[22]可也。」乃謂公：「應即赴任；今推仁孝之心，給假九年，及期當復相召。」又勉勵秀才數語。二公稽首[23]並下。

秀才握手，送諸郊野，自言長山[24]張某。以詩贈別，都忘其詞，中有「有花有酒春常在，無燭無燈夜自明」之句。公既騎，乃別而去，及抵里，豁若夢寤[25]。時卒已三日，母聞棺中呻吟，扶出，半日始能語。問之長山，果有張生，於是日死矣。

後九年，母果卒。營葬既畢，浣濯26入室而歿。其岳家居城中西門內，忽見公鏤膺朱幩27，輿28馬甚眾。登其堂，一拜而行。相共驚疑，不知其為神。奔訊鄉中，則已歿矣。公有自記小傳，惜亂後無存，此其略耳。◆

1 諱：讀作「繪」，古人不直呼尊長之名，表示尊重。燾，讀作「陶」，是宋公之名。

2 邑：此處指縣市，指蒲松齡的家鄉——山東省淄川縣（古名「般陽」），即今淄博市淄川區。

3 廩生：明清時期，領國家俸祿的生員。廩，讀作「凜」。

4 牒：讀作「蝶」，官府發布的公文或證明文書。

5 文宗：清朝時期，「提督學政」的別稱，掌管教育行政及各省學校生員的升降考核，又名學道、學政等；一般指主考官員。

6 臨：指提督學政至所屬各級縣市主持歲試與科試。

7 遽：就、遂。

8 力疾：病中勉力支撐。

9 疎：不熟悉。同今「疏」字，是疏的異體字。

10 廨：讀作「謝」，古時官吏辦公處。

11 關壯繆：指關羽，民間信仰的神祇「關聖帝君」。繆，讀作「穆」。

12 墩：讀作「敦」，古代的一種圓形矮椅。

13 筆札：筆紙。

14 有心為善：做善事並非發自內心，是為了某種目的（如：獲得美名），或為了某種實質利益。

15 無心為惡：雖然做了壞事，卻並非為滿足一己之私而為惡。

16 城隍：原指城池的守護神，此處指掌管亡魂賞罰的陰間地方官員。

17 辱膺寵命：有此榮幸接受詔命。膺，讀作「櫻」，承受、承擔。

18 稽：查核、稽查。

19 白：讀作「博」，告訴、告知。

20 陽算：陽壽。

21 攝篆：代理職務。篆，讀作「賺」，借代官印之意。

22 瓜代：期滿交替、交接。

23 稽首：叩首的跪拜禮，表示極為敬重、隆重的禮節。

24 長山：地名，今山東省鄒平縣。

25 豁若夢寤：豁，讀作「貨」，突然。夢寤，從睡夢中醒來；寤，讀作「物」，醒來、睡醒。

26 浣濯：洗滌、洗濯，此指洗澡。

27 鏤膺朱幩：雕刻華麗的馬飾。鏤，讀作「漏」。幩，讀作「焚」。

28 輿：車子、車輛。

◆**但明倫評點**：考城隍，寓言也。自公卿以至牧令，皆當考之。考之何？以仁孝之德，賞罰之公而已矣。

〈考城隍〉是一則寄託教化意義的故事。在朝為官之人，無論官職大小，都可當作自我省察的參考。以什麼來省察？以仁孝之心侍奉父母，唯求賞罰不偏私而已。

我姊夫的祖父宋燾是本縣廩生，有天病臥在床，忽見一名官差手持公文，牽了匹前額有白毛的駿馬而來，對他說：「請去赴考。」宋燾問：「本縣的主考官未至縣城，怎麼就要考試了？」官差不答，只是催促。宋燾抱病勉強下床，隨之前往。沿途景物甚感陌生，來到一處像是王城的地方。

進入官府，裡頭布置得很華麗，上面坐了十幾名考官，都不認識，只認得關老爺。廊簷下擺放茶几、矮凳各兩張，宋燾和一名秀才並肩坐在末座。几案上放著紙筆。不久便發下試卷，題目僅「一人二人，有心無心」八字，兩名考生寫完交卷。宋燾寫道：「為獲得美名而行善，雖然做了善事不予獎賞；非為私慾而為惡，即使犯了過錯亦不處分。」在座眾神傳閱後皆讚賞，遂召他上殿，命他擔任河南城隍一職。

他聽了才恍然大悟，叩首哭泣說：「承蒙您的看重，但家有年邁老母，無人奉養，請准許我回家侍奉母親終老，再來赴任。」殿上有位形似帝王的考官，命人考察宋母壽命年限。一名留著長鬚的官吏，捧著《生死簿》翻了一遍，回覆：「尚有九年陽壽。」眾考官商議未決。關老爺提議：「何不命令張生暫代其職，待九年期滿再行交接。」考官便對宋燾說：「本來你是要立即上任的，但感念你的孝心，特准給予九年的假，期滿後我們會再召你前來。」又說了幾句勉勵的話。兩位考生叩拜退下。

與他一同應考的秀才，送他到郊外，自稱是長山的張某人。臨別贈詩一首，除了「有花有酒春常在，無燭無燈夜自明」兩句，其餘皆忘。宋燾騎馬回返，待回到家中，彷彿突然從夢中醒轉。他已死了三天，宋母聽到棺材傳出呻吟聲，才將之扶出，他過了好一會兒才能開口說話。向人詢問，才知長山真有張秀才這個人，且正是在那天過世。

九年後，宋母果眞過世。宋燾安葬了母親後，沐浴更衣走進房間而死。他的岳父住在縣城的西門內，忽見宋燾騎著一匹裝飾華麗的駿馬，後頭跟著一大隊車馬，走到大廳，向他行了禮便離開。在場眾人驚訝不已，不知宋燾當了陰間的城隍，直到前往鄉下打聽，才知他已離開人世。宋燾著有自傳，可惜因戰亂沒能保存下來，這則故事只是其中一部分而已。

耳中人

譚晉玄，邑[1]諸生[2]也。篤信導引之術[3]，寒暑不輟，行之數月，若有所得。

一日方趺坐[4]，聞耳中小語如蠅，曰：「可以見矣。」開目即不復聞；合眸定息，又聞如故。謂是丹將成，竊喜。自是每坐輒聞。因思俟[5]其再言，當應以覘[6]之。一日，又言。乃微應曰：「可以見矣。」俄覺耳中習習然[7]，似有物出。微睨[8]之，小人長三寸許，貌獰惡[9]如夜叉[10]狀，旋轉地上。心竊異之，姑凝神以觀其變。

忽有鄰人假物，扣門而呼。小人聞之，意張皇[11]，遶[12]屋而轉，如鼠失窟。譚覺神魂俱失，不復知小人何所之矣。遂得顛疾[13]，號叫不休，醫藥半年，始漸愈。◆

◆**何守奇評點**：導引之術，不得正宗，故生怪異。

煉丹之術，非正統養生法門，因此導致怪異事情發生。

譚晉玄是本縣秀才，他深信道教的導引煉丹之術，無論天氣炎熱或寒冷都不中斷修練，這樣過了數個月，似有斬獲。

有天，他打坐時，聽見耳中有個細小如蒼蠅的說話聲，說：「可以現形。」睜開雙眼卻什麼都沒聽到，他再度閉目凝神，又聽見那個說話聲。他以爲是煉丹將有成效，暗自高興，每逢打坐便聽見耳中傳來話語聲。他打算等它再次開口說話就要予以回應，看看將發生什麼事。有天，這個說話聲又出現，譚晉玄小聲的答道：「可以現形。」片刻，他便覺耳裡有動靜，好像有個東西要跑出來。他偷偷窺看，是個約三寸長的小人，面貌猙獰凶惡如夜叉，在地上不停旋轉。他覺得奇怪，姑且按兵不動，只凝神觀察它後續舉動。

忽有鄰居要來借東西，在外頭叩門呼叫。小人聽到了，神色慌張，繞著屋子不停的轉，有如一隻找不到洞穴的老鼠。譚晉玄失魂落魄，再也不知小人往哪裡去了。此後他便得了失心瘋，哭鬧不休，服藥治療了半年，才逐漸痊癒。

1 邑：此處指縣市，指蒲松齡的家鄉——山東省淄川縣（古名「般陽」），即今淄博市淄川區。
2 諸生：秀才。
3 導引之術：道家的一種呼吸吐納養生術，後被道教用作煉丹之術，為吐納之術的別稱。
4 趺坐：盤腿而坐，即打坐。趺，讀作「夫」。
5 俟：讀作「四」，等待、等候。
6 覘：讀作「沾」，觀看、察視。
7 習習然：行走貌、飛動貌。
8 睨：讀作「逆」，斜眼看、偷窺。
9 獰惡：凶狠惡毒。獰，讀作「寧」。
10 夜叉：佛教典籍中，一種凶惡的鬼。
11 張皇：驚慌失措、慌張。
12 遶：環繞、圍繞。同今「繞」字，是繞的異體字。
13 顛疾：失心瘋。

尸變

陽信[1]某翁者，邑[2]之蔡店人。村去城五六里，父子設臨路店，宿行商。有車夫數人，往來負販[3]，輒寓其家。一日昏暮，四人偕來，望門投止[4]。則翁家客宿邸滿。四人計無復之，堅請容納。翁沈吟思得一所，似恐不當客意。客言：「但求一席廈宇[5]，更不敢有所擇。」時翁有子婦新死，停尸室中，子出購材木未歸。翁以靈所室寂，遂穿衢[6]導客往。入其廬，燈昏案上；案後有搭帳衣[7]，紙衾[8]覆逝者。又觀寢所，則複室中有連榻[9]。四客奔波頗困，甫就枕，鼻息漸粗。惟一客尚朦朧。忽聞靈牀上察察有聲。急開目，則靈前燈火，照視甚了：女尸已揭衾起；俄而下，漸入臥室。面淡金色，生絹抹額[10]。俯近榻前，徧吹臥客者三。客大懼，恐將及己，潛引被覆首，閉息忍咽以聽之。

未幾，女果來，吹之如諸客。覺出房去，即聞紙衾聲。出首微窺，見僵臥猶初矣。客懼甚，不敢作聲，陰以足踏諸客；而諸客絕無少動。顧念無計，不如著衣以竄。裁[11]起振衣，而察察之聲又作。客懼，復伏，縮首衾中。覺女復來，連續吹數數[12]始去。少間，聞靈牀作響，知其復臥。乃從被底漸漸出手得袴[13]，遽[14]就著之，白足[15]奔出。

尸亦起，似將逐客。比其離幃[16]，而客已拔關[17]出矣。尸馳從之。客且奔且號，村中人無有警者。欲叩主人之門，又恐遲為所及。遂望邑城路，極力竄去。至東郊，瞥見蘭若[18]，聞木魚聲，乃急撾[19]山門。道人[20]訝其非常，又不即納。旋踵[21]，尸已至，去身盈尺。客窘益甚。門外有白楊，圍四五尺許，因以樹自幛[22]；彼右

尸變
投宿同敲客
店门三人就
死一人生
尸居餘
氣能為
厲樹上
深留指
甲痕

則左之，彼左則右之。尸益怒。然各寖[23]倦矣。尸頓立。客汗促氣逆，庇樹間。尸暴起，伸兩臂隔樹探撲之。客驚仆[24]。尸捉之不得，抱樹而僵。

道人竊聽良久，無聲，始漸出。見客臥地上。燭之死，然心下絲絲有動氣。負入，終夜始甦。飲以湯水而問之，客具以狀對。時晨鐘已盡，曉色迷濛，道人覘[25]樹上，果見僵女。大駭，報邑宰[26]，宰親詣質驗[27]，使人拔女手，牢不可開。審諦之，則左右四指，並捲如鉤，入木沒甲。又數人力拔，乃得下。視指穴如鑿孔然。遣役探翁家，則以尸亡客斃，紛紛正譁。役告之故。翁乃從往，舁[28]尸歸。客泣告宰曰：「身[29]四人出，今一人歸，此情何以信鄉里？」宰與之牒，齎送以歸[30]。◆

1陽信：地名，今山東省陽信縣。
2邑：此處指縣市。
3負販：裝載貨物、四處販賣以為生的人。
4望門投止：急需找一個可供歇息住宿之所。
5廈宇：廊簷。
6衢：讀作「渠」，通達四方的大路。
7帳衣：指帷幕，用以與生者的居所有所區隔。
8紙衾：覆蓋在剛死之人身上的紙張，有黃白二色。衾，讀作「親」，被子。
9連榻：數張狹長近地的床合併在一起，如今之通鋪。
10生絹抹額：額頭上綁著絲巾。抹，讀作「莫」。
11裁：僅、只之意。通「纔」、「才」二字。
12數數：數次。
13袴：同今「褲」字，是褲的異體字。
14遽：匆忙。
15白足：打赤腳、光著腳丫。
16比：讀作「碧」，等到。幃：通「帷」，帷幕。

17拔關：把門打開。關，門閂。
18蘭若：此指寺院。
19撾：讀作「抓」，敲打。
20道人：魏晉南北朝時期，和尚、僧人的通稱。
21旋踵：旋轉腳跟，比喻極短的時間。踵，讀作「腫」。
22幛：讀作「障」，遮蔽。
23寖：同「浸」，逐漸。
24仆：讀作「撲」，倒臥、跌倒而趴在地上。
25覘：讀作「沾」，觀看、察視。
26邑宰：古代對縣令的尊稱，現今的縣長。
27質驗：審問查驗。
28舁：讀作「魚」，抬、扛舉。
29身：指稱我或我們。
30宰與之牒，齎送以歸：縣令出具證明文件，贈送旅途所需讓他回鄉。牒，讀作「蝶」，官府發布的公文或證明文書。齎，讀作「雞」，贈送物品給人。

山東省陽信縣有位老翁，是該縣蔡店村人氏，村子距離縣城約五六里，他和兒子在路邊開旅店，供來往商旅住宿。好幾位車夫載貨四處經商，是這家店的常客。有天黃昏，四名車夫前來投宿，當時店裡已客滿，四人無計可施，懇求老翁找個地方讓他們住一晚。老翁想到還有一處可供住宿，但恐怕不合他們心意，車夫們說：「只求有個能遮風擋雨之所，不敢挑剔。」當時，老翁的媳婦剛死，屍體停放在家裡，兒子外出買棺木尚未歸來。

老翁領客人前往停放屍體的房間。眾人進屋，燈火昏暗，停放屍體的靈床以帷幕隔開，白紙覆在屍體上；又看到寢室中，有幾張榻併在一起。四名車夫車徒勞頓，剛躺下，鼾聲即起。只一名車夫未入睡，忽聽見靈床傳來聲響，立刻睜開眼睛，就燈火一看，女屍已揭開蓋在自己身上的白紙起身，不久下床，走入車夫休息的房間。她的臉呈淡金色，額上繫著絲巾。她蹲下身子，在睡著的三名車夫臉上吹氣。他看了差點嚇死，怕女屍也在自己臉上吹氣，趕緊將被子蓋在頭上，屏氣凝神聆聽四周動靜。

不久，女屍果然也在他臉上吹了幾口氣。又聽見靈床傳來聲響，心想女屍已經離開，才稍微掀開被子探頭偷看，見女屍躺在靈床上一動也不動。車夫非常害怕，不敢說話，偷偷用腳輕踩其他熟睡的車夫，可是他們只稍稍動了一下沒醒來。他無計可施，決定穿上衣服逃跑。才剛把衣服穿上，那女屍又過來吹了幾口氣，他趕緊躺下，將被子蓋

◆**何守奇評點**：尸變之說，子不語以為魂善魄惡；如是我聞以為有物憑焉：竊意兩俱有之。

有關屍變的傳聞，袁枚在《子不語》中認為，人的靈魂是善良的，魄是邪惡的，人死後靈魂離開了身體，就會做出一些邪惡的事。紀昀則在《閱微草堂筆記》說，屍變不是人的魂魄出來作祟，而是有妖邪之物憑藉死人屍體作怪。我以為，上述兩者皆有。

（編撰者按：「魂善魄惡」是袁枚《子不語》裡面的話，「有物憑焉」是紀昀《閱微草堂筆記》裡的話，何守奇在此引用兩家說法來證實自己看法。）

在頭上，等女屍離開，才小心翼翼撈起褲子穿上，光著腳丫逃跑。

此時女屍也起身，在後面追趕他。等它掀開帷幕時，車夫已開門逃走，女屍緊追不放。車夫邊跑邊叫喊，村子的人都已熟睡，無人回應。他想敲老翁客店的門，又怕女屍趁機追上，只好沿縣城大路狂奔而去。跑到東郊處，看到一座寺廟，聽見裡頭傳出敲木魚的聲音，便拚命敲打寺院大門。裡頭的僧人很驚訝，未立即開門讓他進去。只一眨眼工夫，女屍已追上，離他不過一尺遠。車夫很驚恐，看到門前有棵寬約四五尺的白楊樹，便躲在樹後。女屍從右撲來，他就往左閃；它從左撲來，他就往右閃。女屍抓不著他很是光火，兩人玩捉迷藏累極。女屍站著不動，車夫流汗喘氣，躲在樹後面。女屍突然隔著樹伸手要抓他，車夫嚇得跌倒在地，女屍抓不到他，便抱著樹僵立。

僧人們在門內偷聽了很久，直到沒聲響才敢出來。見車夫倒臥在地，尚有一絲氣息，將他揹進寺院，睡了一整晚才醒。僧人給他喝湯水，問事情經過，車夫一五一十告訴僧人。那時天已快亮，僧人在樹上果然看到女殭屍，非常害怕，趕緊報官。縣老爺親自查看，命人把女屍的手從樹上拔出，發現它雙手的四指捲曲如鉤，指甲深陷樹幹無法拔出。幾個人合力拉，才將手指從樹幹拔出，樹幹上留下指甲鑿出的一個個小洞。縣老爺派衙役前去通知老翁，才發現投宿老翁家的那三名車夫都已死去，屍體也失蹤，大夥正對此議論紛紛。衙役告知老翁此事，他隨之前往，將女屍抬了回去。車夫向縣老爺哭訴：「四人出門經商，如今只剩我一人返鄉，發生這種匪夷所思之事，要我如何向鄉里的人交代？」縣老爺於是出具證明此事的文件給他，並贈他返鄉一切所需。

噴水

萊陽宋玉叔先生為部曹①時，所僦第②，甚荒落。一夜，二婢奉太夫人宿廳上，聞院內撲撲有聲，如縫工③之噴衣者。

太夫人促婢起，穴窗④窺視，見一老嫗⑤，短身駝背，白髮如帚，冠一髻，長二尺許，周院環走，竦急⑥作鶴步，行且噴，水出不窮。婢愕返白。太夫人亦驚起，兩婢扶窗下聚觀之。嫗忽逼窗，直噴櫺⑦內；窗紙破裂，三人俱仆，而家人不之知也。

東曦既上，家人畢集，叩門不應，方駭。撬扉入，見一主二婢，駢死⑧一室。一婢鬲⑨下猶溫。扶灌之，移時而醒，乃述所見。先生至，哀憤欲死。細窮⑩沒處，掘深三尺餘，漸露白髮；又掘之，得一尸，如所見狀，面肥腫如生。令擊之，骨肉皆爛，皮內盡清水。◆

◆王阮亭云：「玉叔襁褓失恃，此事恐屬傳聞之訛。」

宋琬年幼喪母，這件事恐怕只是訛傳。（編者按：王士禎與宋琬是極親近的詩友，他對宋琬家中之事相當清楚。）

山東萊陽的宋玉叔擔任部曹時，所租宅院地處荒僻。有天晚上，兩位侍女隨侍老夫人在大廳歇息，聽見院子裡傳來裁縫燙衣服時噴水的聲音。

老夫人遣婢女在窗紙上戳個小洞偷看，只見一名駝背矮小的老婦，頭髮像掃帚，梳了個髮髻盤在腦後，長約二尺。老婦繞著院子，像鶴一樣忽快忽慢行走，一邊走還一邊不斷噴水。婢女很吃驚，稟告老夫人此事。老夫人也嚇一跳，由兩位侍女攙扶到窗邊觀看。那名老婦突然走到窗邊，用水噴窗戶，窗紙都破

了，三人被水噴得倒地不起，家裡的人尚不知她們遇了難。

天一亮，家人聚集在老夫人房門口，敲門無人應答，才感到事情不妙。敲門而入，發現老夫人和一名婢女死了。僅一名婢女胸口仍有餘溫，扶起她餵水喝，她醒後把經過說了一遍。宋琬回來，十分哀憤，詢問婢女那老婦消失之處，遂命人掘地三尺，看到一些白髮；繼續挖掘，看到一具女屍，正如婢女所見，容貌豐腴與生者無異。命人鞭打屍體，不見骨肉，皮囊下全是清水。

1 萊陽：地名，今山東省萊陽市。宋玉叔：宋琬（一六一四～一六七四），明末清初詩人，字玉叔，號荔裳，山東萊陽人。部曹：古代政治機構名稱，各部的司官稱為「部曹」。宋琬曾任戶部（今之財政部）主事與吏部（今臺灣考試院及行政院人事行政總處之結合）郎中，皆屬「部曹」。

2 僦第：租房子。僦，讀作「舊」。

3 縫工：裁縫。

4 穴窗：用手指在窗紙上戳個小洞（古時窗戶，用紙糊）。

5 老嫗：老婦人。嫗，讀作「玉」。

6 竦急：亦步亦趨。竦，讀作「聳」。

7 欞：讀作「凌」，窗戶框上或欄杆上雕花的格子。

8 駢死：一齊死。駢，讀作「便宜的便」，並列。

9 鬲：讀作「隔」，此指胸口。通「隔」字。

10 窮：原指考究，此指詢問、追問。

瞳人語

長安[1]士方棟，頗有才名，而佻脫不持儀節。每陌上見遊女[2]，輒輕薄尾綴[3]之。清明前一日，偶步郊郭。見一小車，朱茀繡幰[4]，青衣[5]數輩，款段[6]以從。內一婢，乘小駟[7]，容光絕美。稍稍近覘[8]之，見車幔洞開，內坐二八女郎，紅妝艷麗，尤生平所未睹。目炫神奪，瞻戀弗舍[9]，或先或後，從馳數里。忽聞女郎呼婢近車側，曰：「為我垂簾下。何處風狂兒郎，頻來窺瞻！」婢乃下簾，怒顧生曰：「此芙蓉城[10]七郎子新婦歸寧，非同田舍娘子，放教秀才胡覷！」言已，掬轍土颺生[11]。

生眯[12]目不可開。纔[13]一拭視，而車馬已渺。驚疑而返。覺目終不快，倩人啟瞼撥視[14]，則睛上生小翳[15]；經宿益劇，淚簌簌[16]不得止；翳漸大，數日厚如錢；右睛起旋螺，百藥無效。懊悶欲絕，頗思自懺悔。聞《光明經》能解厄，持一卷，浼[17]人教誦。初猶煩躁，久漸自安。旦晚無事，惟趺坐[18]捻珠。持之一年，萬緣俱淨[19]。

忽聞左目中小語如蠅，曰：「黑漆似，叵耐[20]殺人！」右目中應曰：「可同小遨遊，出此悶氣。」漸覺兩鼻中，蠕蠕作癢，似有物出，離孔而去。久之乃返，復自鼻入眶中。又言曰：「許時不窺園亭，珍珠蘭遽[21]枯瘠死！」生素喜香蘭，園中多種植，日常自灌溉；自失明，久置不問。忽聞其言，遽[22]問妻：「蘭花何使憔悴死？」妻詰[23]其所自知，因告之故。

妻趨驗之，花果槁矣。大異之。靜匿房中以俟[24]之，見有小人自生鼻內出，大不及豆，營營[25]然竟出門去。漸遠，遂迷所在。俄，連臂[26]歸，飛上面，如蜂螘[27]之投穴者。如此二三日。又聞左言曰：「隧道迂，還往甚非所便，不如自啟門。」右應曰：「我壁子厚，大不易。」左曰：「我試闢，得與而[28]俱。」遂覺左眶內隱似抓裂。有頃，開視，豁[29]見几物。喜告妻，妻審之，則脂膜破小竅，黑睛熒熒[30]，纔如劈椒[31]。越一宿，幛盡消。細視，竟重瞳[32]也。但右目旋螺如故，乃知兩瞳人合居一眶矣。生雖一目眇[33]，而較之雙目

1 長安：縣名，位置在陝西省西安市南部。
2 遊女：出外遊玩的女子。
3 尾綴：尾隨，跟在後面。
4 朱茀繡幰：朱茀，紅色的車簾：茀，讀作「伏」。繡幰，繡花的遮陽車篷：幰，讀作「顯」。
5 青衣：指婢女，古時婢女穿青色衣服。
6 款段：馬行走得很慢的樣子。
7 小駟：小馬。
8 覘：讀作「沾」，觀看、察視。
9 瞻戀弗舍：迷戀不肯離去。舍，通「捨」，捨棄。
10 芙蓉城：指仙人居住的地方。
11 掬轍土颺生：雙手捧起車輪輾過的泥土丟他。掬，讀作「菊」，以雙手捧取東西。轍土，車輪輾過的泥土。颺，讀作「楊」，丟、扔。
12 眯：讀作「米」，有異物跑進眼睛，暫時無法睜開。
13 纔：讀作「才」，僅、只之意。通「裁」、「才」二字。
14 倩人啟瞼撥視：請人打開眼皮觀看。倩，請人幫忙。瞼，讀作「減」，眼皮。
15 翳：讀作「易」，眼疾，瞳孔被白膜覆蓋。
16 淚簌簌：眼淚不斷流出。簌，讀作「素」。
17 浼：讀作「每」，拜託、請求。
18 趺坐：盤腿而坐，即打坐。趺，讀作「夫」。
19 萬緣俱淨：萬緣，佛家語，塵俗的一切因緣。萬緣皆空，即指人的心不執著於萬緣。佛教認為，世間一切事物皆由各種條件結合（即因緣和合）而來，所以一切事物都在變動之中，心若執著於萬物皆永恆不變，即自尋煩惱，故應當放下。
20 尀耐：可恨，此解為難以忍受。「尀」，讀作「頗」，通「叵」。
21 遽：立刻、馬上。
22 遽：就、遂。
23 詰：讀作「傑」，問。
24 俟：讀作「四」，等待、等候。
25 營營：在空中往來盤旋狀。
26 連臂：手挽著手，一起的意思。
27 螘：指螞蟻。同今「蟻」字，是蟻的異體字。
28 而：你。
29 豁：讀作「貨」，突然、很快。
30 熒熒：讀作「迎迎」，微弱光影閃動的樣子。
31 劈椒：裂開的花椒種子。
32 重瞳：一個眼眶中有雙眸。
33 眇：一隻眼睛不能視物。
34 控驢：騎驢子。
35 赧：因害羞而臉紅，不好意思的樣子。
36 評騭殊褻：不莊重的評論。評騭，即評論；騭，讀作「至」。褻，讀作「謝」，輕慢、不莊重。
37 忸怩：讀作「紐尼」，慚愧難為情貌。
38 吃吃：讀作「集集」，說話吞吞吐吐的樣子。
39 生闢：硬開。

◆**何守奇評點**：此即罰淫，與《論語》首論為學孝弟，即繼以戒巧言令色意同。

這就是懲罰那些言語輕佻的好色之徒，與《論語》第一篇〈學而〉的意思相同——教人要孝順父母、友愛兄弟，接著又教人要戒除那些話說得很動聽、裝得和顏悅色，心卻一點也不真誠的壞毛病。

者，殊更了了。由是益自檢束，鄉中稱盛德焉。

異史氏曰：「鄉有士人，偕二友於途，遙見少婦控驢[34]出其前。戲而吟曰：『有美人兮！』顧二友曰：『驅之！』相與笑騁。俄追及，乃其子婦。心赧[35]氣喪，默不復語。友偽為不知也者，評騭殊褻[36]。士人忸怩[37]，吃吃[38]而言曰：『此長男婦也。』各隱笑而罷。輕薄者往往自侮，良可笑也。至于眯目失明，又鬼神之慘報矣。芙蓉城主，不知何神，豈菩薩現身耶？然小郎君生闢[39]門戶，鬼神雖惡，亦何嘗不許人自新哉。」◆

陝西長安人方棟，頗有才華，但舉止輕佻不守禮節。每逢在郊外看到遊玩的女子，便緊緊跟隨其後。清明節前一天，他到城郊散步，看到一輛掛著紅色車簾、車頂飾有繡花布篷的小車。幾名婢女騎著馬在後面慢慢跟隨。其中一名婢女，騎著一匹小馬，容貌絕美。方棟稍湊近瞧，這才發現車簾沒放下，車內坐著一名年方十六歲的少女，裝扮得非常美麗；他從未見此絕世容顏，而為之神魂傾倒，目光依依不捨，在車輛前後跟隨奔馳了數里。

忽聽車內女子呼喚婢女靠近車旁，吩咐道；「幫我把簾子放下，哪裡來的輕狂男子，頻頻偷看！」婢女放下車簾，惱怒的看著方棟：「我們家娘子可不是鄉野村婦，她是芙蓉城仙府七公子的新婚妻子，正要回娘家，哪能讓你這書生胡亂偷看！」說完，便在馬車輾過的地上，捧了一把土丟他。

方棟眼睛進了異物睜不開，不過擦了擦眼，車隊便已走遠。訝然之餘，返回家中，請人撥開他的眼皮觀看，發現眸子上生了一層薄膜。經過一晚越來越痛，淚流不止，薄膜越來越大，過了幾天已像錢幣那麼厚。右眼起了螺旋花紋，吃了很多藥都治不好，最終失明。他非常懊惱，後悔不該偷看小娘子。他聽說佛

教經典《光明經》可解災厄，拿一卷請人教他誦讀。剛開始仍感煩躁，日久逐漸心安。早晚閒暇時，盤腿打坐，捻珠誦經。這樣過了一年，心中已能放下一切俗念。

忽然，他聽見左眼傳來蠅鳴般的低語，說：「黑漆漆的，什麼都看不見，眞是討厭極了！」右眼中的小人回答：「那我們一同出去遊玩，來解此煩悶吧。」他逐漸感到兩個鼻孔之間有什麼在蠕動，癢得很，好像有東西要從鼻孔跑出來。過了很久，小人們才從鼻孔回到眼眶中。他們又說：「好久沒去逛庭院了，珍珠蘭都快枯死了！」方棟一向喜歡蘭花，園子種植了許多，平日常澆水，但自他失明後已很久沒去澆水。他便問妻子：「爲什麼放任蘭花枯萎呢？」妻子問他如何得知？他便說了緣由。

妻子馬上去庭院查看，發現蘭花果然全都乾枯而死。她感到非常奇怪，便藏在房中，等待小人們再次出來。果然看到兩個小人從方棟的鼻子鑽出來，比豆子還小一點，在屋內盤旋了一會兒便飛出門口。他們越飛越遠，最終不知去向。不久，他們又一同回來，飛到方棟臉上，就像蜜蜂螞蟻回到自己巢穴一樣，又鑽回他的鼻孔。這樣過了兩三天，方棟又聽見左眼中的小人說：「每次都從鼻孔鑽出去，實在太不方便了，不如我們自己開一個門戶。」右眼中的小人回答：「我這邊的瞳孔膜太厚了，不容易鑿穿。」左眼中的小人說：「我試著從我這裡開一個門戶，如果成功的話，你就過來和我一道。」方棟於是感到眼眶似有抓裂之感。不久，睜開眼睛環視四周，看見了房裡茶几等擺設，他高興的告訴妻子。妻子觀看他的眼睛，原先覆在他眼睛上的薄膜破了個小洞，顯出閃亮的黑眼珠來，但僅半個花椒子大。過了一晚，眼睛上的薄膜都消退了。仔細一看，一個眼眶中竟有兩個眸子，但右眼眸子螺旋花紋依舊，原來是兩個眼眶中的小人合住在一個眼眶中。方棟雖瞎了一眼，但比那些有雙眼的人看得更清楚。從此以後，他自我約束行爲，德行的名聲傳遍鄉里。

記下奇聞異事的作者如是說：「鄉里中有個讀書人，偕兩位友人外出，遠遠的看到一名少婦騎驢走在前面，調戲說道：『美人來囉！』環顧兩位朋友說：『追她！』於是三人笑著去追少婦。等到追上了，發現是自己的兒媳，這才感到臉紅羞愧，不再作聲。兩名朋友裝作不知道，對少婦品頭論足，出言調戲。這名讀書人感到很難爲情，結結巴巴的說：『這是我的長媳。』兩名朋友暗自偷笑而作罷。輕薄他人的人，往往自取其辱，實在可笑。至於像前述故事中的方棟，則雙目失明，慘遭鬼神懲罰。芙蓉城主不知是何方之神，難道是菩薩現身嗎？瞳中小人硬開門戶，正是對方棟的救贖，鬼神雖嚴厲，又何嘗不給人改過的機會呢？」

畫壁

江西孟龍潭，與朱孝廉[1]客都中，偶涉一蘭若[2]，殿宇禪舍，俱不甚弘敞，惟一老僧挂搭[3]其中。見客入，肅衣出迓[4]，導與隨喜[5]。

殿中塑誌公像。兩壁圖繪精妙，人物如生。東壁畫散花天女[6]，內一垂髫[7]者，拈花微笑[8]，櫻唇欲動，眼波將流。朱注目久，不覺神搖意奪，恍然凝想。身忽飄飄，如駕雲霧，已到壁上。見殿閣重重，非復人世。一老僧說法座上，偏袒[9]繞視者甚眾，朱亦雜立其中。少間，似有人暗牽其裾[10]。回顧，則垂髫兒，輾然[11]竟去。履即從之。過曲欄，入一小舍，朱次且[12]不敢前。女回首，舉手中花，遙遙作招狀，乃趨之。

舍內寂無人；遽[13]擁之，亦不甚拒，遂與狎好[14]。既而閉戶去，囑勿咳，夜乃復至，如此二日。女伴覺之，共搜得生，戲謂女曰：「腹內小郎已許大，尚髮蓬蓬[15]學處子耶？」共捧簪珥[16]，促令上鬟[17]。女含羞不語。一女曰：「妹妹姊姊，吾等勿久住，恐人不歡。」羣笑而去。生視女，髻雲高簇，鬟鳳低垂，比垂髫時尤艷絕也。

四顧無人，漸入猥褻，蘭麝[18]熏心，樂方未艾。忽聞吉莫靴[19]鏗鏗甚厲，縲鎖鏘然[20]；旋有紛囂騰辨之聲。女驚起，與生竊窺，則見一金甲使者，黑面如漆，綰鎖挈槌[21]，眾女環繞之。使者曰：「全未？」答言：「已全。」使者曰：「如有藏匿下界人，即共出首，勿貽伊戚[22]。」又同聲言：「無。」使者反身鶚顧[23]，似將搜匿。女大懼，面如死灰，張皇[24]謂朱曰：「可急匿榻下。」乃啟壁上小扉，猝[25]遁去。

朱伏，不敢少息。俄聞靴聲至房內，復出。未幾，煩喧漸遠，心稍安；然戶外輒有往來語論者。朱跼蹐[26]既久，覺耳際蟬鳴，目中火出，景狀殆不可忍，惟靜聽以待女歸，竟不復憶身之何自來也。時孟龍潭在殿中，轉瞬不見朱，疑以問僧。僧笑曰：「往聽說法去矣。」問：「何處？」曰：「不遠。」少時，以指彈壁而呼曰：「朱檀越[27]何久遊不歸？」旋見壁間畫有朱像，傾耳佇立，若有聽察。僧又呼曰：「遊侶久待矣。」遂飄忽自壁而下，灰心木立[28]，目瞪足耎[29]。孟大駭，從容問之，蓋方伏榻下，聞叩聲如雷，故出房

1 孝廉：舉人。

2 蘭若：此指寺院。

3 挂搭：即掛單，出遊的僧侶在寺院投宿。

4 肅衣出迓：穿戴整齊出來迎接。迓，讀作「訝」，迎接。

5 隨喜：佛家語。佛家看到別人有所成就（行善、積功德、做好事以及在禪修上有所精進）時，心生讚嘆愉悅。此指導覽寺廟。

6 散花天女：此處用此典故，意在考驗朱孝廉能否戒女色，並勸戒世人不要心懷淫念，否則魔由心生；源自佛教《維摩詰經．觀眾生品》：「時維摩詰室有一天女，見諸大人聞所說法，便現其身，即以天華散諸菩薩、大弟子上。」講述天女散花，以考驗菩薩聲聞弟子的道行。

7 垂髫：指童子，古時童子不束髮，故稱。髫，讀作「條」。

8 拈花微笑：出自佛教典故，源自《見五燈會元．卷一．釋迦牟尼佛》：「本指釋迦牟尼在靈山會上說法，手持鮮花示眾，然眾人皆面無表情、不解禪意，只有維摩訶迦葉面露笑容，世尊遂將心法傳於迦葉。」此描寫散花天女的神態。

9 偏袒：佛家語，指僧侶。原指古印度尊敬對方的禮法，後佛教沿用，僧侶在拜見佛陀時，須穿著露出右肩的袈裟以示尊敬；但平時佛教徒所穿的袈裟，則無偏袒。袒，讀作「坦」，裸露之意。

10 裾：讀作「居」，衣服背後的部分。

11 囅然：開懷大笑貌。囅，讀作「產」。

12 次且：讀作「茲居」，徘徊、不往前行貌。

13 遽：就、遂。

14 狎好：親熱。狎，讀作「霞」，親近。

15 髮蓬蓬：披頭散髮的樣子。古代女子未出嫁時披散著頭髮，成婚後則梳鬟髻，詳見下條注釋。

16 簪珥：頭簪與耳環，此指各式樣首飾。

17 上鬟：古代婦女成婚後，需將頭髮梳成髮髻盤在頭頂或腦後。

18 蘭麝：婦女身上所散發的體香。

19 吉莫靴：皮靴。

20 縲鎖鏘然：用來綁犯人的鎖鏈所發出的撞擊聲。「縲鎖」，鎖鏈；縲，讀作「雷」。

21 綰鎖挈槌：鎖鏈盤繞在肩膀上，手裡拿著槌子。綰，讀作「晚」，繫、盤繞。挈，讀作「竊」，提或舉。

22 伊戚：自找麻煩。

23 鶚顧：像鶚一樣凶惡銳利的目光。鶚，讀作「餓」，一種凶猛的水鳥。

24 張皇：驚慌失措、慌張。

25 猝：讀作「促」，突然。

26 跼蹐：讀作「局及」，弓著身子、緊張害怕的樣子。

27 檀越：指施主。

28 灰心木立：此指受了極大的驚嚇，臉色如死灰般慘白，如槁木般呆立原地；出自《莊子．齊物論》：「形固可使如槁木，而心固可使如死灰乎？」原指道家的一種修行境界，心擺脫了生命形軀的限制，達到與外物渾然一體的境界。

29 足耎：腳軟。耎，讀作「軟」，通「軟」。

30 老婆心切：苦口婆心。

◆**何守奇評點**：此篇多宗門語，至「幻由人生」一語，提撕殆盡。志內諸幻境當作如是觀。

本篇故事用了許多佛教典故和詞彙，「幻由心生」一語，提綱挈領，故事中許多幻境都是如此。

窺聽也。共視拈花人，螺髻翹然，不復垂髫矣。朱驚拜老僧，而問其故。僧笑曰：「幻由人生，貧道何能解。」朱氣結而不揚，孟心駭而無主。即起，歷階而出。

異史氏曰：「幻由人生，此言類有道者。人有淫心，是生褻境；人有褻心，是生怖境。菩薩點化愚蒙，千幻並作，皆人心所自動耳。老婆心切[30]，惜不聞其言下大悟，披髮入山也。」◆

江西人氏孟龍潭，與朱孝廉客居京城，偶經一間寺廟，寺廟的大殿和僧房不太大，僅一位老和尚在此掛單。老和尚見有客前來，便穿戴整齊出來迎接，帶他們參觀寺院。

大殿上有尊誌公禪師塑像，兩側各一幅壁畫，畫工精美，人物栩栩如生。東面牆上畫的是散花天女，其中有名少女手裡拿著花正微笑，櫻桃小口像要對人說話，眼神含情脈脈。朱生注視她良久，不知不覺間思緒彷彿離開肉身，進入冥想狀態。身體輕飄飄的，宛如騰雲駕霧，霎時進到了壁畫之中。他見到一重重的殿宇樓閣，看起來不似凡間景象。一名老僧在座上宣揚佛法，在場聽講的僧侶眾多，朱生自己也置身其中。不久，好像有人在後面偷偷拉他衣服，回頭一看，是那名拈花少女，對他微微一笑，轉頭就走。朱生快步跟上，經過一條曲折的迴廊，見少女走進一間小屋。朱生有點猶豫，徘徊不前。少女回頭望他，舉起手中的花，向他招手，這才敢進屋。

屋子裡沒有別人，朱生便將少女擁入懷中，她也沒怎麼拒絕，兩人便上床親熱一番。完事後，少女把門關上，離開前叮囑他切勿出聲，夜裡又來與他幽會。就這樣過了兩天，少女的同伴終有所覺，一同把朱生找了出來，戲弄少女說：「你肚裡孩兒已有幾個月大了，怎麼還學處女那樣把頭髮披放下來呢？」於是幾名女子手裡拿著各種首飾，要幫少女把頭髮梳成髮髻盤在頭上，打扮成已婚婦人模樣。少女含羞沒有答腔。其中一名女子說：「姊妹們，我們不要叨擾太久，免得人家不高興。」於是眾女笑著離開。朱生看著少女，髻雲高聳，鬟垂似鳳，比披散著頭髮時更豔麗絕倫。

環顧四下無人，又與她親熱一番，少女身體如蘭花麝香般迷人，正歡好之際，忽聽外面傳來皮靴扣地的鏘鏘聲，以及鎖鏈撞擊的響亮聲。不久，傳來人聲喧嘩吵鬧。少女嚇得趕緊從床上起身，和朱生一同偷看外面動靜。看到一名身穿金甲的使者，一臉烏漆抹黑，肩上纏著鎖鏈，手裡拿著大鐵鎚，一群女子圍繞著他。使者說：「倘若有人在此窩藏凡人，趕緊主動把他交出來，不要給自己找麻煩。」圍觀女子齊聲答：「沒有此事。」使者轉過身像鶚鳥一樣環顧四周，準備搜索藏匿之人。少女嚇得臉色發白，驚慌失措的對朱生說：「你趕快躲在床底下。」她則打開牆上暗門，倉促離開。

朱生躲在床底下蹲低了身子，連氣都不敢喘一下。不久，聽見房內響起皮靴聲，隨後又出去了。不多時，令人心煩的喧鬧聲逐漸遠去，他稍放寬心，但門外仍有人來回走動說話的聲音。朱生弓著身子在床底下蹲久了，耳鳴目眩，難以忍受，他不敢輕舉妄動，只能留在原地聽外面動靜，等待少女回來，竟全然忘了自己從何而來。值此之際，孟龍潭在佛寺大殿中，一眨眼工夫就沒看到朱生，覺得奇怪，便問老和尚。老和尚笑答：「他聽禪師宣講佛法去了。」孟生就問：「在哪裡？」老和尚答：「離此不遠。」沒過多久，他用手指敲彈畫壁大聲喊道：「朱施主，你怎麼去了那麼久還不回來？」就在這時，孟生看見牆上有朱生的畫像，朱生正站著傾聽，似聽見有人呼喚自己。老和尚又呼喚：「你的朋友等你很久了。」朱生便從牆上飄了下來，面容慘白，目瞪口呆、雙腿發軟。孟生嚇了一大跳，慢慢詢問他事情經過——朱生那時躲在床底下，聽到打雷般的撞擊聲，遂走出房間查看，沒想到就這樣從壁畫中出來了。他們一同觀看壁畫中那名拈花少女，頭上盤著髮髻，已不復先前披散頭髮的模樣。朱生驚訝的向老和尚拜謝，又問他為什麼會這樣。老和尚笑答：「幻象，由人心念所生，貧僧如何能解答。」朱生心中暗自鬱悶，孟生則嚇得六神無主。兩人隨即站起，一同走出佛寺。

記下奇聞異事的作者如是說：「幻象，由人心念所生，老和尚此言蘊含哲理。人有淫慾之心，故顯現男女淫穢的景象；人有淫穢之心，故顯現恐怖景象。菩薩以各種幻象點化凡人，所見所聞都只是人的心念所幻化。老和尚雖苦口婆心開示凡人，可惜朱生與孟生沒能當下徹悟，遁入空門。」

山魈[1]

孫太白嘗言：其曾祖肄業[2]於南山柳溝寺。麥秋旋里[3]，經旬始返。啟齋門，則案上塵生，窗間絲滿，命僕糞除[4]，至晚始覺清爽可坐。乃拂榻陳臥具，扃[5]扉就枕，月色已滿窗矣。輾轉移時，萬籟俱寂[6]。

忽聞風聲隆隆，山門豁然[7]作響。竊謂寺僧失扃。注念間，風聲漸近居廬，俄而房門闢[8]矣。大疑之，思未定，聲已入屋；又有靴聲鏗鏗然，漸傍寢門。心始怖。俄而寢門闢矣。急視之，一大鬼鞠躬塞入，突立榻前，殆與梁齊。面似老瓜皮色；目光睒閃[9]，繞室四顧；張巨口如盆，齒疎疎[10]長三寸許；舌動喉鳴，呵喇[11]之聲，響連四壁◆。公懼極；又念咫尺之地，勢無所逃，不如因而刺之。乃陰抽枕下佩刀，遽拔而斫[12]之，中腹，作石缶[13]聲。鬼大怒，伸巨爪攫[14]公。公少縮。鬼攫得衾[15]，捽[16]之，忿忿而去。公隨衾墮，伏地號呼。

家人持火奔集，則門閉如故。排窗入，見狀大駭。扶曳登牀，始言其故。共驗之，則衾夾於寢門之隙。啟扉檢照，見有爪痕如箕，五指著處皆穿。既明，不敢復留，負笈[17]而歸。後問僧人，無復他異。

孫太白說過這樣一件事——

他的曾祖父曾在南山柳溝寺讀書，於麥子成熟時返鄉探望，約十天後才回到寺裡。他打開書齋的門，進入書房，桌案上布滿了灰塵，窗戶長滿了蜘蛛絲。孫公叫僕人來打掃，直到晚間才打掃乾淨，可以住

人。孫公整理床鋪擺設寢具，關門準備睡覺。月光灑進了房裡，孫公輾轉難以入眠，四周靜寂無聲。

忽聽風聲隆隆作響，寺廟的大門被吹開，發出很大的聲響。孫公以爲是廟裡和尚忘了關門，正想著，風聲漸漸靠近他居住的屋子。不久，房門被打開，孫公嚇一大跳。心緒未定之際，聲響已來到屋內，又聽見靴子扣地的鏘鏘聲逐漸靠近臥室門口，孫公感到害怕。不久，臥室的門也被打開，他急忙起身觀看，一隻大鬼彎著腰塞進了臥室，站在床前，頭快要頂到屋頂梁柱。大鬼的臉像老瓜皮般呈深綠，眼睛閃閃發光，朝臥室打量一番，嘴巴張開如大盆，牙齒稀稀疏疏的每顆約三寸長，嘴裡發出吼叫聲，整個屋子都在震動。

孫公害怕極了，又想這麼窄小的地方根本沒地方可躲，不如拿刀刺它。於是偷偷抽出藏在枕下的佩刀，拔出來就往大鬼身上砍，砍中它腹部，發出了敲打裝酒瓦器般的聲響。此舉惹怒大鬼，伸出大爪要抓孫公。孫公便往後縮，大鬼只抓到被子，拿起被子朝他身上扔去，很生氣的離去。孫公被打中，和被子一同跌在床底下，趴在地上大喊大叫。

僕人聽到聲音，紛紛拿著火把聚集而來，發現門是鎖上的，便從窗戶爬了進去，看見孫公的模樣嚇一大跳。將他攙扶至床上，孫公這才告知經過。僕人檢查四周，發現被子夾在臥室的縫隙；開門查看，看見像畚箕那麼大的爪痕，五指印處，門板都被戳穿了。天亮後，他不敢再留下，揹著書箱回鄉去了。過了一些時候，又前來詢問僧人有無異狀，他們都說沒有。

1 山魈：一種生長於非洲西岸的動物，此指山中鬼怪。魈，讀作「蕭」。
2 肄業：學習讀書。
3 麥秋旋里：於麥子成熟時回歸故里。麥秋，農曆四五月，冬小麥成熟的季節。旋，回來，歸來。
4 糞除：打掃清潔。
5 扃：讀作「窘」的一聲。當名詞用，指門閂；當動詞用，即鎖門，拴上門外面的門閂。
6 萬籟俱寂：大地萬物皆寂靜無聲。萬籟，天地間的孔竅因風吹而發出各種不同聲音，出自《莊子・齊物論》：「萬竅怒呺（號）」。
7 豁然：開闊貌。
8 闢：打開。

9 睒閃：眼睛閃閃發光。睒，讀作「閃」。
10 疎疎：稀少。同今「疏」字，是疏的異體字。
11 呵喇：吼叫。
12 遽：就、遂。斫：讀作「卓」，用刀砍。
13 缶：讀作「否」，裝酒的瓦器。
14 攫：讀作「決」，用爪子抓取。
15 衾：讀作「親」，被子。
16 捽：讀作「族」，此指投擲、丟、扔物品。
17 負笈：揹著書箱。笈，讀作「及」。

◆**馮鎮巒評點**：聊齋作險怪語，儼見奇鬼森立紙上。

《聊齋志異》做驚險奇怪的描述時，儼然可見奇鬼陰冷的躍然紙上。

咬鬼

沈麟生云：其友某翁者，夏月晝寢，矇矓間，見一女子搴[1]簾入，以白布裹首，縗[2]服麻裙，向內室去。疑鄰婦訪內人者；又轉念，何遽以凶服入人家？正自皇惑[3]，女子已出。細審之，年可三十餘，顏色黃腫，眉目蹙蹙然，神情可畏。又逡巡[4]不去，漸逼臥榻。遂偽睡以觀其變。

無何，女子攝衣登牀，壓腹上，覺如百鈞重。心雖了了，而舉其手，手如縛；舉其足，足如痿[5]也。急欲號救，而苦不能聲。女子以喙[6]嗅翁面，顴[7]鼻眉額殆遍。覺喙冷如冰，氣寒透骨。翁窘急中，思得計，待嗅至頤頰，當即因而齧[8]之。

未幾，果及頤。翁乘勢力齕[9]其顴，齒沒於肉。女負痛身離，且掙且啼。翁齕益力。但覺血液交頤，濕流枕畔。相持正苦，庭外忽聞夫人聲，急呼有鬼，一緩頰而女子已飄忽遁去。夫人奔入，無所見，笑其魘夢之誣[10]。翁述其異，且言有血證焉。相與檢視，如屋漏之水，流枕浹席[11]。伏而嗅之，腥臭異常。翁乃大吐。過數日，口中尚有餘臭云。◆

沈麟生說他的一個老翁友人，夏天午睡正半睡半醒之際，見一女子掀起門簾入屋。她用白布裹著頭，身穿喪服麻裙，走向裡面的房間。老翁猜想，可能是鄰居婦人前來拜訪自己妻子；後來轉念又想，尋常人怎麼會穿著喪服到別人家？正疑惑時，女子已走了出來。老翁仔細觀看，此女年約三十歲，臉色黃腫，眼睛眉

毛皺在一起，表情很可怕。她又徘徊不肯離去，漸朝老翁睡覺的床榻走來。老翁便假裝熟睡，靜觀其變。

不久，女子撩衣上床，壓在老翁的腹部上，他感到身如三千斤重。他雖意識清醒，想舉起手，手卻好像被綁住，無法動彈；想抬腳，雙足有如麻痺無法使力；想大喊求救，卻無法發出聲音。女子以嘴輕觸老翁臉頰，遍觸頰骨鼻子和眉毛。他感到女子的嘴很冰冷，寒氣透骨。老翁急中生智，待女子的嘴觸到他下巴時，就要用嘴咬它。

不久，女子的嘴碰到了他的下巴，老翁便用力咬它顴骨。他只感到血從下巴流下，浸濕了枕頭。兩人正相持不下之際，聽見妻子在庭院呼喊自己，他趕緊大聲喊「有鬼」，口齒一鬆，女子已飄然離去。妻子跑進房裡，什麼都沒見到，笑老翁做噩夢亂喊亂叫。老翁講述了事情經過，且有血漬爲證。他和妻子一同查看枕頭，那些血漬如屋頂漏水般浸濕了枕席。趴在床上嗅聞，有股難聞的腥臭味，老翁便大吐，過了好幾天，口中仍有些許臭味。

1 搴：讀作「千」，掀起、揭開。
2 縗：讀作「崔」，通「衰」。古代服三年父母之喪所穿喪服，以粗麻布做成，不緝邊縫。
3 皇惑：驚疑、惶恐。皇，通「惶」。
4 逡巡：徘徊。逡，讀作「群」的一聲。
5 痿：讀作「委」，本指肌肉麻痺萎縮的一種病變，此指雙腳乏力，無法使力。
6 喙：讀作「惠」，泛指人嘴。
7 顴：眼睛下面，臉頰上突起的部分。
8 齧：讀作「聶」，咬。
9 齕：讀作「河」，以牙齒去咬。
10 魘夢之誣：魘夢，做噩夢。誣，虛假、不真實。魘，讀作「眼」。
11 浹：讀作「夾」，濕透。

◆**但明倫評點**：顏色黃腫，是一醜鬼；眉目戚戚，是一哭鬼；登牀壓腹，是一冒失鬼；喙嗅人面，是一饞嘴鬼；冷如冰氣，是一喪心鬼；被人齕顴，是一沒臉鬼；血流腥臭，是一齷齪鬼：合之，只是一白日鬼。

臉色黃腫，是醜鬼；眉眼哀戚，是哭鬼；爬上床壓人的肚子，是冒失鬼；用嘴觸碰人臉，是饞嘴鬼；冷如冰氣，是失心鬼；被人咬臉，是沒臉鬼；流出腥臭的血，是齷齪鬼。總言而之，只是一白日鬼。

捉狐

孫翁者，余姻家清服之伯父也。素有膽。一日，晝臥，彷彿有物登牀，遂覺身搖搖如駕雲霧。竊意無乃魘狐[1]耶？微窺之，物大如貓，黃毛而碧嘴，自足邊來。蠕蠕伏行，如恐翁寤[2]。逡巡[3]附體：著足，足痿；著股，股耎[4]。甫及腹，翁驟起，按而捉之，握其項。物鳴急莫能脫。

翁亟呼夫人，以帶縶[5]其腰，乃執帶之兩端，笑曰：「聞汝善化，今注目在此，看作如何化法。」言次，物忽縮其腹，細如管，幾脫去。翁大愕，急力縛之；則又鼓其腹，粗于椀[6]，堅不可下；力稍懈，又縮之。翁恐其脫，命夫人急殺之。夫人張皇[7]四顧，不知刀之所在。翁左顧示以處。比回首，則帶在手如環然，物已渺矣。◆

孫翁，是我親家清服先生的伯父，向來很有膽識。有天午睡，依稀感到有東西跑上床來，他的身體輕飄飄如騰雲駕霧，心想，該不會是在睡夢中遭狐怪侵擾吧？他稍微偷看了一下，那東西像貓兒那麼大，黃毛綠嘴，從腳邊過來。牠伏著身子緩慢爬行，怕吵醒老翁。牠一步步挨到老翁身上，壓到他的腳，腳就麻痺；壓到大腿，腿就軟。牠才剛爬到他肚子上，老翁便從床上跳起，按住牠身體，用手掐牠脖子。狐狸急促鳴叫，無法逃脫。

老翁於是一邊大聲呼喚妻子，一邊拿腰帶綁住這隻狐狸。老翁手握帶子兩端，笑著說：「聽說狐狸這

種動物，善於變化形體，我今天倒要看看，你還能變成什麼樣子。」說完，狐狸突然縮腹，身體像管子般細長，幾乎要逃走。老翁大驚，用力綁住牠，狐狸又鼓起肚子，像碗那麼粗，兩方堅持不下；老翁稍稍放鬆，狐狸又縮小了。老翁怕牠逃走，叫妻子快殺了牠。做妻子的慌張環顧四周，忘記刀放在哪兒。老翁往左看去，示意刀所在位置。才一回頭，手中帶子有如手環，狐狸已然不見蹤影。

1魘狐：睡夢中遭鬼怪狐狸侵擾。
2寤：讀作「物」，醒來、睡醒。
3逡巡：徘徊。逡，讀作「群」的一聲。
4股栗：腿軟。股，大腿。栗，讀作「軟」，通「軟」。
5縶：讀作「直」，綑綁。
6椀：同今「碗」字，是碗的異體字。
7張皇：驚慌失措、慌張。

◆**但明倫評點：**到手之物，忽縮忽盈。妙手空空，有如蕉鹿。

本來到手的狐狸，身體忽小忽大。最後什麼都沒得到，如同先秦時鄭國樵夫得鹿又失鹿的故事。人生真是無常。

（編撰者按：蕉鹿，指鄭國樵夫得鹿又失鹿的故事，喻人生無常，有如夢幻。以下簡述《列子》蕉鹿之夢故事——鄭國有一樵夫，獵殺一頭鹿，怕人見到搶去，於是找了個地方埋鹿。過了一會兒，他忘了把鹿埋在哪兒，便以為這是個夢，遂將此事講給路人聽。其中一人根據樵夫所述，將這頭鹿找了出來。樵夫又夢見了藏鹿之處及得鹿之人，依夢找到此人。兩人為此鹿應當歸誰，起了爭執，跑去找士師，要他評理，士師說：「真實的事，你當成作夢；夢中之事，你又當成真實。」後以此故事比喻人生得失無常，就像做了場夢一樣，到頭來兩手空空。）

莜[1]中怪

長山[2]安翁者，性喜操農功。秋間莜熟，刈堆隴畔[3]。時近村有盜稼者，因命佃人[4]，乘月輦運登場[5]；俟[6]其裝載歸，而自留邏守。遂枕戈露臥。目稍瞑，忽聞有人踐莜根，咋咋[7]作響。心疑暴客[8]。急舉首，則一大鬼，高丈餘，赤髮鬡鬚[9]，去身已近。大怖，不遑[10]他計，踴身暴起，狠刺之。鬼鳴如雷而逝。恐其復來，荷戈[11]而歸。迎佃人於途，告以所見，且戒勿往。眾未深信。越日，曝麥於場，忽聞空際有聲，翁駭曰：「鬼物來矣！」乃奔，眾亦奔。移時復聚，翁命多設弓弩以俟之。翼日，果復來。數矢齊發，物懼而遁。二三日竟不復來。

麥既登倉，禾藍雜遝[12]，翁命收積為垛[13]，而親登踐實之，高至數尺。忽遙望駭曰：「鬼物至矣！」眾急覓弓矢，物已奔翁。翁仆，齕[14]其額而去。共登視，則去額骨如掌，昏不知人。負至家中，遂卒。後不復見。不知其何怪也。◆

山東省鄒平縣有位姓安的老翁，喜歡做農事，秋天麥子成熟時，他下田幫忙收割成熟的麥子，完成後便堆在田埂旁。那時，鄰村出現一夥偷莊稼的賊人，因此他叫那些佃農乘著月色，用手推車把收割下來的麥子運到曬穀場上，等他們裝載完離開後，便獨自留在那兒巡邏。他枕著武器露宿。剛閉上眼，就聽見有人踐踏麥稈，發出了很大聲響。他以為是偷麥賊來了，趕緊抬頭，一看，離他不遠處竟有隻大鬼，一丈那

荍中怪

秋荍穫向隴頭堆
夜半驚看大鬼來
勁矢長戈空設守
竟教頷骨受飛灾

◆**但明倫評點**：荍中不知何怪。然再去再來，只奔此公，而後不復見。亦此公之死期將至，而後致此怪也。

曬穀場上出現的，不知是什麼鬼怪。三番兩次前來騷擾，只針對安翁這個人，之後再沒出現過。或許是安翁的死期快到了，才招引這種鬼怪前來也說不定。

麼高，一頭紅色亂髮蓬亂鬍鬚。安翁嚇了一大跳，不容多想，跳起身，拿起武器朝大鬼狠狠刺去。鬼被刺中，發出如雷的慘叫聲逃跑。

安翁怕它又來，遂揹著武器回家。在路上遇到佃農，把所見所聞告訴他們，並警告他們別過去，然而那些佃農半信半疑。過了一日，在曬穀場上曬麥子時，突然聽見空中傳來聲響，安翁大驚叫道：「鬼怪來囉！」喊完，拔腿就跑，其餘佃農也隨之逃命。過了一段時間，大夥又聚集在一起，安翁要佃農多準備些弓箭，等鬼怪來時好對付它。第二天，鬼怪果然又來了，大家用弓箭一齊射它，鬼怪一害怕就逃走了。往後兩三天竟未再出現。

麥子已收到倉庫去了，只剩一些枯麥稈子散落在曬穀場上，安翁命佃農將散落的麥稈子收積起來，疊成乾草堆，更親自爬上去踩實些，最後，堆得高達數尺。安翁忽望著遠方大喊：「鬼怪來囉！」大夥趕快尋找弓箭，不待弓箭備妥，鬼怪已朝安翁直奔而去。安翁被撲倒在地，那鬼朝他額上咬了一口便離去。大夥爬上草堆探看，發現安翁的額骨已被咬掉巴掌那麼大，昏迷不省人事。佃農揹他回家，不久他便死了。以後再也沒看見這隻鬼怪，不知是什麼鬼怪。

1 荍：讀作「蕎」，麥子。同今「蕎」字，是蕎的異體字。
2 長山：地名，今山東省鄒平縣。
3 刈堆隴畔：麥子收割完成，堆在田埂旁。刈，讀作「義」，收割。隴，田埂。
4 佃人：向地主租田地耕種，或受僱於他人耕種的農人。
5 輦運登場：用手推車運到曬穀場上。輦，讀作「鯰」，以人力拉行的車，即手推車。登場，曬穀物的地方。
6 俟：讀作「四」，等待、等候。
7 咋咋：讀作「則則」，形容聲音很大。
8 暴客：前來偷東西的人。

9 鬡鬙：頭髮和鬍鬚蓬亂貌。鬡，讀作「凝」。
10 不遑：沒空、沒閒工夫。
11 荷戈：揹著武器。荷，讀作「賀」，背負。戈，泛指武器。《說文解字・段玉裁注》：「止戈為武。」（能平息天下干戈的武力，才是真正的武。）
12 禾藉雜遝：穀類植物被去掉穗及皮的莖部後，散落在地。藉，讀作「皆」，去掉穗與皮的禾莖。雜遝，同「雜沓」，眾多紛亂貌；遝，讀作「踏」。
13 垜：讀作「墮」，指堆積。同今「垛」字，是垛的異體字。
14 齕：讀作「河」，以牙齒去咬。

宅妖

長山李公，大司寇1之侄也。宅多妖異。嘗見廈有春凳2，肉紅色，甚修潤3。李以故無此物，近撫按之，隨手而曲，殆如肉耎4，駭而卻走。旋回視，則四足移動，漸入壁中。又見壁間倚白梃5，潔澤修長。近扶之，膩然6而倒，委蛇7入壁，移時始沒。

康熙十七年，王生俊升設帳8其家。日暮，燈火初張，生著履臥榻上。忽見小人，長三寸許，自外入，略一盤旋，即復去。少頃，荷9二小凳來，設堂中，宛如小兒輩用粱藍心10所製者。又頃之，二小人舁11一棺入，長四寸許，停置凳上。安厝未已，一女子率廝婢數人來，率細小如前狀。女子衰12衣，麻綆13束腰際，布裹首；以袖掩口，嚶嚶而哭，聲類巨蠅。生睥睨14良久，毛森立，如霜被於體。因大呼，遽15走，顛牀下，搖戰莫能起。館中人聞聲畢集，堂中人物杳然矣。◆

山東省鄒平縣的李大人是刑部尚書的侄兒，他住的宅子常發生許多妖異之事。他曾在屋內看到一張光澤鮮亮的肉紅色長凳，李大人從未見過家中有此物，便走近用手撫摸、按壓，凳子竟隨手觸摸而扭曲變形，有如一團軟肉。他嚇得趕緊逃走，不久又回來觀視，看見凳子的四根支柱，竟如腳一樣自己會行走，而逐漸消失在牆壁中。他又看到牆壁上靠著一根棍子，光潔細長，李大人走近去拿，棍子竟滑落在地，然後像蛇一樣爬進了牆裡，不久便消失。

康熙十七年，秀才王生俊在李大人家開學堂教授學生。有天傍晚，天色剛暗，才正點亮燈火時，王生穿著鞋子躺在床上，忽見長約三寸的小人從外面進來，稍停留一下，便離開。不久，小人揹著兩張小凳進來放在大廳，活像小孩以黃粱稈子做成的板凳。又過了一段時間，兩個小人抬了一口僅四寸長的棺木進來，置放在凳子上。還沒安置完畢，一名女子領著奴僕和奴婢數人前來，他們都只有三寸那麼大。女子披麻帶孝，用白布包著頭，用袖子掩口，小聲的啼哭起來，聲音像大蒼蠅那樣。王生偷看了很久，覺得汗毛都豎了起來，如寒霜蓋體。他大聲呼叫，害怕的逃走，不慎摔到床下，手足發抖得站不起來。學堂的人聽見聲音跑了過來，卻已不見廳中小人。

1 大司寇：晚清學者呂湛恩在其《聊齋志異輯注》一書中，提到：「長山李司寇，名化熙，字五絃。明崇禎甲戌進士，官刑部尚書。」長山：地名，今山東省鄒平縣。（《聊齋志異輯注》，第一本問世的《聊齋志異》評注）
2 春凳：長條形的凳子。
3 修潤：色澤明亮美觀。
4 耎：讀作「軟」，通「軟」。
5 白梃：沒有其他裝飾的棍子。梃，讀作「挺」，指棍棒。
6 膩然：滑潤貌。
7 委蛇：讀作「瑋儀」，像蛇一樣俯伏爬行。
8 設帳：開學堂授徒。
9 荷：讀作「賀」，背負。
10 粱藉心：去掉皮的黃粱稈子。
11 舁：讀作「魚」，抬、扛舉。
12 衰：讀作「崔」，通「縗」。古代服三年父母之喪所穿喪服，以粗麻布做成，不緝邊縫。
13 麻綆：讀作「梗」，繩索。
14 睥睨：讀作「必逆」，斜眼看、偷窺。
15 遽：害怕、驚慌失措。

◆**何守奇評點**：王生膽太小。

王生膽子太小。

王六郎

許姓，家淄[1]之北郭。業漁。每夜，攜酒河上，飲且漁。飲則酹[2]地，祝云：「河中溺鬼得飲。」以為常。他人漁，迄無所獲；而許獨滿筐。一夕，方獨酌，有少年來，徘徊其側。讓之飲，慨[3]與同酌。既而終夜不獲一魚，意頗失。少年起曰：「請於下流為君敺[4]之。」遂飄然去。少間，復返，曰：「魚大至矣。」果聞唼呷[5]有聲。舉網而得數頭，皆盈尺。喜極，申謝。欲歸，贈以魚，不受，曰：「屢叨佳醞[6]，區區何足云報。如不棄，要當以為常耳。」許曰：「方共一夕，何言屢也？如肯永顧，誠所甚願；但愧無以為情。」詢其姓字，曰：「姓王，無字；相見可呼王六郎。」遂別。明日，許貨魚，益沽酒[7]。晚至河干，少年已先在，遂與歡飲。飲數杯，輒為許敺魚。

如是半載，忽告許曰：「拜識清揚，情逾骨肉。然相別有日矣。」語甚淒楚。驚問之。欲言而止者再，乃曰：「情好如吾兩人，言之或勿訝耶？今將別，無妨明告：我實鬼也。素嗜酒。沉醉溺死，數年於此矣。前君之獲魚，獨勝於他人者，皆僕之暗敺，以報酹奠耳。明日業滿，當有代者，將往投生。相聚只今夕，故不能無感。」許初聞甚駭；然親狎[8]既久，不復恐怖。因亦欷歔，酌而言曰：「六郎飲此，勿戚也。相見遽違[9]，良足悲惻；然業滿劫脫，正宜相賀，悲乃不倫[10]。」遂與暢飲。因問：「代者何人？」曰：「兄於河畔視之，亭午，有女子渡河而溺者，是也。」聽村雞既唱，灑涕而別。

明日，敬伺河邊，以覘[11]其異。果有婦人抱嬰兒來，及河而墮。兒拋岸上，揚手擲足而啼。婦沉浮者屢矣，忽淋淋攀岸以出，藉地少息，抱兒逕去。當婦溺時，意良不忍，思欲奔救；轉念是所以代六郎者，故止不救。及婦自出，疑其言不驗。抵暮，漁舊處。少年復至，曰：「今又聚首，且不言別矣。」問其故。曰：「女子已相代矣；僕憐其抱中兒，代弟一人，遂殘二命，故舍之。更代不知何期。或吾兩人之緣未盡耶？」許感歎曰：「此仁人之心[12]，可以通上帝矣。」由此相聚如初。

數日，又來告別。許疑其復有代者，曰：「非也。前一念惻隱[13]，果達帝天。今授為招遠縣鄔鎮土地[14]，來朝赴任。倘不忘故交，當一往探，勿憚修阻[15]。」許賀曰：「君正直為神，甚慰人心。但人神路隔，即不憚修阻，將復如何？」少年曰：「但往，勿慮。」再三叮嚀而去。許歸，即欲治裝[16]東下，妻笑曰：「此去數百里，即有其地，恐土偶不可以共語。」許不聽，竟抵招遠。

問之居人，果有鄔鎮。尋至其處，息肩逆旅[17]，問祠所在。主人驚曰：「得無客姓為許？」許曰：「然。何見知？」又曰：「得勿客邑為淄？」曰：「然。何見知？」主人不答，遽出。俄而丈夫抱子，媳女窺門，雜沓[18]而來，環如牆堵。許益驚。眾乃告曰：「數夜前，夢神言：淄川許友當即來，可助以資斧。祗候已久。」許亦異之。乃往祭于祠而祝曰：「別君後，寤[19]寐不去心，遠踐曩[20]約。又蒙夢示居人，感篆中懷。愧無腆物[21]，僅有卮酒[22]；如不棄，當如河上之飲。」祝畢，焚錢紙。俄見風起座後，旋轉移時，始散。夜夢少年來，衣冠楚楚，大異平時。謝曰：「遠勞顧問，喜淚交并。但任微職，不便會面，咫尺河山，甚愴於懷。居人薄有所贈，聊酬夙好。歸如有期，尚當走送。」

居數日，許欲歸。眾留殷懇，朝請暮邀，日更數主。許堅辭欲行。眾乃折柬抱襆[23]，爭來致贐[24]，不終朝，饋遺盈橐[25]。蒼頭[26]稚子畢集，祖送出村。欻有羊角風起[27]，隨行十餘里。許再拜曰：「六郎珍重！勿勞

遠涉。君心仁愛，自能造福一方，無庸[28]故人囑也。」風盤旋久之，乃去。村人亦嗟訝[29]而返。許歸，家稍裕，遂不復漁。後見招遠人問之，其靈應如響[30]云。或言：即章丘[31]石坑莊。未知孰是。

異史氏曰：「置身青雲，無忘貧賤，此其所以神也。今日車中貴介，寧復識戴笠人哉？余鄉有林下者，家甚貧。有童稚交，任肥秩[32]。計投之必相周顧。竭力辦裝，奔涉千里，殊失所望；瀉囊貨騎[33]，始得歸。其族弟甚諧，作〈月令〉[34]嘲之云：『是月也，哥哥至，貂帽解，傘蓋不張，馬化為驢，靴始收聲。』念此可為一笑。」◆

家住山東省淄川縣北郊的許姓漁夫，每天晚上都會帶酒到河上，一邊飲酒一邊捕魚。飲酒前，他習慣以酒灑地，祭祀鬼神，並祈禱：「溺死在河裡的水鬼，請來一飲吧。」別人捕魚一無所獲，只有他滿載而歸。有天晚上，他正獨酌，一名少年前來，在他身旁徘徊。漁夫便邀他共飲，少年也很爽快的坐下同酌。漁夫整夜都沒捕到魚，很失望。少年起身說：「請讓我到下游幫你趕魚。」說完便離開。不久，少年又回來對他說：「一大群魚來囉。」漁夫果然聽見魚吞吐著水的聲音，趕緊收網捕到了幾條，而且都足足有一把尺那麼長。漁夫欣然向少年致謝。等到要回去時，漁夫想送幾條魚給少年，卻被婉拒：「我常常承蒙你請喝酒，這點小事如何算得上報答。如不嫌棄，我以後可以常來幫你趕魚。」漁夫答：「我才請你喝一晚上的酒，怎麼說經常呢？若你肯每晚來此，那我就每天請你喝酒，只是慚愧沒有什麼可以回報你的盛情。」漁夫問少年如何稱呼，少年答：「我姓王，沒有名字，以後可以叫我王六郎。」兩人便各自分別。第二天，許姓漁夫賣魚時，順便多買了些酒。傍晚來到河畔，少年已等在那裡，兩人便坐下歡飲。喝了數杯，少年就去幫他趕魚。

1 淄：地名，古名「般陽」，今山東省淄博市淄川區，蒲松齡的家鄉。
2 酹：讀作「類」，以酒灑地祭祀鬼神。
3 慨：慷慨，大方不小氣。慨，讀作「凱」。
4 毆：通「驅」，驅趕、驅逐。
5 唼呷：讀作「煞霞」，魚吃東西或吞吐水的聲音。
6 佳醞：佳釀、美酒。醞，讀作「韻」。
7 沽酒：買酒。沽，讀作「估」。
8 親狎：親暱、交好。狎，讀作「霞」。
9 遽：就、遂。違：分別、分開。
10 不倫：不合理、不恰當。
11 覘：讀作「沾」，觀看、察視。
12 仁人之心：仁者之心。孔子認為每個人生來都有仁心，即每個人天生即有行善與愛人之心。故《論語・述而篇》說：「我欲仁，斯仁至矣。」（我想實踐仁心，則此仁心就能化成善的行為。）
13 惻隱：惻隱之心。不忍他人受苦難的心，人皆有之。《孟子・公孫丑上》：「所以謂人皆有不忍人之心者，今人乍見孺子將入於井，皆有怵惕惻隱之心。」（每個人看到小孩快要掉到井裡去，心中都會升起不忍想救他的心。）
14 授為招遠縣鄔鎮土地：任命為招遠縣鄔鎮的土地神。招遠縣，今山東省招遠市。鄔鎮，招遠縣所管轄的一個村鎮。鄔，讀作「屋」。
15 勿憚修阻：不要懼怕路途遙遠險阻。憚，讀作「蛋」，畏懼、懼怕。
16 治裝：整理行裝。
17 逆旅：旅館。逆，迎接。
18 雜沓：同「雜遝」，眾多紛亂貌。沓，讀作「踏」。
19 寤：讀作「物」，醒來、睡醒。

20 曩：讀作「囊」的三聲，以前、昔日之意。
21 腆物：豐盛的祭品。腆，讀作「舔」。
22 卮酒：一杯水酒。卮，讀作「之」。
32 折柬抱襆：拿著禮單和禮物。折柬，裁紙寫信，此處應為禮單。抱襆，原指包袱、行李，此處指禮物。
24 贐：讀作「進」，送行時所贈禮物。
25 饋遺盈橐：贈送滿滿一大袋的禮物。饋遺，讀作「潰魏」，贈與財物。橐，讀作「陀」，袋子。
26 蒼頭：原指以青色頭巾做頭飾的僕役，此處應指老人。
27 欻有羊角風起：忽然吹起一陣旋風。欻，讀作「乎」，忽然之意，同今「欻」字，是欻的異體字。羊角風，旋風。
28 無庸：無須、不用。
29 嗟訝：驚訝。嗟，讀作「皆」。
30 靈應如響：凡有所求必定應驗。
31 章丘：縣名。
32 肥秩：有肥水可撈的官吏職位，猶言肥缺。秩，讀作「至」。
33 瀉囊貨騎：用盡盤纏，賣掉坐騎。瀉囊，袋裡的東西全倒了出來，表示窮盡所有。
34 月令：《禮記》的篇名。記載農曆十二個月的時令、行政及相關事物。

◆**何守奇評點**：惟德動天，人言天道遠者謬矣。

有德者才能感動上天，一般人以為善惡報應的天道之說飄渺虛無，此觀念錯誤。

這樣過了半年，有天晚上，王六郎突然告訴漁夫：「打從你我相識以來，感情更勝兄弟，只可惜分別在即。」言語間顯得很悲傷。漁夫很驚訝，問起緣由。王六郎欲言又止，最後才說：「我倆感情這麼好，告訴你實情，你或許不會太驚訝吧？今夜即將分別，不妨告訴你實話：我其實是一隻鬼，只因一向喜飲酒，喝得爛醉溺死河中，在此當水鬼已經好幾年了。之前你的漁獲量勝於他人，都是我暗中為你驅趕，以報答你祭祀的酒。明日我的業報將滿，有人會來代替我，所以我可以去投胎了。我倆相聚只剩今晚，自然不能不感慨。」漁夫初聽很震驚害怕，但兩人親暱多時，後來也就不怕了。漁夫也很感傷，邊喝酒邊說：「六郎喝了這杯酒，不要難過。雖然我們將要分離令人哀慟，但你的業報之期將滿，可以投胎轉世，卻很值得慶賀，我們如此難過實在不恰當。」說完又和王六郎暢飲起來。漁夫又問：「代替你的是誰？」王六郎說：「許大哥，你明天正午到河畔來看，有一名女子過河時溺斃，就是了。」兩人閒聊直到雞啼才揮淚告別。

第二天，漁夫等候在河邊，觀察事態發展。果有一名婦人抱著嬰兒前來，剛走到河邊便失足落水，情急下，將嬰兒拋上了岸，嬰兒揮舞手腳啼哭。婦人在河中浮浮沉沉的掙扎，突然濕淋淋的攀著河岸爬了起來，在岸邊稍事休息後，抱著嬰兒直接走了。婦人溺水之時，漁夫心生不忍，本想跑去救她，但轉念一想，她是代替六郎的人，便打消了營救念頭。而婦人從河裡爬出，他原以為六郎所言不應驗。等到晚上，漁夫又到舊地捕魚，王六郎又來，說：「今番再次相聚，暫且不說告別的話。」漁夫問它何故。王六郎答：「代替我的女子來了，我可憐她懷中的嬰兒，為了替我一人，犧牲兩條人命，所以我放棄了這次的機會。下次來代替我的人不知何時才會來，也許是我倆的緣分不該絕吧？」漁夫感嘆道：「此仁者之心難能

可貴，一定會感動上天。」於是兩人相處如常。

過了幾天，王六郎又來告別，漁夫以為又有人要代替它。王六郎說：「不是的，之前我動了惻隱之心，不忍取那婦人性命，果然感動玉皇大帝。祂任命我為招遠縣鄔鎮的土地神，明日就要赴任。老哥哥，你若念及往日情誼，就來看我，不要怕路途遙遠險阻。」漁夫祝賀：「祢懷有仁者之心，現在被封為神，令人欣慰。但人神相隔，就算我不怕路途遙遠去招遠拜訪祢，又能如何？」王六郎說：「你只管來就是了，不要考慮太多。」祂再三叮嚀，要漁夫務必前往拜訪，這才離開。漁夫回家後，打點行裝準備東行。妻子笑他：「從這裡去招遠縣數百里遠，就算有鄔鎮這個地方，你也只能見到一個用泥土塑成的神像，沒法跟祂說話。」漁夫不理會妻子，出發來到了招遠縣。

他詢問了當地居民，果然有鄔鎮這個地方。找到了那裡，在一間客棧投宿，向店家詢問神祠的位置。店家驚訝的問：「客官可是姓許？」漁夫回答：「對，你怎麼知道？」店家又問：「你可是住在山東的淄川縣？」漁夫回答：「對，你怎麼知道？」店家沒有回答，便往外走出去。不久，一群男女扶老攜幼在客棧門口偷看，如一堵牆般圍住客棧。漁夫很驚訝。眾人解釋：「數天前的夜裡，土地神託夢給我們：『我有個朋友即將從山東淄川縣來此，請資助他一些路費。』我們在此等候多時了。」漁夫也很詫異，於是前往土地廟祈禱：「自從與祢分別後，連睡夢中都還記得與祢的約定，不辭千里前來招遠只為實現當日承諾。承蒙祢託夢給本地居民，要他們資助我旅費，此等盛情我必銘記在心。慚愧的是我倉促前來，沒有準備豐厚的祭品，只有一杯酒，如果不嫌棄，就像以前我們在河上那樣，一同共飲。」祈禱完畢，他焚燒了些紙錢給土地神。不久，只見一陣風從神座後面吹起，盤旋逗留一會兒才散去。當晚，漁夫夢見王六郎前來，衣著鮮豔明亮，不同以往。王六郎向他致謝：「你不辭千里前來拜訪我，讓人感動得流下淚來。但因神職在身，不方便現身與你相會，雖近在咫尺，卻如隔千里，心中甚是傷感。此地居民贈送你一些薄禮，就當酬謝我們以往的交情。你返鄉的日子若定了下來，我必前往相送。」

漁夫住了幾天便想回家，居民無不殷勤挽留，從早到晚輪流邀請他到家裡作客，一日之中換了好幾個東家。漁夫堅持向眾人辭行，大夥便拿著禮單和禮物爭相前來送給他，還不到一個上午，便裝滿了行囊。無論老小皆到齊，替他餞行送他出村。忽颳起一陣旋風，跟隨在後隨行十餘里。漁夫再次拜謝：「六郎善自珍重，不要遠送！祢有一顆仁愛之心，定能造福地方，無須我這個老友叮囑。」旋風盤旋了很久才離開，送行的村人無不驚訝的返家。漁夫回家後，家中經濟稍寬裕些，他便不再捕魚。後來遇到一個從招遠來的人，漁夫問起鄔鎮土地神的事蹟，客回答土地神有求必應。也有人說，這是發生在章丘縣石坑莊的故事，究竟這個故事發生在哪裡，已不可考證。

記下奇聞異事的作者如是說：「身處高位，還能不忘做官前的故友，這就是王六郎之所以能當土地神的原因。當今坐在車中的達官顯貴，哪裡還記得戴斗笠的窮朋友啊。我家鄉有個退休官員，生活很窮困，他有個幼時玩伴在朝中擔任肥缺，想著，若前去投靠定能受到照顧，於是盡力湊足旅費，千里迢迢前往投奔，結果大失所望。他把旅費都用完了，只好賣掉坐騎，才得以返鄉。他的堂弟很風趣，寫了一首〈月令〉嘲諷他：『是月也，哥哥至，貂帽解，傘蓋不張，馬化為驢，靴始收聲。』讀來可博君一笑。」

偷桃

童時赴郡試[1]，值春節。舊例，先一日，各行商賈，彩樓鼓吹赴藩司[2]，名曰「演春」。余從友人戲矚[3]。是日遊人如堵。堂上四官皆赤衣[4]，東西相向坐。時方稚，亦不解其何官。但聞人語嚌嘈[5]，鼓吹聒耳。忽有一人率披髮童，荷[6]擔而上，似有所白[7]；萬聲洶動[8]，亦不聞為何語。但視堂上作笑聲。即有青衣人大聲命作劇[9]。其人應命方興[10]，問：「作何劇？」堂上相顧數語。吏下宣問所長。答言：「能顛倒生物[11]。」吏以白官。少頃復下，命取桃子。

術人聲諾，解衣覆笥[12]上，故作怨狀，曰：「官長殊不了了[13]！堅冰未解，安所得桃？不取，又恐為南面者[14]所怒。奈何！」其子曰：「父已諾之，又焉辭？」術人惆悵良久，乃云：「我籌之爛熟[15]。春初雪積，人間何處可覓？唯王母園[16]中，四時常不凋謝，或有之。必竊之天上，乃可。」子曰：「嘻！天可階而升乎？」曰：「有術在。」乃啟笥，出繩一團，約數十丈，理其端，望空中擲去；繩即懸立空際，若有物以掛之。未幾，愈擲愈高，渺入雲中；手中繩亦盡。乃呼子曰：「兒來！余老憊[17]，體重拙，不能行，得汝一往。」遂以繩授子，曰：「持此可登。」子受繩有難色，怨曰：「阿翁亦大憒憒[18]！如此一線之繩，欲我附之，以登萬仞之高天。倘中道斷絕，骸骨何存矣！」父又強嗚拍之，曰：「我已失口，悔無及。煩兒一行。兒勿苦，倘竊得來，必有百金賞，當為兒娶一美婦。」子乃持索，盤旋而上，手移足隨，如蛛趁絲[19]，漸入雲霄，不可復見。

久之，墜一桃，如盌[20]大。術人喜，持獻公堂。堂上傳視良久，亦不知其真偽。忽而繩落地上，術人驚曰：「殆矣！上有人斷吾繩，兒將焉托！」移時，一物墜。視之，其子首也。捧而泣曰：「是必偷桃，為監者所覺。吾兒休矣！」又移時，一足落；無何，肢體紛墜，無復存者。術人大悲。一一拾置笥中而闔之，曰：「老夫止此兒，日從我南北遊。今承嚴命，不意罹此奇慘！當負去瘞[21]之。」乃升堂而跪，曰：「為桃故，殺吾子矣！如憐小人而助之葬，當結草[22]以圖報耳。」坐官駭詫，各有賜金。術人受而纏諸腰，乃扣笥而呼曰：「八八兒[23]，不出謝賞，將何待？」忽一蓬頭僮首抵笥蓋而出，望北稽首[24]，則其子也。以其術奇，故至今猶記之。後聞白蓮教[25]，能為此術，意此其苗裔耶？◆

1 童：此指童生。明、清兩代報名參加科舉考試的讀書人，在還未考取秀才之前皆稱童生。郡：此指濟南府城。
2 藩司：明、清時期，掌管一省民政、財政的官員。
3 矚：注視、觀看。
4 赤衣：清初，一至四品官員所穿的紅色官服。古代以官服顏色來劃分官品高低。
5 嚌嘈：讀作「季曹」，人聲吵雜紛亂。
6 荷：讀作「賀」，背負。
7 白：讀作「博」，告訴、告知。
8 洶動：聲音喧鬧騷動。
9 青衣人：此處應指「皂隸」，古代衙役多穿黑色衣服。作劇：此指表演雜耍、魔術。
10 興：起身、起立。
11 顛倒生物：能變化出不應時節生長的植物。
12 笥：讀作「四」，以竹子編成，放衣物或食物的方形箱子。
13 了了：聰慧。

14 南面：原指帝王，古時以坐南朝北為尊，此處指堂上官員。
15 籌之爛熟：心中已有全盤計畫。籌，籌謀、畫策。爛熟，熟悉、透徹。
16 王母園：古代神話中，西王母有個種植蟠桃的園子。
17 憊：原指疲憊，此指年邁而體力欠佳。
18 憒憒：讀作「愧愧」，糊塗、懵懂。
19 如蛛趁絲：像蜘蛛般順著絲往上攀爬。
20 盌：同今「碗」字，是碗的異體字。
21 瘞：讀作「意」，用土掩埋、埋葬。
22 結草：喻死後報恩，典故出自《左傳・宣公十五年》，春秋時代晉國的魏顆救父親的侍妾，而獲得老人結草禦敵。
23 八八兒：蒙古語，寶貝兒之意。
24 稽首：叩首的跪拜禮，表示極為敬重、隆重的禮節。
25 白蓮教：民間宗教的一種，佛教的旁支。

◆何守奇評點：戲幻。

戲法，是虛幻不真實的。

我還是童生時曾前往濟南府城參加考試，時逢春節，按照慣例，立春前一日，各行各業的商人都會抬著飾以彩綢的模型樓臺，吹著嗩吶、打著鑼鼓，前往布政司衙門舉行慶典，稱爲「演春」。我也隨友人前往湊熱鬧。那天遊客眾多。衙門大廳上有四名官員皆著紅袍，東西面相對而坐。那時我尚年少，不知他們位居什麼官職，只聽到人語喧嘩吵鬧，鑼鼓吹打聲震耳欲聾。突有個人領著一名披髮童子，揹著擔子進入大廳，似乎跟官員說了些話，現場聲音吵鬧，聽不見他們談話內容。只見官員笑了幾聲，衙役大聲命他表演戲法。那人隨即起身，問：「要表演什麼？」官員互相討論了一會兒，府吏走下來問他擅長什麼。他答道：「能變出不是當季生長的植物。」府吏回稟官員，不久又下來，要那人變個桃子。

變戲法者答應了一聲，脫下衣裳蓋在箱子上，故意埋怨道：「這些長官有點愚笨，冰都還未融化，哪裡有桃子？但若變不出桃子，又擔心觸怒官員，實在是無奈啊！」兒子就說：「爹爹已經允諾了，怎好推辭？」變戲法者蹙眉思忖很久，才說：「我有一個周全的計畫。初春大地積雪，人間何處可尋桃？只有天上西王母的蟠桃園，四季桃樹不凋謝，也許會有。得到天上去偷才行。」兒子說：「嘻！有通往天上的階梯可踏嗎？」變戲法者說：「我有辦法。」說完便打開箱子，拿出一團繩子，約數十丈，理出繩頭，朝空中拋去，繩子便懸在空中，好像有個東西可掛住似的。沒多久，繩子越擲越高，沒入雲端，手中繩子也拋到了盡頭。他朝兒子呼喚：「兒子你過來，我年邁體力不佳，無法攀繩上天，勞煩你去一趟了。」便將繩子交給兒子，說，「握著此繩可攀上天。」兒子接過繩子有些爲難，埋怨道：「爹爹太糊塗！只有這一根繩子，就要我攀爬萬丈高的天上，萬一中途繩斷，只怕屍骨無存了。」父親哄勸著：「話我已說出口，現

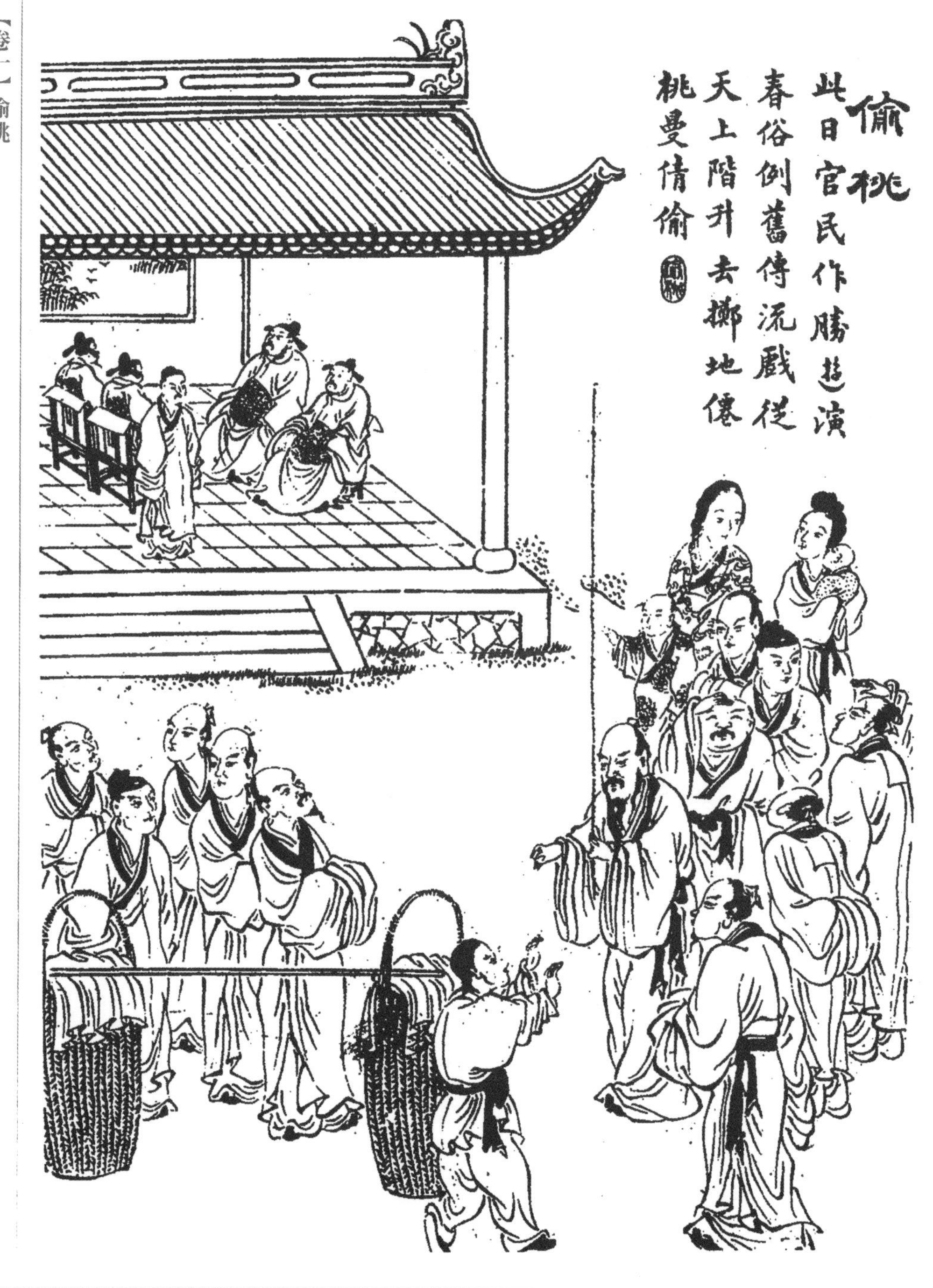
偷桃
此日官民作勝遊演
春俗例舊傳流戲從
天上階升去擲地僊
桃曼倩偷

在後悔也來不及了。勞煩兒走一趟。兒不要覺得辛苦，若能偷到桃子，定有百金的封賞，到時爲父就替你作主娶一房嬌妻。」兒子這才握緊繩子，旋轉攀爬而上，腳隨著手往上移動，如同蜘蛛順著絲往上攀爬，漸漸沒入雲霄，再也看不到了。

過了許久，一顆像碗那麼大的桃子從天上掉下來。變戲法者大喜，拿著桃子獻給公堂上的官員看。官員互相傳視很久，也不知是否眞是從天上摘的桃子。忽然繩子落在地上，變戲法者驚訝道：「慘了！天上有人把我的繩索斬斷，吾兒要怎麼辦？」過了一會兒，有個東西從天上墜下。他走近一看，是兒子的首級，他捧著首級哭泣：「一定是吾兒偷桃，被看守蟠桃園的守衛發現了，吾兒死得好慘！」又過了一段時間，一隻腳掉了下來，沒多久，四肢和身體也紛紛墜下，死無全屍。變戲法者很悲傷，將兒子的殘骸一一撿起放進箱子裡，蓋上蓋子，說：「我只有此兒，他跟隨我東奔西跑。今日奉了諸位大人的命令到天上竊取桃子，不想死於非命，我要將他的屍骨收埋。」他在公堂上跪下，說：「爲了一顆蟠桃，累得吾兒喪生，若諸位大人憐憫草民，資助我一些錢財處理吾兒後事，我當知恩圖報。」堂上官員驚駭詫異，每人都給了些賞金。變戲法的人接過錢財，將之纏在腰上，叩箱子呼喚道：「寶貝兒，你還不快出來領賞？」忽有一蓬頭童子從箱子爬出，朝北面跪拜。正是他的兒子。我因這戲法很奇特，至今都還記得。後來聽聞白蓮教也有人習得這戲法，或許是此人的後代吧？

種梨

有鄉人貨梨於市，頗甘芳，價騰貴。有道士破巾絮衣[1]，丐於車前。鄉人咄[2]之，亦不去；鄉人怒，加以叱罵。道士曰：「一車數百顆，老衲止丐其一，於居士亦無大損，何怒為？」觀者勸置[3]劣者一枚令去，鄉人執不肯。

肆中傭保者[4]，見喋聒[5]不堪，遂出錢市[6]一枚，付道士。道士拜謝。謂眾曰：「出家人不解[7]吝惜。我有佳梨，請出供客。」或曰：「既有之，何不自食？」曰：「吾特需此核作種。」於是掬梨大啗[8]。且盡，把核於手，解肩上鑱[9]，坎地[10]深數寸，納之而覆以土。向市人索湯沃灌[11]。好事者於臨路店索得沸瀋[12]，道士接浸[13]坎處。萬目攢[14]視，見有勾萌[15]出，漸大；俄成樹，枝葉扶疏[16]；倏而花，倏而實，碩大芳馥，纍纍滿樹。道人乃即樹頭摘賜觀者，頃刻向盡。已，乃以鑱伐樹，丁丁良久，乃斷；帶葉荷[17]肩頭，從容徐步而去。

初，道士作法時，鄉人亦雜眾中，引領注目，竟忘其業。道士既去，始顧車中，則梨已空矣。方悟適所俵散[18]，皆己物也。又細視車上一靶亡[19]，是新鑿斷者。心大憤恨。急跡[20]之。轉過牆隅，則斷靶棄垣[21]下，始知所伐梨本，即是物也。道士不知所在。一市粲然[22]。◆

異史氏曰：「鄉人憒憒[23]，憨狀可掬[24]，其見笑于市人，有以哉。每見鄉中稱素封[25]者，良朋乞米則怫然[26]，且計曰：「是數日之資也。」或勸濟一危難，飯一煢獨[27]，則又忿然計曰：「此十人、五人之食也。」

甚而父子兄弟，較盡錙銖[28]。及至淫博[29]迷心，則頃囊不吝；刀鋸臨頸，則贖命不遑[30]。諸如此類，正不勝道，蠢爾[31]鄉人，又何足怪。」

有個鄉下人來到市集賣梨，味道甜美，賣得很貴。一名衣衫襤褸的和尚，在賣梨的推車前乞討。那鄉下人趕他走，他不走，鄉下人很生氣，便怒罵他。和尚說：「你這一車的梨有數百顆，老衲不過只求一顆，對施主你來說也沒太大損失，為何這麼生氣？」旁觀的群眾勸賣梨的給和尚一顆，鄉下人執意不肯。街邊店舖裡的夥計，見群眾吵鬧不休，便拿錢買了一顆梨給和尚。和尚向他拜謝，對群眾說：「出家人不小氣，我這裡有好吃的梨子，請大家吃。」旁人說：「既然有梨子，為何不吃自己的？」和尚說：「我得拿此梨的核做種子。」說完便拿出梨子大口吃起來，吃完後，把果核拿在手裡，解下肩上的鑱子，在地下挖了個數寸深的洞，把果核放進去，用土蓋上。他向市集的人討水澆灌，有個多事的人向路邊店家要來一碗熱湯汁，和尚接過，澆在土坑上。大夥都圍過來看，看到嫩芽從地上冒出，越長越大，最後長成了一棵樹，枝葉稀疏。眨眼間就開了花，再眨眼就結了果，碩大芳香，整棵樹結滿了果實。和尚爬上去，摘梨子分給圍觀之人，沒多久便快摘光。分完後，和尚拿鑱子砍樹，砍伐的「丁丁」聲響了許久，樹才斷。他將連著枝葉的樹幹扛在肩上，這才從容離開。

和尚變戲法時，那鄉下人也混在群眾中圍觀，竟忘了要賣梨。等到和尚離開，回頭看，才發現自己車上的梨都不見了，他才恍然大悟，原來剛才和尚分給眾人的梨是他車上的。他又仔細檢查手推車，發覺一個車柄不見了，是剛砍斷的。他心中很氣憤，急著要去追和尚。他轉過一個牆角，發現被砍斷的車柄丟棄在矮

種梨
任教慳吝偏人家天道原來
頃刻花開頃刻實

牆下，才知和尚所砍的梨樹，就是此物。而和尚不知所蹤，市集的人都在嘲笑他。

記下奇聞異事的作者如是說：「這個鄉下人太笨了，實在太天真，他之所以被市集的人嘲笑，是有道理的。我常見到鄉里有些不帶官職的富豪，只要有朋友向他討米就很惱怒，算計得很清楚，說：『這是我好幾天的開銷。』若有人勸他救濟危難，給些米糧周濟孤苦無依之人，他會很生氣的計較著說：『這可是十幾個人的糧食啊。』即使是對父子兄弟之間，也會斤斤計較。但若去嫖妓賭博，花再多錢也不吝嗇，生死關頭，更是急著拿出錢來救急。像這種有錢又小氣的人，多不勝數，那個賣梨的鄉下人，又有什麼好奇怪的呢。」

1 道士破巾絮衣：穿著破爛、不體面的和尚。道士，此處應指和尚，因下文其自稱「老衲」，老衲是和尚的自稱。巾，頭巾，指帽子。絮衣，粗製的棉袍。
2 咄：喝斥、怒罵。
3 置：此指給予、施捨。
4 肆：市集的店舖。傭保：受人僱用的夥計。
5 喋聒：喧嘩、吵鬧。喋，讀作「蝶」。
6 市：買。
7 不解：不懂得、不了解。
8 掬：以雙手捧取。啗：讀作「旦」，吃。
9 鑱：讀作「禪」，古代一種挖土的鐵器，類似鏟子。
10 坎地：在地上挖洞。
11 沃灌：澆水。
12 沸瀋：滾燙的湯汁。
13 浸：此指澆灌。
14 攢：聚合、匯聚。
15 勾萌：植物剛萌發的嫩芽，屈形為「勾」，直形為「萌」。
16 疎：同今「疏」字，是疏的異體字。
17 荷：讀作「賀」，背負。
18 俵散：分發、發給。俵，讀作「表」。
19 靶亡：把柄亡失，即丟失把柄。
20 跡：當動詞用，追尋、追蹤。
21 垣：讀作「圓」，矮牆。
22 粲然：大笑貌。
23 憒憒：讀作「愧愧」，糊塗、懵懂。
24 憨狀可掬：形容憨直天真的樣子溢於言表，非常有趣。
25 素封：指無官爵封邑、卻財產富裕的人。
26 怫然：勃然大怒的樣子。怫，讀作「費」。
27 煢獨：沒有親人可依靠，孤身一人。煢，讀作「瓊」。
28 較盡錙銖：即斤斤計較之意。錙銖，讀作「資朱」。
29 淫博：嫖妓賭博。
30 不遑：沒空、沒閒工夫。
31 蠢爾：愚笨貌。

◆**但明倫評點**：皆己物也，人代勞耳。一市粲然，除傭保而外，以鄉人而笑鄉人者，問有多少？道士何沾沾計校鄉人，特借以警天下之吝惜者耳。

發出去的梨都是鄉下人自己的東西，只不過由和尚代勞罷了。市集上那些嘲笑鄉下人的群眾，除了慷慨解囊的店舖夥計外，其餘全是五十步笑百步，試問像他們這樣吝嗇的人世上有多少？和尚又豈只是嘲諷那鄉下人，不過借他來警惕天下吝嗇之人罷了。

勞山道士

邑[1]有王生，行七[2]，故家子[3]。少慕道[4]，聞勞山[5]多仙人，負笈往遊。登一頂，有觀宇，甚幽。一道士坐蒲團上，素髮垂領，而神觀爽邁。叩而與語，理甚玄妙[6]。請師之。道士曰：「恐嬌惰不能作苦。」答言：「能之。」其門人甚眾，薄暮畢集。王俱與稽首[7]，遂留觀中。凌晨，道士呼王去，授以斧，使隨眾採樵。王謹受教。

過月餘，手足重繭，不堪其苦，陰有歸志。一夕歸，見二人與師共酌，日已暮，尚無燈燭。師乃剪紙如鏡，黏壁間。俄頃，月明輝室，光鑑毫芒[8]。諸門人環聽奔走。一客曰：「良宵勝樂，不可不同。」乃於案上取壺酒分賚[9]諸徒，且囑盡醉。王自思：七八人，壺酒何能徧給？遂各覓盎盂[10]，競飲先釂[11]，惟恐樽盡；而往復挹注[12]，竟不少減。心奇之。

俄一客曰：「蒙賜月明之照，乃爾[13]寂飲。何不呼嫦娥來？」乃以箸擲月中。見一美人，自光中出。初不盈尺；至地，遂與人等。纖腰秀項，翩翩作「霓裳舞」[14]。已而歌曰：「仙仙乎，而還乎，而幽我於廣寒乎[15]！」其聲清越，烈[16]如簫管。歌畢，盤旋而起，躍登几上，驚顧之間，已復為箸。三人大笑。又一客曰：「今宵最樂，然不勝酒力矣。其餞我於月宮可乎？」三人移席，漸入月中。眾視三人，坐月中飲，鬚眉畢見，如影之在鏡中。移時，月漸暗；門人然燭來，則道士獨坐而客杳矣。几上肴核尚存。壁上月，紙圓如鏡而已。道士問眾：「飲足乎？」曰：「足矣。」「足宜早寢，勿悞樵蘇[17]。」眾諾而退。王竊忻[18]慕，歸念遂息。

又一月，苦不可忍，而道士並不傳教一術。心不能待，辭曰：「弟子數百里受業仙師，縱不能得長生術，或小有傳習，亦可慰求教之心；今閱兩三月，不過早樵而暮歸。弟子在家，未諳[19]此苦。」道士笑曰：「我固謂不能作苦，今果然。明早當遣汝行。」王曰：「弟子操作多日，師略授小技，此來為不負也。」道士問：「何術之求？」王曰：「每見師行處，牆壁所不能隔，但得此法足矣。」道士笑而允之。乃傳以訣，令自咒畢，呼曰：「入之！」王面牆不敢入。又曰：「試入之。」王果從容入，及牆而阻。道士曰：「俛[20]首驟入，勿逡巡[21]！」王果去牆數步奔而入；及牆，虛若無物；回視，果在牆外矣。大喜，入謝。道士曰：「歸宜潔持，否則不驗。」遂助資斧遣歸。

抵家，自詡遇仙，堅壁所不能阻。妻不信。王傚其作為，去牆數尺，奔而入，頭觸硬壁，驀然而踣[22]。

妻扶視之，額上墳起[23]，如巨卵焉。妻揶揄之。王慚忿，罵老道士之無良而已。◆

異史氏曰：「聞此事未有不大笑者；而不知世之為王生者，正復不少。今有傖父[24]，喜疢毒[25]而畏藥石，遂有舐癰吮痔[26]者，進宣威逞暴之術，以迎其旨，紿[27]之曰：『執此術也以往，可以橫行而無礙。』初試未嘗不小效，遂謂天下之大，舉可以如是行矣，勢不至觸硬壁而顛蹶[28]不止也。」

1 邑：此處指縣市，指蒲松齡的家鄉——山東省淄川縣（古名「般陽」），即今淄博市淄川區。

2 行七：排行第七。

3 故家子：世代在朝為官的人家（子弟）。

4 道：道教中的神仙方術。

5 勞山：即嶗山，古稱勞山、牢山，位於今中國青島市，有「海上第一仙山」之譽。

6 玄妙：在此引申為高深奧妙難測，語出《老子》首章：「玄之又玄，眾妙之門。」「玄」是黑色，意指「道」深不可測，亦表示「道」無法以語言概念把握，因此一團漆黑，看不清楚是什麼東西，而天地萬物皆透過「道」來實現之。

7 稽首：叩首的跪拜禮，表示極為敬重、隆重的禮節。

8 光鑒毫芒：明亮的月光讓極細微的東西都能看得清楚。鑒，照、明察。毫芒，喻極細微之物。

9 賚：讀作「賴」，賞賜、賜予。

10 盎盂：古代兩種盛裝食物或飲水的容器，此指酒杯。

11 釂：讀作「叫」，一飲而盡，俗稱「乾杯」。

12 挹注：把酒或水從一個容器倒進另一個容器。挹，讀作「亦」。

13 乃爾：如此。

14 霓裳舞：指霓裳羽衣舞，唐代的宮廷舞曲。原為西域樂舞，後經唐玄宗改編並配上歌詞和舞蹈。白居易〈長恨歌〉提到：「漁陽鞞鼓動地來，驚破霓裳羽衣曲。」

15 仙仙：同「僊僊」，女子跳舞，體態優雅輕盈的樣子。廣寒：神話中，嫦娥仙子在月宮的居所。

16 烈：此指聲音響亮。

17 悟：同今「誤」字。樵蘇：指砍柴、割草一類日常生活雜務。

18 忻：歡喜。同今「欣」字，是欣的異體字。

19 諳：熟悉、知曉。

20 俛：低頭。同今「俯」字，是俯的異體字。

21 逡巡：徘徊、不前進。逡，讀作「群」的一聲。

22 踣：讀作「柏」，跌倒。

23 額上墳起：額上腫了一個包。墳起，如墳地隆起狀。

24 傖父：粗俗低賤的人。傖，讀作「倉」。

25 疢毒：罹患惡疾。疢，讀作「襯」。

26 舐癰吮痔：替人舔皮膚的膿瘡和痔瘡，用以諷諭為了諂媚他人，不惜做些污穢低賤的事。舐，讀作「世」。癰，讀作「庸」。吮，讀作「順」的三聲。痔，讀作「智」。

27 紿：讀作「帶」，指欺瞞、誆騙。

28 蹶：讀作「絕」，仆倒、跌倒。

◆**馮鎮巒評點**：壁牆能入，奸盜可為。頭觸而踣，道士所以全之也，何罵為？

若能穿牆而過，那麼偷竊盜物還有什麼做不出來的。頭碰到牆壁而跌倒，是道士想保全他不犯下過失，有什麼好埋怨的？

本縣有個王生，在家中排行第七，祖上世代皆爲官。他年少時仰慕道術，聽聞勞山有很多仙人，便揹著書箱前往。登上一座山頂，上頭有間道觀，環境清幽。一名道士在蒲團上打坐，白髮垂肩，容光煥發。王生跪下磕頭，向他求教道術，發現他學問深不可測，請他收自己爲徒。道士說：「你這種富貴人家的子弟，嬌生慣養，無法習慣修道人刻苦的生活。」王生答：「我能吃苦。」道士門徒眾多，每到傍晚都聚集在道觀，王生一一拜見他們，便在此留下。第二天凌晨，道士喚王生，給了他一柄斧頭，要他隨其他門徒一同砍柴。王生恭謹的接受了。

過了一個多月，王生的手腳因砍柴而長滿厚繭，有些受不了，心生返家念頭。有天傍晚回到道觀，看到兩個人正和師父喝酒，天色已晚，室內沒有點燈，師父便拿一張紙剪成圓形，貼在牆壁上。不久，月光充盈整間屋子，極微小的東西都能看見。門徒圍在師父身旁聽候吩咐。一名客人說：「此等良宵歡聚一堂，我們不可獨享。」說完便從桌案拿起酒壺，分給諸位門徒，囑咐他們務必盡情暢飲。王生心想：在場有七八個人，只有一壺酒怎麼夠分呢？門徒便各自找來酒器，爭相乾杯，唯恐壺裡的酒被喝完。然而不論倒了多少杯，壺裡的酒絲毫未減。王生心裡覺得奇怪。不久，一名客人說：「承蒙道長您賜以明月之光，我們光喝酒未免無聊，何不喚嫦娥前來，以助酒興？」說完便將筷子投入道士方才以紙剪成的圓月中。只見一位美女從紙月中走出，起初不滿一尺，等到踏足地面，便和一般人一樣高。她纖腰秀頸，翩翩起舞，跳的正是〈霓裳羽衣舞〉。舞畢，唱道：「仙仙乎，而還乎，而幽我於廣寒乎！」她的歌聲清揚悅耳，有如簫管演奏。唱完，轉了幾圈，跳到茶几上，變回筷子的模樣。三人大笑。又有一名客人說：「今晚最盡興，只是不勝酒力。你們到月宮爲我餞行好嗎？」三人離席，走入紙月中。在場門徒看著三人坐在月亮中暢飲，頭髮鬍子清晰可見，好似鏡中倒影。過了一會兒，月光漸暗，門徒點了蠟燭，只見道士獨坐，其餘兩位客人已不見蹤影。道士問門徒：「你們喝夠了嗎？」門徒答說：「喝足了。」道士說：「喝夠了就早點休息，不要耽誤了明天的幹活。」眾門徒答應了聲便退下。王生很歡喜羨慕，打消了返家念頭。

又過了一個月，王生實在難以忍受此苦，道士沒有傳他任何法術，他不想再等了，向師父辭行：「弟子不遠千里來此拜師，縱然無法學得長生不老之術，若學些小把戲，也可滿足我想學習道術之心。我來此已兩三個月，每天就只是砍柴。弟子

在家中都不用幹這種粗活。」道士笑著說：「我早就說你不能吃苦，果然如此。明天一早你就回去吧。」王生說：「弟子來此幹活也有些時日，師父傳授我一些小伎倆，也不辜負我大老遠來這一趟。」道士問：「你想學些什麼法術？」王生說：「每次見師父總能行動自如，即使牆壁也不能阻隔，只要學得此術我就心滿意足了。」道士笑而應允，於是傳授他口訣，要他唸誦咒語，喊道：「進去！」王生面對牆壁不敢進入。道士又說：「試著走進去。」王生從容前行，遇到牆壁就停了下來。道士說：「低頭快速穿過去，不要遲疑。」王生退後，離牆幾步遠，朝牆壁跑過去，碰到牆壁時宛如無物，回頭一看，果然已穿牆而過。他很高興，進入道觀向道士致謝。道士說：「回家後要清修自持，否則就不靈驗了。」於是資助他一些旅費，遣他回家。

王生剛到家，自稱遇上了仙人，習得穿牆而過的法術。他的妻子不相信，王生便仿效之前道士傳授他的那樣，離牆數尺，快速往前奔跑，頭碰到堅硬的牆壁，突然跌倒。妻子將他扶起檢查傷勢，他額頭上隆起一個腫包，宛如巨卵。妻子便開他玩笑。王生很生氣，罵老道士欺騙他。

記下奇聞異事的作者如是說：「只要聽過這個故事的人都會捧腹大笑，卻不知像王生這樣的人世上還眞不少。現今有些粗俗低賤的人，當了官，只喜歡聽些阿諛奉承的話，不喜逆耳忠言，所以身邊聚集了迎合獻媚的小人，專出些旁門左道的壞主意，以此欺壓百姓，還欺騙說：『用此方法可橫行天下而無阻。』剛開始有不少成效，這些做官的就以爲此法適用於天下，直到碰壁，跌得頭破血流爲止。」

長清僧

長清[1]僧某，道行高潔。年八十餘猶健。一日，顛仆不起，寺僧奔救，已圓寂[2]矣。僧不自知死，魂飄去，至河南界[3]。河南有故紳子[4]，率十餘騎，按鷹[5]獵兔。馬逸[6]，墜斃。魂適相值，翕然[7]而合，遂漸蘇。廝僕還問之。張目曰：「胡至此！」眾扶歸。入門，則粉白黛綠[8]者，紛集顧問。大駭曰：「我僧也，胡至此！」家人以為妄，共提耳悟之。僧亦不自申解，但閉目不復有言。餉以脫粟[9]則食，酒肉則拒。夜獨宿，不受妻妾奉◆。

數日後，忽思少步[10]。眾皆喜。既出，少定[11]，即有諸僕紛來，錢簿穀籍，雜請會計。公子托以病倦，悉卸絕之。惟問：「山東長清縣，知之否？」共答：「知之。」曰：「我鬱無聊賴[12]，欲往遊矚[13]，宜即治任[14]。」眾謂新瘳[15]未應遠涉，不聽。

翼日遂發。抵長清，視風物如昨。無煩問途，竟至蘭若[16]。弟子數人見貴客至，伏謁甚恭。乃問：「老僧焉往？」答云：「吾師曩已物化[17]。」問墓所。群導以往，則三尺孤墳，荒草猶未合也。眾僧不知何意。既而戒馬[18]欲歸，囑曰：「汝師戒行[19]之僧，所遺手澤[20]，宜恪守，勿俾損壞。」眾唯唯。乃行。

既歸，灰心木坐[21]，了不勾當家務。居數月，出門自遁，直抵舊寺。謂弟子：「我即汝師。」眾疑其謬，相視而笑。乃述返魂之由，又言生平所為，悉符。眾乃信，居以故榻，事之如平日。後公子家屢以輿馬來，哀請之，略不顧瞻。又年餘，夫人遣紀綱[22]至，多所饋遺。金帛皆卻之，惟受布袍一襲而已。友人或至其鄉，敬造㉓之。見其人默然誠篤；年僅而立㉔，而輒道其八十餘年事。

異史氏曰：「人死則魂散，其千里而不散者，性定㉕故耳。余于僧，不異之乎其再生，而異之乎其入紛華靡麗之鄉，而能絕人以逃世也。若眼睛一閃，而蘭麝㉖熏心，有求死不得者矣，況僧乎哉！」

1 長清：縣名，今山東省濟南市長清區。
2 圓寂：指僧人去世，脫離了生死之苦。
3 界：分界，此指境內。
4 故紳子：世代在朝為官的人家（子弟）。
5 按：此指帶著老鷹。
6 逸：逃逸、狂奔。
7 翕然：本指和順的樣子，此處應指相合、適合。翕，讀作「細」。
8 粉白黛綠：化妝打扮的女人，此指故紳子的妻子和侍妾。
9 餉：送食物給人吃。脫粟：只將米的皮殼去掉，未經精碾的糙米。
10 少步：出去外面走走。
11 少定：稍微站定不動或稍事歇息。
12 鬱無聊賴：心情煩悶無聊。
13 矚：注視、觀看。
14 治任：整理行囊。
15 新瘳：病剛痊癒。瘳，讀作「抽」。
16 蘭若：此指寺院。
17 物化：此處指人死之後，回歸天地自然，與物無有分別。取自「莊周夢蝶」的故事，參見《莊子．齊物論》：「周與胡蝶，則必有分矣。此之謂物化。」莊周夢為蝴蝶，莊周是人，蝴蝶是物，在心上解消人與物之界線分別，以達致與天地萬物合為一體之境界。
18 戒馬：此指備馬。
19 戒行：佛家語。接受了佛教戒律後的僧侶，心上將強制自己不再違反身、口、意三方面的戒律，而不再為惡。
20 手澤：先人的遺澤，即先人遺留下來的物品。
21 灰心木坐：心灰意冷，每天只是發呆坐著，沒心情料理家務。出自《莊子．齊物論》：「形固可使如槁木，而心固可使如死灰乎？」原指道家的一種修行境界，心擺脫了生命形軀的限制，達到與外物渾然一體的境界。
22 紀綱：此指供人差遣的僕役。
23 造：拜訪。
24 而立：而立之年，指三十歲。語出《論語．為政》：「吾十有五而志于學，三十而立。」孔子自稱十五歲立志學習《大學》之道，到了三十歲待人處事已能遵守此道。
25 性定：人的心性本質很堅定。
26 蘭麝：婦女身上所散發的體香。

◆**馮鎮巒評點**：還記得本來面目，是有定力，所以不致墮落。否則幾人到此，誤平生矣。

老僧還記得他原來是和尚，不受嬌妻美妾的誘惑，足見他很有定力。如若不然，難免受了美女的誘惑，誤了一生的修行。

山東長清縣有位得道高僧，八十歲了身體還很健朗，有天突然倒地不起，寺院和尚前來相救卻來不及，他已圓寂了。老僧不知自己已死，魂魄飄到河南邊界處。河南有位官宦人家的子弟，正好率眾帶著獵鷹在此狩獵野兔。馬突然狂奔不止，他墮馬而死。老僧的魂魄恰巧到此，和他的屍身相合，便逐漸甦醒。這位世家少爺的隨從、僕人圍著他問東問西，老僧睜開眼：「我怎麼在此？」僕人將他扶了回家。一進門，妻妾紛紛前來相詢，老僧大驚：「我是和尚，怎麼在此？」家人以爲他在胡謅，便一起開導他。老僧也不申辯，只閉目不言。家人送來粗茶淡飯就吃，酒肉葷腥一概拒絕。晚上不和妻妾同睡，幾天後，忽然想出去走走。家人都很高興。走沒幾步，稍微休息一下，許多僕人拿著帳本、糧簿要他過目計算。他推託生病倦怠，全部拒絕，只問：「你們知道山東長清縣嗎？」僕

人皆答：「知道。」他說：「我覺得煩悶無聊，想去那裡走走看看，你們幫我整理行李。」大家覺得他病剛痊癒，不應遠遊，便未聽從吩咐。

他仍堅持啓程，第二天就出發。到了長清縣，景物沒有變化，無須向人問路，便來到一間寺廟。廟中和尚看到貴客蒞臨，恭敬的前來拜見。他問僧人：「老僧在哪裡？」弟子回答：「我的師父已經圓寂了。」他問墓穴所在，眾僧帶他前往，見到三尺孤墳，野草都還沒長起來。眾僧不知他來看老僧的墓穴是何用意。他備馬欲回，臨走囑咐：「你的師父乃守戒的僧人，留下的遺物要好好保管，不要損壞。」眾僧皆應允，他這才放心離去。

回家後，他整天呆呆的坐著，沒心情料理家務。住了好幾個月後，私下回到以前所居的那間寺廟，告訴弟子：「我就是你們的師父。」眾僧懷疑他騙人，相視而笑。他便說了返魂的經過，又講了他生前所作所為，全都符合，眾僧才相信他的話，讓他睡在以前的床上，像往日一樣侍奉他。此後，世家子弟家中屢派遣車馬哀求他回去，他一概不理。又過了幾年，妻子差遣僕人送了很多錢財禮物來，他拒絕了錢財，僅收下一件布袍。友人來到長清縣，都會來拜訪他，看他為人寡言誠實，雖年僅三十歲，卻能說出八十年前發生的事。

記下奇聞異事的作者如是說：「人死了魂魄就散去，至千里遠而不散者，可見其心性之堅定。我認為這名老僧令人驚訝之處，不在於能借屍還魂，而在他能不為錢財與嬌妻美妾心動，仍想著要遁入空門。倘若一眨眼，乾脆沉迷於溫柔鄉，哪裡還會像這名老僧一樣想當什麼和尚呢！」

蛇人

東郡[1]某甲，以弄蛇為業。嘗蓄馴蛇二，皆青色：其大者呼之大青，小曰二青。二青額有赤點，尤靈馴，盤旋無不如意。蛇人愛之，異於他蛇。期年[2]，大青死，思補其缺，未暇遑[3]也。一夜，寄宿山寺。既明，啟笥[4]，二青亦渺。蛇人悵恨欲死。冥搜[5]亟呼，迄無影兆。然每值豐林茂草，輒縱之去，俾得自適，尋復還；以此故，冀[6]其自至。坐伺之，日既高，亦已絕望，怏怏[7]遂行。出門數武[8]，聞叢薪錯楚[9]中，窸窣[10]作響。停趾愕顧，則二青來也。大喜，如獲拱璧[11]。息肩路隅，蛇亦頓止。視其後，小蛇從焉。撫之曰：「我以汝為逝矣。小侶而所薦耶？」出餌飼之，兼飼小蛇。小蛇雖不去，然瑟縮不敢食。二青含哺之，宛似主人之讓客者。蛇人又飼之，乃食。食已，隨二青俱入笥中。荷[12]去教之，旋折輒中規矩[13]，與二青無少異，因名之小青。衒技[14]四方，獲利無算。大抵蛇人之弄蛇也，止以二尺為率[15]；大則過重，輒便更易。

——緣二青馴，故未遽[16]棄。

又二三年，長三尺餘，臥則笥為之滿，遂決去之。一日，至淄邑東山間，飼以美餌，祝而縱之。既去，頃之復來，蜿蜒笥外。蛇人揮曰：「去之！世無百年不散之筵。從此隱身大谷，必且為神龍，笥中何可以久居也？」蛇乃去。蛇人目送之。已而復返，揮之不去，以首觸笥。小青在中，亦震震而動。蛇人悟曰：「得毋欲別小青也？」乃發笥。小青徑[17]出，因與交首吐舌，似相告語。已而委蛇[18]並去。方意小青不返，俄而踽踽[19]獨來，竟入笥臥。由此隨在物色，迄無佳者。而小青亦漸大，不可弄。後得一頭，亦頗馴，然終不如小青良。而小青粗于兒臂矣。

先是，二青在山中，樵人多見之。又數年，長數尺，圍如盌[20]；漸出逐人，因而行旅相戒，罔[21]敢出其途。一日，蛇人經其處，蛇暴出如風。蛇人大怖而奔。蛇逐益急，回顧已將及矣。而視其首，朱點儼然[22]，始悟為二青。下擔呼曰：「二青，二青！」蛇頓止。昂首久之，縱身繞蛇人，如昔弄狀。覺其意殊不惡；但軀巨重，不勝其遶[23]。仆地呼禱，乃釋之。又以首觸笥。蛇人悟其意，開笥出小青。二蛇相見，交纏如飴糖狀，久之始開◆。蛇人乃祝小青曰：「我久欲與汝別，今有伴矣。」謂二青曰：「原君引之來，可還引之去。更囑一言：深山不乏食飲，勿擾行人，以犯天譴。」二蛇垂頭，似相領受。遽起，大者前，小者後，過處林木為之中分。蛇人竚[24]立望之，不見乃去。自此行人如常，不知其何往也。

異史氏曰：「蛇，蠢然一物耳，乃戀戀有故人之意。且其從諫也如轉圜[25]。獨怪儼然[26]而人也者，以十年把臂之交，數世蒙恩之主，輒思下井復投石焉；又不然，則藥石相投[27]，悍然不顧，且怒而仇焉者，亦羞此蛇也已。」

河南省濮陽縣的某甲以養蛇賣藝爲生，曾馴養兩條青蛇，大的稱大青，小的稱二青。二青額上有紅點，尤有靈性，可訓練牠做各種盤旋表演，某甲喜愛牠甚於其他蛇。一年後，大青死，某甲想另找蛇補其空缺，卻一直不得空。某天夜裡，他寄宿山中寺院，天亮，打開裝蛇竹箱一看，二青不見了，某甲難過得要命，他漫無目的的尋找，始終找不到。以往每經野草茂密處，他總會將蛇放出去自由活動，不久蛇就會自己回來；某甲希望這次也是如此。他坐著等，但等到正午，蛇還是沒回來，他很絕望，鬱鬱寡歡的獨行。剛走出門幾步，便聽見草叢中有細碎聲響，停下腳步驚訝的四處張望，原來是二青回來了。他很高興，如獲至寶。他在路邊休息，蛇也跟著停下，看到二青背後跟了條小蛇，便撫摸二青：「我以爲你走掉了，原來是去引薦小夥伴給我？」他拿出飼料餵食二青，也餵小蛇。小蛇雖沒走開，卻瑟縮不敢吃。二青便含著食物餵牠，宛如主人招待客人吃飯。養蛇人又拿飼料餵小蛇，牠這才敢吃。吃完，小蛇便隨二青回到竹箱。某甲揹著蛇回家，訓練小蛇做各種盤旋動作，小蛇表演起來也合乎規矩，與二青無異，所以取名爲小青。某甲帶著兩條蛇四處表演賣藝，獲利甚豐。

大部分馴養蛇的人，訓練蛇表演，都以二尺長爲原則，蛇身超過二尺則太重，就得換條蛇來表演，只因二青特別乖巧，便沒有捨棄牠。

又過了兩三年，二青長成三尺餘，竹箱快裝不下，某甲決定放生牠。有天，某甲來到山東淄川縣的山林，餵二青好吃的飼料，祝禱一番，然後放牠走。二青走沒多久，又回來，在蛇箱外爬來爬去。養蛇人揮手趕牠：「你走吧！世上沒有百年不散的筵席，從今往後隱居深谷幽林，一定可以成為神龍，小小的竹箱怎能久住？」二青這才離去。養蛇人目送牠離開。但二青去了又回來，怎麼趕都不走，還拿頭觸碰箱子；小青在裡面，也震動身子予以呼應。養蛇人這才明瞭：「你是想跟小青告別嗎？」便把箱蓋打開。小青爬了出來，與二青交首吐舌，好像在話別。兩條蛇爬行而去，某甲以為小青不會回來了，不久小青便孤身回來，爬回竹箱待著。此後，某甲想再物色合適的蛇，一直沒能找到資質佳者。而小青也漸漸長大，不可再表演賣藝。某甲後來又得一條蛇，也頗能馴養，卻始終不如小青靈敏。而小青已長得粗如小兒手臂。

起先，二青在山中，常有樵夫見到；又過了數年，長數尺，長得像碗那麼粗，漸漸會跑出來追趕人，因此來往行人互相警告，不敢走那條路。有天，某甲經過那裡，蛇如暴風般冒了出來。某甲大驚，拔腿就跑，蛇在後面快速追趕，眼看蛇就要追上。某甲看那條蛇的頭有紅色斑點，認出是二青，他放下擔子，喊著：「二青、二青！」蛇頓時停下，抬頭看了很久，縱身纏繞某甲的身軀，如以前表演賣藝時那樣。某甲覺得牠無惡意，只是牠身軀很重，有些負荷不了，便倒地求饒，蛇才走開。二青又以頭部觸碰竹箱，某甲了解牠的意思，便打開蓋子放小青出來。二蛇相見，交纏如糖，黏在一起，很久才分開。某甲就對小青說：「我早就想放你離開，如今你有夥伴了。」他對二青說：「小青本就是你引薦而來，如今就讓牠和你一起走。臨別囑咐一句：深山不缺食物，勿侵擾行人，以免遭天罰。」兩條蛇低頭，似了解他所言。遂起，大蛇在前，小蛇在後，行經林木之處，草木分成兩邊。某甲站著目送牠們離去，直到不見蹤影才離開。此後往來行人如常，不知兩條蛇去了何處。

記下奇聞異事的作者如是說：「蛇本是愚蠢的生物，卻懂得對故人依戀不捨，且也能聽從人的勸諫。我就覺得奇怪，反倒是人，十幾年的故交，蒙受朋友恩澤，不但不思回報，還落井下石；再不然，即使忠言相勸，不僅憤怒不理會，還視如仇敵，看到這二青的故事應該感到慚愧。」

1 東郡：地名，今河南省濮陽縣附近。
2 期年：一年期滿。
3 暇遑：空閒時間。
4 笥：讀作「四」，以竹子編成，放衣物或食物的方形箱子。
5 冥搜：漫無目的的搜索。
6 冀：希冀、期望。
7 怏怏：悶悶不樂、不快樂的樣子。
8 數武：走幾步。
9 叢薪錯楚：草木雜亂的地方。
10 窸窣：讀作「西速」，此處指蛇在草叢爬行發出的細碎聲響。
11 如獲拱璧：此處形容如獲至寶。拱璧，須以雙手合捧的大璧玉。
12 荷：讀作「賀」，背負。
13 旋折：盤旋曲折。中規矩：合乎規矩、法度。古人用來畫圓形和方形的工具，引申為法度。
14 衒技：炫耀伎倆，此指賣藝表演。衒，讀作「炫」。
15 率：讀作「綠」，法度、準則。
16 遽：就、遂。
17 徑：通「逕」，直接。
18 委蛇：讀作「瑋儀」，像蛇一樣俯伏爬行。
19 踽踽：讀作「舉舉」，孤身一人而行。
20 盌：同今「碗」字，是碗的異體字。
21 罔：通「毋」，不敢、禁止之意。
22 儼然：此指清楚、鮮明的樣子。
23 遶：環繞、圍繞。同今「繞」字，是繞的異體字。
24 竚：讀作「祝」，站立很久。同今「佇」字，是佇的異體字。
25 轉圜：轉動圓形的物品，喻順暢無阻。
26 儼然：肅穆莊嚴。
27 藥石相投：忠言勸諫。

◆**但明倫評點**：隱身大谷，而不忘主人，不忘舊侶，於人吾見亦罕，而況於蛇。

二青這條蛇隱身山谷中，仍能不忘主人和以前的夥伴，對人來說都很少見，更何況是蛇呢！

斫蟒

胡田村[1]胡姓者，兄弟采樵，深入幽谷。遇巨蟒，兄在前，為所吞。弟初駭欲奔；見兄被噬，遂奮怒出樵斧，斫[2]蟒首。首傷而吞不已。然頭雖已沒，幸肩際不能下。弟急極無計，乃兩手持兄足，力與蟒爭，竟曳兄出。蟒亦負痛去。

視兄，則鼻耳俱化，奄將氣盡。肩負以行，途中凡十餘息，始至家。醫養半年，方愈。至今面目皆瘢痕[3]，鼻耳惟孔存焉。噫！農人中，乃有弟弟如此者哉◆！或言：「蟒不為害，乃德義所感。」信然！

山東胡田村有對胡姓兄弟進入深谷砍柴，遇到一條巨蟒，兄長站在前面，被巨蟒一口吞下。弟弟起初很驚駭，想逃跑，但看到兄長被吞噬，便憤怒的拿出柴斧，砍傷巨蟒的頭。巨蟒的頭雖受傷，仍不斷吞噬著口中食物；幸好那兄長肩膀較爲寬大，身體仍留在外沒有被吞。做弟弟的很著急，沒有應對計策，只好兩手抓著兄長的雙腳，和巨蟒拉扯，竟從巨蟒口中將兄長拉了出來。受傷的巨蟒，忍痛離去。

弟弟觀看兄長傷勢，發現鼻子、耳朵都不見了，奄奄一息，便揹著兄長，途中休息十多次才回到家。兄長休養半年，傷勢才痊癒，至今面目皆傷疤，鼻子和耳朵均只剩兩個洞而已。唉，農人之中，竟有人像這位弟弟如此勇敢與敬重兄長！又有人說：「巨蟒沒吃掉兄長，是因爲被弟弟友愛的德行所感動。」

◆**但明倫評點**：農人未嘗學問，且非所以要譽於鄉黨朋友也。如此弟弟，乃真弟弟。

沒讀過聖賢書的農人，懂得兄友弟恭的道理，並非為了得到鄉黨朋友的讚美，當時純粹想救兄長免於被蛇吞噬罷了。這樣的弟弟，才真正發揮了為人兄弟該有的友愛精神。

1胡田村：村名，今屬山東淄博市張店區管轄。／2斫：讀作「卓」，用刀砍。／3瘢痕：受傷後，皮膚留下的疤痕。瘢，讀作「班」。

犬姦

青州賈某[1]，客於外，恆經歲不歸[2]。家蓄一白犬，妻引與交[3]。犬習為常。一日，夫至，與妻共臥。犬突入，登榻，嚙賈人竟死。後里舍稍聞之，共為不平，鳴於官。官械婦，婦不肯伏，收之。命縛犬來，始取婦出。犬忽見婦，直前碎衣作交狀。婦始無詞。使兩役解部院[4]，一解人而一解犬。有欲觀其合者，共斂錢

賂役，役乃牽聚令交。所止處，觀者常數百人，役以此網利[5]焉。後人犬俱寸磔[6]以死。嗚呼！天地之大，真無所不有矣。然人面而獸交者，獨一婦也乎哉？

異史氏為之判曰：「會於濮上，古所交譏；約於桑中[7]，人且不齒。乃某者，不堪雌守之苦，浪思苟合之歡。夜叉伏牀，竟是家中牝獸[8]；捷卿入竇[9]，遂為被底情郎。雲雨[10]臺前，亂搖續貂之尾[11]；溫柔鄉裏，頻款曳象之腰。銳錐[12]處於皮囊，一縱股[13]而脫穎；留情結於鏃項[14]，

甫飲羽[15]而生根。忽思異類之交，直屬匪夷之想。尨吠奸[16]而為奸，妒殘兇殺，律難治以蕭曹[17]；人非獸而實獸，奸穢淫腥，肉不食于豺虎。嗚呼！人姦殺，則擬女以剮[18]；至於犬姦殺，陽世遂無其刑。人不良，則罰人作犬；至於犬不良，陰曹應窮於法。宜支解[19]以追魂魄，請押赴以問閻羅。」

山東青州有個經商的人，長年在外很少回家。家中養了一隻白犬，妻子不甘寂寞，便和狗交配，白狗習以爲常。有天，丈夫回家，和妻子睡在床上。狗突然闖入，爬到床上，把商人咬死。後來此事傳到鄉里，大家都爲這個做丈夫的抱不平，去衙門替他伸冤。官老爺將婦人上鎖銬，婦人不肯認罪，便先收押。命官差把狗捉來，才將婦人押至堂上。狗看到婦人，便衝上去咬碎她衣服，做出交配的模樣，婦人這才無以狡辯。官老爺命兩名衙役將一人一狗分別押送至巡撫衙門。有些民眾想看人狗交配，拿錢賄賂衙役，衙役便將這一人一狗牽至群眾面前，令他們交配。所到之處，常有數百人圍觀，衙役以此牟利。後來，人和狗都判處凌遲之刑而死。唉，天地之大，眞是無奇不有啊！然而，披著人皮卻做出與禽獸交配行爲的人，難道只有這個婦人而已嗎？

記下奇聞異事的作者評論道：「男女私會，自古以來便受他人議論；幽會偷歡，爲他人所不屑。這名婦人無法忍受獨守空閨之寂寞，只想一嘗雲雨之歡。夜叉伏於床上，竟是家中豢養的母獸；狗與婦人交歡，便成被底情郎。男女歡愛之所，狗尾亂搖；溫柔鄉中，頻頻扭動腰臀。白犬讓婦人嘗到了丈夫所不能給予的肉體歡愉，一嘗則無法自拔。爲紓解情慾，即便和異類交歡，這種匪夷所思的事也做得出來。狗見到壞人本該吠叫示警，卻因嫉妒婦人丈夫而殘殺了男主人，即使人間的律法也難以制裁牠；人不是禽獸卻做出禽獸的行爲，奸淫污穢，即使豺狼虎豹都不肯吃她的肉。唉，婦人因通姦而殺人，都要被千刀萬剮；狗犯下姦殺的罪刑，人間卻無法律可制裁！人不善，可罰人做狗；至於狗不善，陰曹地府也無律法可制裁，只好處死變爲魂魄，讓閻羅王來審判了。」

1青州：地名，今山東省青州市。賈：買賣經商的人。
2經歲不歸：常常一整年都不回來。
3交：交配、性交。根據上下文意，此與犬性交的婦人，雖為人亦與禽獸無異，而禽獸性交當用交配。另有解作交媾，多指男女性交，觀本篇文意當屬交配較為恰當，下文「交」字全作此解。
4兩役解部院：由兩名官府衙役押送至巡撫衙門。解，讀作「界」，押送罪犯，當動詞用。部院，清代各省巡撫，多半兼兵部侍郎及都察院副都御史，故稱「部院」，此指巡撫官衙。
5網利：謀取利益。
6寸磔：古代一種刑罰，亦稱凌遲，將肢體分解，或用刀片將身上皮肉一片片割下，直至犯人斷氣為止。磔，讀作「折」。
7濮上、桑中：皆指男女私會的地方。
8牝獸：牝，讀作「聘」，雌性動物。
9捷卿入竇：卿，指上文中的白犬；捷卿，指白犬的動作敏捷迅速。竇，讀作「豆」，洞、孔穴；入竇，鑽入人體器官凹陷的地方，按照下上文意，當指女性的陰戶。
10雲雨：比喻男女性交過程，典故出自《文選．宋玉．高唐賦．序》，即戰國時，楚襄王夢見巫山神女而與之交歡的傳說。後便以「巫山雲雨」形容男女歡愛。
11續貂之尾：指狗的尾巴。
12銳錐：鋒利尖銳之物，以上下文意來看，應指男性的陽具。
13股：大腿。
14鏃項：比喻男性的陽具。鏃，讀作「族」，箭頭。項，頸子。
15飲羽：古代的箭頭以羽毛裝飾，此指箭射得很深入，連末端的羽毛都沒入目標之中。
16尨吠奸：看門狗見到壞人就大叫。尨，讀作「忙」，毛很多的狗。
17蕭曹：漢朝開國功臣——蕭何和曹參的合稱。此處借指執行律法的人。
18剮：讀作「寡」，古代的一種刑罰，類似凌遲，用刀把人的肉一片片割下，因此有「千刀萬剮」這個成語。
19支解：砍斷人的四肢，亦為古代刑罰的一種。解，讀作「借」。

雹神

王公筠蒼[1]，蒞任楚中[2]。擬登龍虎山謁天師[3]。及湖[4]，甫登舟，即有一人駕小艇來，使舟中人為通。公見之，貌修偉[5]，懷中出天師刺[6]，曰：「聞騶從將臨，先遣負弩[7]。」公訝其預知，益神之，誠意而往。天師治具[8]相款。其服役者，衣冠鬚鬣[9]，多不類常人。前使者亦侍其側。少間，向天師細語。天師謂公曰：「此先生同鄉，不之識耶？」公問之。曰：「此即世所傳雹神李左車[10]也。」公愕然改容。

天師曰：「適言奉旨雨雹，故告辭耳。」公問：「何處？」曰：「章丘。」公以接壤[11]關切，離席乞免。天師曰：「此上帝玉勅[12]，雹有額數，何能相徇[13]？」公哀不已。天師垂思良久，乃顧而囑曰：「其多降山谷，勿傷禾稼可也。」又囑：「貴客在坐，文去勿武[14]。」神出，至庭中，忽足下生煙，氤氳匝地[15]。俄延踰刻，極力騰起，裁[16]高於庭樹；又起，高於樓閣；霹靂一聲，向北飛去，屋宇震動，筵器擺簸[17]。

公駭曰：「去乃作雷霆[18]耶！」天師曰：「適戒[19]之，所以遲遲；不然，平地一聲，便逝去矣。」公別歸，誌其月日，遣人問章丘，是日果大雨雹，溝渠皆滿，而田中僅數枚焉。

王筠蒼赴任南方，擬登龍虎山，拜見張天師。到了鄱陽湖，才剛上船，便見一人駕著小船前來，要人替他通報。王筠蒼接見了他，此人高大魁梧，從懷中掏出天師的拜帖：「天師聽說大人將要駕臨，特遣我先來迎接。」王筠蒼驚訝天師能未卜先知，很是神奇，誠心前往拜見。天師備了酒席相待，王筠蒼見一旁隨侍僕人服飾長相皆異於常人；先前來迎接之人，亦服侍天師身旁。不久，那人向天師悄聲說了些話。天師對王筠蒼說：「此人是王大人的同鄉，你不認識嗎？」王筠蒼便問那人是誰。天師答：「此人就是傳說中的雹神李左車。」王筠蒼感到驚訝，神色變得嚴肅起來。

天師說：「剛才他奉玉帝詔命要去降雹，所以向我告辭。」王筠蒼問：「降至何處？」天師答：「章丘。」王筠蒼因章丘與自己家鄉相鄰，離席乞求免於這場災難。天師說：「這是玉皇大帝的詔命，降多少雹都有一定數量，如何能循私？」王筠蒼不斷哀求。天師想了很久，回頭囑咐李左車：「將雹降至山谷，莫要傷了農田。」又囑咐，「貴客在此，離去時文雅些，不要太粗暴。」雹神便出去了，走到庭院，腳下忽升起煙霧，雲氣環繞大地。過了片刻，極力飛騰起身，才越過庭院樹木，接著又越過樓閣。霹靂一聲作響，朝北飛去，屋宇震動，筵席上的器皿皆震動。

王筠蒼驚訝的說：「他每次出去都像打雷般迅速嗎？」天師說：「剛才告誡過他，所以較緩和了些；不然，平地一聲巨響，就不見人影了。」王筠蒼告辭回去，將此事發生的日子記錄下來，派人到章丘詢問，那天果然降大雨雹，水溝通道皆是，唯農田裡僅數枚而已。

1 王公筠蒼：即王孟震，山東淄川人，筠蒼是他的字；萬曆二十三年（西元一五九五年）進士，官拜左通政，後因得罪權奸魏忠賢被免職。

2 涖任楚中：到南方上任。涖任，就任新的官職。楚中，春秋時期，因楚國位居南方，後便用以泛指南方。

3 龍虎山：道教名山之一，位於江西省貴溪縣西南方，由龍、虎二山組成而得名。天師：張道陵，人稱張天師，東漢時期在鵠鳴山（今四川省大邑縣境內）創立五斗米道，因入教的徒眾須繳交五斗米，故名。教眾稱他為「天師」，他以符咒替人治病，教授煉丹長生之術，是道教的創始人。

4 湖：此指位於江西省境內的鄱陽湖。

5 修偉：身形修長高大。

6 刺：拜帖。古代在竹簡上刻上姓名，作為拜見的名帖。

7 騶從：讀作「謅粽」，古代達官顯貴外出時，前後隨行騎馬的隨從。負弩：揹著弓箭作為先導，表示尊敬。

8 治具：準備酒席招待客人。

9 鬑鬑：鬍鬚。鬑，讀作「劣」。

10 李左車：漢初行唐（今河北省行唐縣）人，最初依附趙王，封廣武君。至韓信敗趙王後，歸於韓信麾下，韓信用他的奇謀攻取燕、齊等地。李左軍死後為雹神，即專司降雹的神祇。此傳說已不可考。

11 接壤：兩地交接之處。

12 勅：讀作「赤」，此指玉帝頒布的詔命。同今「敕」字，是敕的異體字。

13 相徇：相互徇私。

14 文去勿武：斯文一點，別粗暴。

15 氤氳：讀作「因暈」，煙霧、水氣彌漫的樣子。匝地：圍繞、籠罩大地；匝，讀作「紮」。

16 裁：僅、只之意，通「纔」、「才」二字。

17 擺簸：搖晃顛簸。簸，讀作「跛」。

18 雷霆：聲響很大的迅雷。

19 戒：警告、告誡。

狐嫁女

歷城殷天官[1]，少貧，有膽略。邑有故家[2]之第，廣數十畝，樓宇連亙。常見怪異，以故廢無居人；久之，蓬蒿[3]漸滿，白晝亦無敢入者。會公與諸生飲，或戲云：「有能寄此一宿者，共醵[4]為筵。」公躍起曰：「是亦何難！」攜一席往。眾送諸門，戲曰：「吾等暫候之。如有所見，當急號。」公笑云：「有鬼狐，當捉證耳。」遂入。見長莎蔽徑[5]，蒿艾[6]如麻。時值上弦，幸月色昏黃，門戶可辨。摩娑數進[7]，始抵後樓。登月臺，光潔可愛，遂止焉。西望月明，惟啣山一綫[8]耳。坐良久，更無少異，竊笑傳言之訛。席地枕石，臥看牛女[9]。

一更向盡，恍惚欲寐。樓下有履聲，籍籍[10]而上。假寐睨[11]之，見一青衣人[12]，挑蓮燈，猝[13]見公，驚而卻退。語後人曰：「有生人在。」下問：「誰也？」答云：「不識。」俄一老翁上，就公諦視[14]，曰：「此殷尚書，其睡已酣。但辦吾事，相公倜儻[15]，或不叱怪[16]。」乃相率入樓。樓門盡闢。移時，往來者益眾。樓上燈輝如晝。公稍稍轉側，作嚏咳。翁聞公醒，乃出，跪而言曰：「小人有箕箒女[17]，今夜于歸[18]。不意有觸貴人，望勿深罪。」公起，曳[19]之曰：「不知今夕嘉禮，慚無以賀。」翁曰：「貴人光臨，壓除凶煞，幸矣。即煩陪坐，倍益光寵。」公喜，應之。入視樓中，陳設芳麗。遂有婦人出拜，年可四十餘。翁曰：「此拙荊。」公揖之。俄聞笙樂聒耳，有奔而上者，曰：「至矣！」翁趨迎，公亦立俟[20]。

少選[21]，籠紗一簇[22]，導新郎入。年可十七八，丰采韶秀。翁命先與貴客為禮。少年目公。公若為儐[23]，執半主禮。次翁壻[24]交拜，已，乃即席。少間，粉黛雲從[25]，酒截霧霈[26]，玉椀金甌[27]，光映几案。酒數行[28]，翁喚女奴請小姐來。女奴諾而入。良久不出。翁自起，搴幃[29]促之。俄婢媼[30]數輩，擁新人出，環珮璆然[31]，麝蘭散馥。翁命向上拜。起，即坐母側。微目之，翠鳳明璫[32]，容華絕世。既而酌以金爵[33]，大容數斗[34]。公思此物可以持驗同人[35]，陰內[36]袖中。偽醉隱几，頹然而寢。皆曰：「相公醉矣。」居無何，聞新郎告行，笙樂暴作，紛紛下樓而去。已而主人斂酒具，少一爵，冥搜不得。或竊議臥客；翁急戒勿語，惟恐公聞。

移時，內外俱寂。公始起。暗無燈火，惟脂香酒氣，充溢四堵。視東方既白，乃從容出。探袖中，金爵猶在。及門，則諸生先俟，疑其夜出而早入者。公出爵示之。眾駭問，因以狀告。共思此物非寒士所有，乃信之。

後公舉進士，任於肥丘[37]。有世家朱姓[38]宴公，命取巨觥[39]，久之不至。有細奴[40]掩口與主人語，主人有怒色。俄奉金爵勸客飲。諦視之，款式雕文[41]，與狐物更無殊別。大疑，問所從製。答云：「爵凡八隻，大人為京卿[42]時，覓良工監製。此世傳物，什襲[43]已久。緣明府辱臨[44]，適取諸箱簏[45]，僅存其七，疑家人所竊取；而十年塵封如故，殊不可解。」公笑曰：「金杯羽化[46]矣。然世守之珍不可失。僕有一具，頗近似之，當以奉贈。」終筵歸署，揀爵馳送之。主人審視，駭絕。親詣謝公，詰[47]所自來。公乃歷陳顛末[48]。始知千里之物，狐能攝致[49]，而不敢終留也。◆

1 歷城：古縣名，今濟南市歷城區。殷天官：此指殷士儋，字正甫，學者稱棠川先生；明代嘉靖二十六年（西元一五四七年）進士，曾任吏部尚書，官拜至武英殿大學士，謚號文莊。此稱天官，表示對吏部尚書的尊敬。

2 邑：此處指縣市。故家：世代在朝為官的人家。

3 蓬蒿：指野草。

4 共醵：指這幾位朋友一起出錢買酒請他喝。醵，讀作「具」，大夥一起出錢買酒。

5 長莎蔽徑：長滿莎草，遮蔽路徑。莎，讀作「縮」，指莎草，一種草本植物。

6 蒿艾：此處指野草。蒿，一種草本植物。艾，指艾草。

7 摩娑數進：在黑暗中摸索著進入好幾座庭院。摩娑，「摸索」的諧音。進，古時房屋分成前後幾個庭院，每座庭院稱為「一進」。

8 啣山一綫：指月亮沒入山後，只留一線餘暉。綫，同今「線」字，是線的異體字。

9 牛女：指牛郎織女星。

10 藉藉：腳步聲雜亂的樣子。

11 睨：讀作「逆」，斜眼看、偷窺。

12 青衣人：指婢女，古時婢女穿青色衣服。

13 猝：突然。

14 就公諦視：靠近殷士儋，詳細的審視。

15 倜儻：讀作「替躺」，指為人瀟灑豪邁，行事不拘小節。

16 叱怪：責怪。

17 箕帚女：自謙之詞，指自家閨女缺乏才貌，只能做些家務。

18 于歸：指女人出嫁，典故出自《詩經．周南．桃夭》：「之子于歸，宜其室家。」

19 曳：牽起、扶起。

20 俟：讀作「四」，等待、等候。

21 少選：不多時、沒過多久。

22 籠紗一簇：一群人提著結婚喜慶用的紅紗燈籠，遠看像一堆紅紗燈。

23 儐：指協助主人接待賓客的人。

24 壻：女婿。同今「婿」字，是婿的異體字。

25 粉黛雲從：丫鬟婢女簇擁如雲。

26 酒胾霧霈：熱騰騰的美酒佳餚。胾，讀作「自」，以刀切成的大塊肉，此指美食。

27 玉椀金甌：玉椀，盛裝食物的器皿；椀，同今「碗」字，是碗的異體字。金甌，金製的酒器；甌，讀作「歐」。

28 數行：數巡。遍敬在座賓客酒一巡，稱一行。

29 搴幃：掀開幃帳。搴，讀作「千」，掀開、撩起。

30 媼：讀作「棉襖」的襖，指老婦人。同今「媪」字，是媼的異體字。

31 環珮璆然：指身上配掛的玉器，互相撞擊發出的聲響。璆，讀作「球」。

32 明璫：以明珠做成的耳環，典出敘事長詩〈孔雀東南飛〉：「腰若流紈素，耳著明月璫。」

33 爵：古代一種形似鳥雀的三腳酒器。

34 斗：指一般的酒杯，比「爵」小。

35 同人：友人、同伴。

36 陰內：暗藏。內，通「納」。

37 肥丘：地名，不詳。

38 世家朱姓：姓朱的官宦世家。

39 觥：讀作「工」，用兕（讀作「四」）牛角做成的酒器。

40 細奴：指小僮。

41 雕文：雕刻的圖案。

42 京卿：即京堂。清朝時，都察院、通政司、詹事府和大理、太常等寺卿及國子監的堂官統稱。公文則稱作京卿。

43 什襲：將物品層層包裹，在此引申為慎重的珍藏品。

44 辱臨：客套話，屈尊蒞臨。

45 簏：讀作「路」，圓形的竹箱。

46 羽化：原指人得道成仙，此指物品不翼而飛。

47 詰：讀作「傑」，問。

48 歷陳顛末：詳盡的陳述事情始末。

49 攝致：隔空攝取物品。

◆**但明倫評點**：吾謂：天下之物，當與天下公之。浮生如寄，除倫常性分之外，何者是自己所有？凡一切所有之物，雖暫寄於我，終久還當寄之他人。彼斤斤自守，而曰是我所自有也，亦甚愚也。

我說：天底下的東西，皆屬於天下人。人生短暫，除了人倫綱常與人的仁心善性，還有什麼是自己所擁有？凡一切有形之物，只是暫時借予我，最終需還給這個世界。他斤斤計較金爵是他所有之物，便是看不透這一點。

出身濟南歷城縣的吏部尚書殷士儋，年少家貧，有膽識。歷城一官宦世家宅院，有數十畝這麼大，樓宇連棟，荒廢已久，無人居住，常發生怪異之事。久而久之，宅院雜草叢生，白天也沒人敢進入。殷公與友人一塊兒喝酒，席間有人開玩笑：「若有人能在此宅住一晚，咱們幾個就出錢辦一桌酒席請他。」殷公跳起來，說：「那有何難。」便帶了一張蓆子前往。友人送他到宅院門口，玩笑著說：「我們在此暫候，若見到怪異之事，就大聲呼叫。」殷公笑說：「若有鬼狐，我就捉一個來當證據。」說完便進去。

他見雜草遮蔽路徑，野草長得密密麻麻，時值上弦月，乘昏暗月色依稀見到門戶位置，摸索著走過了幾座庭院，才來到後面的樓房。登上觀月的樓臺，整潔舒適，便停留在那兒休息。朝西望明月，見月亮沒入山後，僅留一線餘暉。坐了一會兒，沒什麼異狀，暗笑傳聞不實。將蓆子鋪在地上，枕著石頭，躺著看天上星空。

一更將盡，恍惚欲睡。忽聽樓下有紛亂的腳步聲，正朝樓上走來。殷公裝睡，斜眼偷看，見一名婢女，拿著蓮燈，突然看到他，驚嚇而走。她對後面的人說：「有陌生人在上面。」下面的人問：「是誰？」婢女答：「不認識。」不久，一名老翁上來，靠近殷公仔細端詳，說：「此乃殷尚書，已熟睡。只管辦我們的事，相公器宇不凡，也許不會責怪。」於是領著婢女走入樓中。樓門盡開。不久，往來者眾，樓上燈火光明如白日。殷公稍翻身，假裝咳嗽噴嚏。老翁聽見殷公醒來的聲音，便走出來朝他下跪：「草民的女兒今夜要出嫁，不想衝撞了貴人，還望勿要怪罪。」殷公起身，扶起老翁：「不知今夜你們辦喜事，愧無攜帶賀禮。」老翁說：「貴人光臨，鎮壓邪祟，是咱們的榮幸。若能勞煩您來觀禮，備感光榮。」殷公聽了很高興，便答允。走入樓中觀視，擺設很喜慶。有一婦人出來拜見，約四十多歲，老

翁介紹：「此乃吾妻。」殷公向她作揖。不久，聽見震耳欲聾的音樂聲，有人跑到樓上通報：「新郎官到了。」老翁趕緊前往迎接，殷公站著等待。

不久，一群婢女手提紅紗燈籠，引領新郎進入。新郎年約十八歲，風采俊秀。老翁命他先向貴客行見面禮，新郎望向殷公。他宛如儐相，代表女方回禮。接著，岳父與女婿交互對拜，禮畢，離席。不久，一群婢女送上美酒佳餚，玉碗金杯，在几案上閃爍著光輝。飲酒過了數巡，老翁喚女婢去請小姐出來。女婢答允便進去，許久都不出來。

老翁起身，掀開幃帳催促。不久，丫環、老婦數人簇擁著新娘子出來，她們身上配戴的玉環和玉珮相互敲擊作響，身上散發出濃郁香氣。老翁命新娘先向貴客行禮參拜，禮畢，便坐在母親旁邊。殷公偷瞧了她一眼，新娘頭插翠鳳，耳戴明珠耳環，容貌美豔絕倫。接著，他們便以金爵飲酒，一爵可抵尋常酒杯的數杯容量。殷公心想，此金爵可拿給友人看，以證明今晚的經歷，便偷偷藏於袖中。他假裝喝醉趴在茶几上，倒頭便睡。眾人皆說：「相公喝醉了。」沒多久，聽聞新郎起身告辭，鼓樂聲又響起，眾人紛紛下樓而去。之後主人收驗酒具，發現少了一只金爵，到處都找不到。有人說可能被殷公藏起，老翁怕殷公聽見，讓那人不要再說。

不多久，樓內樓外都靜悄悄的，殷公這才起身。房中昏暗無燈光，只餘脂粉香味和酒味充盈室內。他見天際露出一抹曙光，才從容出來。伸手探入袖中，那只金爵還在。走出宅院門口，友人都在那裡等他，他們懷疑殷公昨晚偷溜，今早才進到那所宅院。殷公拿出金爵給他們看，大家都感到驚奇，他便將昨晚發生之事告訴友人。眾人覺得此物非窮書生所能擁有，這才信了他的話。

之後，殷士儋中了進士，在肥丘任職。有個姓朱的世家子弟宴請他，命人去取大酒杯，僕人去了很久不回來。有小僮在主人耳邊小聲說了些話，主人聽了很憤怒。不久，便拿金爵勸客人飲酒。殷公仔細觀看，這只金爵的款式圖案，與他之前在大宅院中那些狐狸用來飲酒的金爵相同，覺得奇怪，問金爵是哪裡製造的。主人回答：「金爵一共八只，是先父當京卿時，找上乘工匠監製，當作傳家之寶，珍藏已久。只因你蒞

臨府上，才從箱子裡取出，現僅存七只，懷疑是家人偷拿。但這十年來，金爵都封藏在箱中，實在匪夷所思。」殷公笑說：「金杯不翼而飛，但先人傳下之物不可失。我有一金爵，和你的很像，就送給你。」筵席終了，殷公回家拿了金爵讓人速速送去。主人審視，覺得不可思議，親自拜謝殷公，問金爵來歷。殷公便告知事情發生經過，這才知道千里之遙的東西，狐狸都能取來，可終究不敢據爲己有。

嬌娜

孔生雪笠，聖裔[1]也。為人蘊藉[2]，工詩。有執友令天臺[3]，寄函招之。生往，令適卒。落拓不得歸，寓[4]菩陀寺，傭為寺僧抄錄[5]。寺西百餘步，有單先生第，先生故公子[6]，以大訟蕭條[7]，眷口寡，移而鄉居，宅遂曠焉。

一日，大雪崩騰[8]，寂無行旅。偶過其門，一少年出，丰采甚都[9]。見生，趨與為禮，略致慰問，即屈降臨。生愛悅之，慨然[10]從入。屋宇都不甚廣，處處悉懸錦幕；壁上多古人書畫。案頭書一冊，籤云：「瑯嬛瑣記[11]。」翻閱一過，俱目所未睹。生以居單第，意[12]為第主，即亦不審官閥[13]。少年細詰[14]行蹤，意憐之，勸設帳[15]授徒。生歎曰：「羈旅之人，誰作曹丘者[16]？」少年曰：「倘不以駑駘[17]見斥，願拜門牆。」生喜，不敢當師，請為友。便問：「宅何久錮[18]？」答曰：「此為單府，曩以公子鄉居，是以久曠。僕皇甫氏，祖居陝。以家宅焚于野火，暫借安頓。」生始知非單。

當晚，談笑甚懽[19]，即留共榻。昧爽[20]，即有僮子熾炭于室。少年先起入內，生尚擁被坐。僮入白[21]：「太公來。」生驚起。一叟入，鬢髮皤然[22]，向生殷謝曰：「先生不棄頑兒，遂肯賜教。小子初學塗鴉，勿以友故，行輩[23]視之也。」已，乃進錦衣一襲，貂帽、襪、履各一事。視生盥櫛[24]已，乃呼酒薦饌。几、榻、裙、衣，不知何名，光彩射目。酒數行[25]，叟興辭，曳杖[26]而去。餐訖，公子呈課業，類皆古文詞，並無時藝[27]。問之，笑云：「僕不求進取也。」抵暮，更酌曰：「今夕盡懽，明日便不許矣。」呼僮曰：「視太公寢未；已寢，可暗喚香奴來。」僮去，先以繡囊將琵琶至。少頃，一婢入，紅妝艷絕。公子命彈湘妃[28]。婢以牙撥勾動[29]，激揚哀烈，節拍不類夙聞。又命以巨觴行酒，三更始罷。

次日，早起共讀。公子最惠，過目成詠，二三月後，命筆警絕[30]。相約五日一飲，每飲必招香奴。一夕，酒酣氣熱，目注之。公子已會其意，曰：「此婢為老父所豢養。兄曠邈無家[31]，我夙夜代籌久矣。行當為君謀一佳耦[32]。」生曰：「如果惠好，必如香奴者。」公子笑曰：「君誠少所見而多所怪者矣。以此為佳，君願亦易足也。」居半載，生欲翱翔郊郭，至門，則雙扉外扃[33]。問之。公子曰：「家君恐交遊紛意念，故謝客耳。」生亦安之。

時盛暑溽熱，移齋園亭。生胸間腫起如桃，一夜如盌[34]，痛楚吟呻。公子朝夕省視，眠食都廢。又數日，創劇，益絕食飲。太公亦至，相對太息。公子曰：「兒前夜思先生清恙，嬌娜妹子能療之。遣人於外祖母處呼令歸，何久不至？」俄僮入白：「娜姑至，姨與松姑同來。」父子疾趨入內。少間，引妹來視生。年約十三四，嬌波流慧，細柳生姿。生望見顏色，嚬呻頓忘，精神為之一爽。公子便言：「此兄良友，不啻胞[35]也，妹子好醫之。」女乃斂羞容，揄長袖[36]，就榻診視。把握[37]之間，覺芳氣勝蘭。女笑曰：「宜有是疾，心脈動[38]矣。然症雖危，可治；但膚塊已凝[39]，非伐皮削肉不可。」

乃脫臂上金釧安患處，徐徐按下之。創突起寸許，高出釧外，而根際餘腫，盡束在內，不似前如盌闊矣。乃一手啟羅衿，解佩刀，刃薄於紙，把釧握刃，輕輕附根而割。紫血流溢，沾染牀席。而貪近嬌姿，不惟不覺其苦，且恐速竣[40]割事，偎傍不久。未幾，割斷腐肉，團團然如樹上削下之癭[41]。又呼水來，為洗割處。口吐紅丸，如彈大，著肉上，按令旋轉：才一周，覺熱火蒸騰；再一周，習習作痒[42]；三周已，遍體清

涼，沁入骨髓。女收丸入咽，曰：「愈矣！」趨步出。生躍起走謝，沉痼若失。

而懸想容輝，苦不自已。自是廢卷癡坐，無復聊賴[43]。公子已窺之，曰：「弟為兄物色，得一佳偶。」問：「何人？」曰：「亦弟眷屬。」生凝思良久，但云：「勿須。」面壁吟曰：「曾經滄海難為水，除卻巫山不是雲[44]。」公子會其指，曰：「家君仰慕鴻才，常欲附為婚姻。但止一少妹，齒太穉[45]。有姨女阿松，年十八矣，頗不粗陋。如不見信，松姊日涉園亭，伺前廂，可望見之。」生如其教，果見嬌娜偕麗人來，畫黛彎蛾，蓮鉤蹴鳳[46]，與嬌娜相伯仲也。生大悅，請公子作伐[47]。公子翼日，自內出，賀曰：「諧矣。」乃除[48]別院，為生成禮。是夕，鼓吹闐咽[49]，塵落漫飛[50]，以望中仙人，忽同衾[51]幄，遂疑廣寒[52]宮殿，未必在雲霄矣。合巹[53]之後，甚愜心懷。

一夕，公子謂生曰：「切磋之惠，無日可以忘之，近單公子解訟歸，索宅甚急。意將棄此而西。勢難復聚，因而離緒縈懷。」生願從之而去。公子勸還鄉閭，生難之。公子曰：「勿慮，可即送君行。」無何，太公引松娘至，以黃金百兩贈生。公子以左右手與生夫婦相把握，囑閉眸勿視。飄然履空，但覺耳際風鳴。久之曰：「至矣。」啟目，果見故里。始知公子非人。喜叩家門。母出非望[54]，又睹美婦，方共忻[55]慰，及回顧，則公子逝矣。

松娘事姑孝；，豔色賢名，聲聞遐邇。後生舉進士，授延安司李[56]，攜家之任。母以道遠不行。松娘舉一男，名小宦。生以忤直指罷官[57]，罣礙[58]不得歸。偶獵郊外，逢一美少年，跨驪駒，頻頻瞻顧。細視，則皇甫公子也。攬轡停驂[59]，悲喜交至。邀生去，至一村，樹木濃昏，陰翳天日。入其家，則金漚浮釘[60]，宛然世族。問妹子則嫁；岳母已亡：深相感悼。經宿別去，偕妻同返。嬌娜亦至，抱生子掇提而弄曰：「姊姊亂吾種矣。」生拜謝曩德。笑曰：「姊夫貴矣。創口已合，未忘痛耶？」妹夫吳郎，亦來謁拜，信宿乃去。

一日，公子有憂色，謂生曰：「天降凶殃，能相救否？」生不知何事，但銳自任61。公子趨出，招一家俱入，羅拜堂上。生大駭，亟問。公子曰：「余非人類，狐也。今有雷霆62之劫。君肯以身赴難，一門可望生全；不然，請抱子而行，無相累。」生矢共生死。乃使仗劍於門。囑曰：「雷霆轟擊，勿動也！」生如

所教。果見陰雲晝暝，昏黑如磬63。回視舊居，無復閈閎；惟見高冢巋然64，巨穴無底。方錯愕間，霹靂一聲，擺簸65山岳；急雨狂風，老樹為拔。生目眩耳聾，屹不少動。忽于繁煙黑絮之中，見一鬼物，利喙長爪，自穴攫66一人出，隨煙直上。瞥睹衣履，念似嬌娜。乃急躍離地，以劍擊之，隨手墮落。忽而崩雷暴裂，生仆，遂斃。少間，晴霽，嬌娜已能自蘇。見

生死于旁，大哭曰：「孔郎為我而死，我何生矣！」松娘亦出，共舁[67]生歸。嬌娜使松娘捧其首；兄以金簪撥其齒；自乃撮其頤，以舌度紅丸入，又接吻而呵之。紅丸隨氣入喉，格格作響。移時，醒然而蘇。見眷口滿前，恍如夢寤[68]。于是一門團圞[69]，驚定而喜。

生以幽壙不可久居，議同旋里。滿堂交贊，惟嬌娜不樂。生請與吳郎俱，又慮翁媼不肯離幼子，終日議不果。忽吳家一小奴，汗流氣促而至。驚致研詰，則吳郎家亦同日遭劫，一門俱歿。嬌娜頓足悲傷，涕不可止◆。共慰勸之。而同歸之計遂決。生入城勾當[70]數日，遂連夜趣裝。既歸，以閒園寓公子，恆反關之；生及松娘至，始發扃[71]。生與公子兄妹，棋酒談讌，若一家然。小宦長成，貌韶秀，有狐意。出遊都市，共知為狐兒也。

異史氏曰：「余於孔生，不羡其得艷妻，而羡其得膩友[72]也。觀其容可以忘飢，聽其聲可以解頤。得此良友，時一談宴，則色授魂與[73]，尤勝于顛倒衣裳矣。」

1 聖裔：聖人的後代。此指孔雪笠，姓孔，乃孔子後代。
2 蘊藉：溫柔敦厚，為人有學養而不外露。
3 執友令天臺：志趣相投的朋友擔任了天臺縣（今浙江省天臺縣）縣令。令，擔任縣令，當動詞用。
4 寓：寄人籬下、暫住。
5 傭為寺僧抄錄：僱用他幫寺廟的僧侶抄寫佛經。
6 故公子：世代在朝為官的人家（子弟）。
7 大訟蕭條：打大宗官司，導致家道中落。
8 大雪崩騰：大雪紛飛。
9 都：讀作「督」，風姿優雅。
10 慨然：爽快、不猶豫。
11 瑯嬛瑣記：似為蒲松齡虛構的書。元朝伊世珍撰有志怪筆記小說《瑯嬛記》，其中一篇記載「瑯嬛福地」傳說，道教則有「洞天福地」傳說，指神仙居住的仙境。
12 意：私意揣測。

13 官閥：指官階爵位和門第。
14 詰：讀作「傑」，問。
15 設帳：開學堂授徒。
16 曹丘：漢代有曹丘生，他到處宣揚季布的英勇事蹟，使季布頗有盛名。後用作引薦人、推薦人的代稱。
17 駑駘：資質駑鈍。駘，讀作「臺」。
18 錮：關閉不開。
19 懽：同今「歡」字，是歡的異體字。
20 昧爽：天剛亮。
21 白：讀作「博」，告訴、告知。
22 鬢髮皤然：白色的鬢與髮。鬢，耳朵旁的頭髮。
23 行輩：同輩之人。
24 盥櫛：讀作「冠傑」，梳洗。
25 數行：數巡。遍斟在座賓客酒一巡，稱一行。
26 曳杖：拄著拐杖。

◆**但明倫評點**：嬌娜能用情，能守禮，天真爛漫，舉止大方，可愛可敬。

27 時藝：八股文，古代科舉考試所用的文體。
28 湘妃：此應指琵琶改編的古琴曲〈湘江怨〉，又名〈湘妃怨〉。舜有兩名妃子，名喚娥皇、女英，投湘江而死，後人稱湘妃。此曲的故事是，湘妃因舜死而悲傷痛哭，眼淚滴在竹子上，而稱湘妃竹。
29 牙撥勾動：古時琵琶以撥片（或稱撥子）彈奏。勾動，指以撥片撥動琴絃。
30 命筆警絕：寫文章下筆精妙。
31 曠邈無家：男子尚未娶妻，意即沒有成家。
32 耦：配偶，此指妻子。
33 扃：讀作「窘」的一聲。當名詞用，指門閂；當動詞用，即鎖門，拴上門外面的門閂。
34 盌：同今「碗」字，是碗的異體字。
35 不啻胞：不亞於同胞兄弟，意即與同胞兄弟無異。啻，讀作「斥」。
36 揄長袖：挽起長袖。
37 把握：此指中醫切脈。
38 心脈動：《外科大小合參．卷十九》：「赤紫丹瘤，皆心火內鬱而發。」心火鬱結體內，導致皮膚底下長瘤，此病症發生在頭面胸背，內熱如火，疼痛難忍，熱毒遊走全身，需迅速治療。孔生所患之病，正合此也。
39 膚塊已凝：長在皮膚底下的腫瘤，連同附近的皮膚，均結成硬塊。
40 速竣：太快完畢。
41 瘿：讀作「穎」，長在樹上的瘤。
42 習習作痒：疼痛緩解，隱隱發癢。
43 無復聊賴：指心神無所寄託，意即心神不寧。
44 曾經滄海難為水，除卻巫山不是雲：唐詩人元稹〈離思五首〉中悼念亡妻的詩句。指見過了絕世美女（此指嬌娜）後，對其他女人都視若無睹，無法動心。原詩為「曾經滄海難為水，除卻巫山不是雲。取次花叢懶回顧，半緣修道半緣君」，後兩句意思是，即使在女人成群之地，也不願回頭望別的女人一眼，一半是因為修道，一半是因為你（指亡妻）。
45 齒太穉：太過年幼。穉，讀作「智」。同今「稚」字，是稚的異體字。
46 蓮鉤蹴鳳：穿著彩鳳紋飾鞋子的金蓮小腳。蓮鉤：古代女子纏足後的金蓮小腳。蹴，讀作「促」。
47 作伐：幫人作媒。出自《詩經．豳風．伐柯》：「伐柯如何？匪斧不克；取妻如何？匪媒不得。」一把好斧頭，需有一個相襯的斧柄；如同男子娶妻，需經迎娶程序才行，媒人則是此程序中的重要環節。意即，男子娶妻需有媒人作媒。
48 除：打掃、掃除。
49 鼓吹闐咽：鑼鼓喧鬧。闐，讀作「田」。
50 塵落漫飛：指前來祝賀觀禮的賓客很多。以塵土飛揚形容賓客人來人往，路徑揚起了灰塵。
51 衾：讀作「親」，被子。
52 廣寒：神話中，嫦娥仙子在月宮的居所。
53 合巹：指成婚。古時，成親的夫婦要對飲合巹酒。巹，讀作「錦」。
54 非望：不在意料之中。
55 忻：歡喜。同今「欣」字，是欣的異體字。
56 延安司李：延安府（今陝西省北）的推官，協助知府大人的官吏，職掌獄訟。亦稱「司理」。
57 生以忤直指罷官：孔生得罪了巡按御史而辭官。忤，忤逆、得罪。
58 罣礙：公務上的牽掛，意指交接事務尚未辦完。
59 攬轡停驂：控制馬的韁繩，讓馬止步。轡，讀作「佩」，韁繩。驂，讀作「餐」，指馬。
60 金漚浮釘：指古代官宦人家的門飾——金色的圓形銅釘，似水泡浮在水面。漚，讀作「歐」，水泡。
61 銳自任：表示願意相助，挺身而出。
62 雷霆：聲響很大的迅雷。
63 硻：讀作「依」，指黑色石頭。同今「堅」字，是堅的異體字。
64 高冢巋然：墳墓如山一般高大聳立。高冢，高大的墳墓；冢，讀作「腫」。巋然，高大又堅固；巋，讀作「窺」。
65 擺簸：搖晃顛簸。簸，讀作「跛」。
66 攫：讀作「決」，用爪子抓取。
67 舁：讀作「魚」，抬、扛舉。
68 夢寤：從睡夢中醒來。寤，讀作「物」，醒來、睡醒。
69 團圞：團圓、團聚。圞，讀作「鑾」。
70 勾當：辦事。
71 發扃：把門打開。扃，讀作「窘」的一聲。
72 膩友：情感深厚親密的朋友。
73 色授魂與：此指男女之間精神上互相吸引。

孔子的後代孔雪笠，為人溫柔敦厚，工詩文。他有個摯友在天臺縣當縣令，寫信要他前往。孔生前去，縣令卻死了。孔生盤纏用盡沒法回家，只好寄居菩陀寺，受僱寺僧，幫忙抄寫佛經。離寺廟西方百餘步，有一處單先生的宅第。單先生是世代仕宦人家的子弟，因為打一宗大官司，家眷人數少，搬回鄉里居住，宅子於是荒廢。

有天，大雪紛飛，路上行人稀少。孔生偶經此宅，一名風姿優雅的少年從大門走出，看到孔生，上前向他行禮，寒暄幾句，邀請他進入宅第。孔生欣賞這名少年，欣然受邀隨之進入。屋宇不算很大，四處掛著錦幕，牆上掛著許多古人書畫。桌案上放著一本書，書名為《瑯嬛瑣記》，孔生隨手拿起翻了一遍，裡面記載皆前所未聞。孔生以為少年就是宅院的主人，便未問其家世。少年詳問孔生現況，頗感同情，勸他開館授徒。孔生感嘆的說：「在外漂泊的人，無人可為我舉薦。」少年說：「倘若不嫌我資質愚鈍，願拜在你的門下。」孔生很高興，不敢以老師自居，請以朋友相交。孔生問：「這宅院為何長年封鎖？」少年答：「此為單府，以前的主人搬回鄉下，所以一直荒廢。我姓皇甫，祖居陝西，因為家宅被火燒了，暫住在此。」孔生這才知道，他非單家人。

當晚，兩人談笑甚歡，少年便留他同睡一床。翌日，天剛亮，有僮子在房中燒炭。少年先起床入室，孔生還擁著棉被坐在床上。僮子入房說：「太公來了。」孔生這才趕緊起床。一名老人走進來，鬢髮皆已斑白，向孔生致謝：「承蒙先生不嫌棄我兒，肯收他為徒。我兒初學詩文，千萬別因為和他是朋友，就當他是平輩。」說完，便命人拿來一襲錦衣、一頂貂帽，鞋襪各一雙。見孔生梳洗完畢，便命人送酒和食物。房中擺設几、榻、裙、衣等物，不知何名，光彩亮麗。酒過數巡，老人辭行，拄杖而去。

餐畢，公子將所寫詩文給孔生看，皆古文詞，並無科舉用的八股文體。孔生問他緣由，公子笑說：「我無意參加科考。」夜晚，兩人喝酒。公子說：「今夜盡情暢飲，明日就要開始用功。」喚來僮僕：「你去看看太公睡了沒，若已睡，偷偷喚香奴來此。」僮僕離開，先拿了一個繡袋裝的琵琶前來。不久，有位打扮豔麗的侍婢走入，公子命她彈奏〈湘江怨〉。侍婢用象牙撥片撥動琴絃彈奏，曲調激揚哀烈，節奏前所未聞。公子又命人送上大酒杯飲酒，直到三更才散。

第二天，兩人早起一起讀書。公子最爲聰穎，過目不忘，兩三個月後，下筆流暢精妙。兩人相約每隔五天喝一次酒，飲酒時必招香奴助興。一晚，酒酣耳熱，孔生直盯著香奴瞧。公子知他心意，說：「此婢是我老父所養，兄長尚未娶妻，我日夜代你籌謀已久，定爲君覓得佳偶。」孔生說：「請幫我找像香奴這樣的美女。」公子笑說：「你眞是少見多怪，香奴這樣，你就覺得是美女，你也太容易滿足了吧。」孔生住了半年，想到城郊散步，走到門口，兩扇門都從外面反鎖。孔生問公子緣由，公子說：「家父擔心我出外交友會誤了讀書，所以閉門謝客。」孔生便安分的留在宅第中。

時値酷暑天氣炎熱，兩人到園亭讀書。孔生胸口長了顆桃子般大小的瘤，過了一夜如碗大，疼痛呻吟。公子早晚探視，不睡不食。又過數日，孔生痛得更厲害了，沒心思吃飯飲水。太公也前來探望，和公子相視嘆氣。公子說：「孩兒想，先生所染之病，嬌娜妹子能治。已派人去外祖母那裡叫她回來，怎麼這麼久還不來？」不久，僮僕入內說：「娜姑來了，姨母與松姑同來。」父子立刻入內。不久，公子領著妹妹探視孔生。她年約十三四歲，眼波流轉時透著嬌媚聰慧，走起路來窈窕生姿。孔生見她美貌，頓時忘了呻吟，精神一振。公子便說：「此乃爲兄的好友，無異於同胞手足，妹子好生醫治。」嬌娜收斂嬌羞，挽起長袖，靠床診視。切脈之際，孔生感到她身上的氣味比蘭花還好聞。嬌娜笑說：「他之所以染上這種病，是心火鬱結體內的緣故。此症雖危急，我可以治，但腫瘤附近的皮膚都已變硬，非把皮肉割去才行。」

她脫下手臂上的金鐲放在患處，用手慢慢往下壓。腫瘤突出一寸多，高於金鐲，根部腫起之處都被金鐲箍在裡面，已不再像碗那麼大。她解開腰帶，解下佩刀，刀刃如紙薄，輕輕貼著瘤的底部割。紫血外流，沾染床枕。孔生爲了多和嬌娜親近，不光不覺得痛，且不希望她太快割完，不然就不能依偎在她懷中久些。沒多久，腐肉割斷，圓圓一團，有如從樹上割下的樹瘤。又命人拿熱水來，爲他清洗傷口。嬌娜口吐紅丸，如彈珠大小，放在傷口上，按著它旋轉——才一圈，便覺傷口有股熱氣；再一圈，傷口隱隱發癢；轉了三圈，全身有股沁入骨髓的清涼感。嬌娜收回紅丸，吞入喉中，說：「痊癒了。」便快步走出。孔生從床上跳起向她致謝，好像從沒患過重病似的。

自從嬌娜走後，孔生整日思念她的容貌，難以自拔，一天到晚在書案前發呆，做什麼事都沒心情。公子看到，說：「小弟爲兄長物色，得一佳偶。」孔生問是何人，公子說：「也是我的親戚。」孔生想了很久，只說：「不必。」面對牆壁吟誦，「曾經滄海難爲水，除卻巫山不是雲。」公子意會他所指，說：「家父仰慕你的才學，想要結爲姻親。我只有嬌娜一個小妹，年齡尚幼。表姊阿松，十八歲，長得也不算太差。如若不信，松姊每日都會去逛庭園，你可在前面的廂房等候，定能遠望到她。」孔生按照他所說去做，果見嬌娜和松姊到庭園，畫眉似蛾，金蓮小腳穿著鳳頭鞋，與嬌娜不相上下。孔生大喜，請公子代爲作媒。翌日，公子從內室走出，恭喜道：「談成了。」便打掃別院，爲孔生辦婚禮。當晚，鑼鼓聲熱鬧喧天，道賀賓客人來人往。他朝思暮想的仙女竟和他同衾共枕，好生懷疑起廣寒月宮未必遙不可及。夫妻喝過合巹酒後，他覺得十分愜意。

一晚，公子對他說：「你對我學問上的指導，我必銘記於心。最近，單公子打完官司要回來住，急著討回宅子，我打算離開這裡往西行，恐難再聚，滿懷離愁。」孔生想和他一起走，公子勸他返鄉，他因身無分文而爲難。公子說：「不用擔心，現在就能送你回去。」沒過多久，太公帶著松娘前來，送他黃金百兩。公子與孔生夫婦握手道別，囑咐他閉上雙目不要睜開。孔生只覺彷若飄在空中，耳邊傳來風鳴聲。許久，公子說：「到了。」孔生睜開眼，果然回鄉，這才知公子並非凡人。高興的去敲自家門，孔母沒想到兒子突然回來，又見美麗的媳婦，才感欣慰。孔生回首而望，公子已經消失了。

松娘侍奉婆婆至孝，豔麗賢良的名聲傳遍遠近。後來，孔生考中進士，分發到陝西省延安府任司李，舉家前往。孔母因路遙未去。松娘生一男孩，取名小宦。時孔生得罪了巡按御史而罷官，正辦理交接手續，一時無法返鄉。偶經郊外，遇一美少年，騎著黑馬，頻頻回頭看。孔生細看，認出是皇甫公子。公子收緊韁繩，在他面前停下，兩人相見，悲喜交織。公子邀孔生回家坐坐，兩人到一村子，樹木濃蔭蔽日，進入家門，見門上一排排金色銅釘，只有官宦世家才會有這樣的門飾。孔生問起公子的妹妹，才知她已嫁人，並得知自己岳母已亡故，兩人感慨傷悲。孔生住了一晚，向公子辭行，後又帶妻子回公子家。嬌娜也來了，懷抱孔生的兒子，逗弄嬰孩說：「姊姊亂了吾家的血脈。」孔生拜謝嬌娜從前的治病之恩，她笑說：「姊夫現在當了官，人變得矜貴，傷口都已好了，還不忘疼痛嗎？」嬌娜的夫婿吳郎，也前來拜見，住了兩晚才離去。

一日，公子面帶愁容，告訴孔生：「天降災禍，你能相救嗎？」孔生不知何事，自當願意相助。公子快速走出，叫全家人都進到大廳，齊齊向他叩拜。孔生大驚，問事情緣由。公子說：「我非人，是狐狸。今日有雷霆大劫，若你肯捨身相救，我們全家尚有生還希望，否則請抱兒子離開，免得被我們牽累。」孔生願同生共死，便持劍站在門口。公子囑咐：「雷霆轟擊，不要亂動！」孔生按照他所說去做。果見陰雲遍布天空，昏暗如黑石，回頭看所居之所，偌大宅院消失了，只見高墳聳立，身處在無底巨穴中。正錯愕時，霹靂一響，山岳搖擺晃動，狂風急雨，老樹被連根拔起。孔生感到目眩耳聾，站著不動。忽在黑煙之中看到一鬼物，伸出利喙長爪，從洞穴中抓出一人，隨煙直上。孔生看那人所著衣鞋，應似嬌娜，急忙跳躍離地，用劍去砍鬼物，嬌娜隨著鬼爪鬆開落下。忽然一道急雷打下，孔生倒在地上，死了。不久，天空恢復晴朗，嬌娜已醒，見孔生死在旁邊，大哭說：「孔郎爲我而死，我還活著做什麼！」松娘也走了出來，與嬌娜一起抬他回去。嬌娜要松娘捧起他的頭，要兄長以金簪撥開他的牙齒，嬌娜拉開他的下巴，用舌頭將紅丸放進他嘴裡，與他接吻，將自身氣息灌入他體內。紅丸隨氣息入喉，在體內格格作響。過了一段時間，孔生甦醒，見到狐狸一家，恍如從夢中醒來。總算一門團圓，他又驚又喜。

孔生認爲墳墓不可久住，與他們商議回歸故里。大家都說好，只有嬌娜不高興。孔生本想邀吳郎一道，又擔心嬌娜的公婆捨不得孫兒，整日商議未果。忽然吳家小僕汗流氣喘而至，大家驚訝的問，才知吳家同日亦遭雷劫，一門全死。嬌娜很傷心，淚流不止，大夥安慰她，這才答允與孔生等人一齊回鄉。孔生入城辦事數日，連夜整理行裝。回到家後，將公子一家安置在閒置的園子裡，門一直反鎖，孔生與松娘前來才開門。孔生和公子兄妹，下棋飲酒聊天，宛若一家人。小宦長大，有點狐狸的模樣，到郊外城市行走，大家都知道是狐狸之子。

記下奇聞異事的作者如是說：「對於孔生的故事，我不羨慕他娶了一房美豔的妻子，而羨慕他得到嬌娜這樣親密的朋友。看她容貌可以忘記飢餓，聽她聲音可以解渴。得此良友，有時聚在一起聊天宴飲，男女心靈上的交流更勝閨房之樂。」

僧孽

張姓暴卒，隨鬼使去，見冥王。王稽①簿，怒鬼使悞②捉，責令送歸。張下，私浼③鬼使，求觀冥獄④。鬼導歷九幽⑤，刀山、劍樹，一一指點。末至一處，有一僧扎股穿繩而倒懸⑥之，號痛欲絕。近視，則其兄也。張見之驚哀，問：「何罪至此？」鬼曰：「是為僧，廣募金錢，悉供淫賭，故罰之。欲脫此厄，須其自懺。」張既甦，疑兄已死。

時其兄居興福寺，因往探之。入門，便聞其號痛聲。入室，見瘡生股間，膿血崩潰，挂足壁上，宛然冥司倒懸狀。駭問其故。曰：「挂之稍可，不則痛徹心腑。」張因告以所見◆。僧大駭，乃戒葷酒，虔誦經咒。半月尋愈。遂為戒僧。

異史氏曰：「鬼獄渺茫，惡人每以自解；而不知昭昭之禍，即冥冥之罰也⑦。可勿懼哉！」

有個姓張的人突然死了，鬼差將他的魂魄拘去見冥王。冥王查核《生死簿》，發現鬼差抓錯人，盛怒之下命鬼差把人送回陽間。姓張的私下拜託鬼差帶他參觀冥獄，鬼差帶他導覽九幽、刀山、劍樹等景象。最後來到一個地方，見一僧人，繩子從其大腿穿透，頭下腳上的被懸在半空中，痛苦哀號不止，他走近一看，此人竟是自己兄長，驚問鬼差：「此人犯何罪？」鬼差答：「此人作爲和尚卻向信徒募款，把錢拿去嫖妓賭博，所以懲罰他。欲解脫，必須要他自己悔過才行。」姓張的醒來後，懷疑兄長已死。

他前往兄長居住的興福寺探望，剛進門，便聽見兄長正痛苦哀號。走進內室，看到兄長的大腿長了膿瘡，膿血從傷口流出，雙腳懸掛在牆壁上，一如他在冥府所見。他驚訝的問兄長為何將自己倒掛在牆上？兄長回答：「若不這樣倒掛，將痛徹心扉。」姓張的便把在冥府所見所聞告知兄長。和尚非常震驚，立刻戒掉葷酒，虔誠誦經。不過半個月，病已痊癒，從此成為一名戒僧。

記下奇聞異事的作者如是說：「做壞事的人，以為鬼獄不過是傳說而已，哪裡知道人世間的禍患，即來自幽冥的處罰。」

1稽：查核、稽查。
2悮：出了差錯。同今「誤」字，是誤的異體字。
3浼：讀作「每」，拜託、請求。
4冥獄：人死後，受刑的牢獄。
5九幽：原指極深暗的地底，此處指九泉之下，囚禁鬼魂之地。
6扎股穿繩：以繩子穿過大腿。扎，穿孔、穿洞。股，大腿。倒懸：人的腿腳被繩子綁住，頭下腳上的被吊掛在半空中。
7昭昭：人世間。冥冥：陰間、地府。

◆**但明倫評點**：生時痛苦，即是陰罰；焉得見者而告之，使孽海眾生，翻然而登彼岸。

活著時受苦，正是來自冥獄的處罰，豈能讓你看到了解，使陷落在苦海的芸芸眾生，幡然悔悟而得解脫。

妖術

于公者，少任俠[1]，喜拳勇，力能持高壺[2]，作旋風舞。崇禎間，殿試在都，僕疫不起，患之。會市上有善卜者，能決人生死，將代問之。既至，未言。卜者曰：「君莫欲問僕病乎？」公駭應之。曰：「病者無害，君可危。」公乃自卜。卜者起卦，愕然曰：「君三日當死！」公驚詫良久。卜者從容曰：「鄙人有小術，報我十金，當代禳[3]之。」公自念，生死已定，術豈能解。不應而起，欲出。卜者曰：「惜此小費，勿悔勿悔！」愛公者皆為公懼，勸罄橐[4]以哀之。公不聽。

倏忽至三日，公端坐旅舍，靜以覘[5]之，終日無恙。至夜，闔戶挑燈，倚劍危坐。一漏向盡，更無死法[6]。意欲就枕，忽聞窗隙窣窣有聲。急視之，一小人荷戈[7]入；及地，則高如人。公捉劍起，急擊之，飄忽未中。遂遽[8]小，復尋窗隙，意欲遁去。公疾斫[9]之，應手而倒。燭之，則紙人，已腰斷矣◆。公不敢臥，又坐待之。踰時，一物穿窗入，怪獰如鬼。纔[10]及地，急擊之，斷而為兩，皆蠕動。恐其復起，又連擊之，劍劍皆中，其聲不耎[11]。審視，則土偶，片片已碎。於是移坐窗下，目注隙中。久之，聞窗外如牛喘，有物推窗櫺[12]，房壁震搖，其勢欲傾。公懼覆壓，計不如出而鬬[13]之，遂剨然脫扃[14]，奔而出。

見一巨鬼，高與簷齊；昏月中，見其面黑如煤，眼閃爍有黃光；上無衣，下無履，手弓而腰矢。公方駭，鬼則彎矣；公以劍撥矢，矢墮；欲擊之，則又彎矣。公急躍避，矢貫于壁，戰戰有聲。鬼怒甚，拔佩刀，揮如風，望公力劈。公猱進[15]，刀中庭石，石立斷。公出其股[16]間，削鬼中踝，鏗然有聲。鬼益怒，吼如雷，轉身復剁。公又伏身入；刀落，斷公裙。公已及脅下，猛斫之，亦鏗然有聲，鬼仆而僵。公亂擊之，聲硬如柝[17]。燭之，則一木偶，高大如人。弓矢尚纏腰際，刻畫猙獰；劍擊處，皆有血出。公因秉燭待旦。方悟鬼物皆卜人遣之，欲致人于死，以神其術也。

次日，遍告交知，與共詣卜所。卜人遙見公，瞥不可見。或曰：「此翳形術[18]也，犬血可破。」公如言，戒備而往。卜人又匿如前。急以犬血沃立處，但見卜人頭面，皆為犬血模糊，目灼灼如鬼立。乃執付有司[19]而殺之。

異史氏曰：「嘗謂買卜為一癡。世之講此道而不爽[20]于生死者幾人？卜之而爽，猶不卜也。且即明明告我以死期之至，將復如何？況有借人命以神其術者，其可畏不尤甚耶！」

1 任俠：行俠仗義、打抱不平。
2 高壺：以銅製成的大壺。
3 代禳：替你消除災禍。禳，讀作「讓」的二聲，祭祀鬼神，祈求去除疾病災禍。
4 罄橐：散盡錢財，此指傾盡家財以消災厄。罄，讀作「慶」，用盡。橐，讀作「陀」，袋子。
5 覘：讀作「沾」，觀看、察視。
6 更無死法：更加沒有死亡的道理。
7 荷戈：揹著武器。荷，讀作「賀」，背負。戈，泛指武器。《說文解字．段玉裁注》：「止戈為武。」（能平息天下干戈的武力，才是真正的武。）
8 遽：忽然、突然。
9 斫：讀作「卓」，用刀砍。
10 纔：讀作「才」，僅、只之意。通「裁」、「才」二字。
11 耎，讀作「軟」，通「軟」。
12 櫺：讀作「凌」，窗戶框上或欄杆上雕花的格子。
13 鬬：令動物對戰。同今「鬥」字，是鬥的異體字。
14 剨然脫扃：拔出門閂時發出「剨」的聲響，指開門。剨，讀作「或」，狀聲詞。脫扃，把門打開；扃，讀作「窘」的一聲。
15 猱進：如猴子般跳躍前進。猱，讀作「撓」，猴子的一種。
16 股：大腿。
17 柝：讀作「拓」，古代巡夜者守更所敲打的木梆子。
18 翳形術：隱藏身形的法術。翳，讀作「亦」，隱藏、遮蔽。
19 有司：官員、官吏。
20 爽：失也。

◆**但明倫評點**：公固卓識，然使無拳無勇，亦將奈之何矣。故凡術之巧者，皆不可近。

于公有先見之明，如若換成未曾習過武的人，又將如何應對。因此，凡是精通法術伎倆的人，皆不可接近。

于公年輕時行俠仗義，喜歡習武練拳，力氣很大，可以手持大銅壺站在原地不停旋轉。明朝崇禎年間，于公在京城參加殿試，家僕染病臥床不起，他很擔憂。正好市集上有個人善於占卜，能知人的死期，他便代爲問卦。到了之後，還未開口，卜者說：「你莫非是想問家僕的病況？」于公驚訝的點頭。卜者說：「患病之人無大礙，反而是你命在旦夕。」于公便自卜一卦。卜者占卜完畢，大驚說：「你三日必死！」于公驚訝良久。卜者不慌不忙的說：「在下懂得一點小伎倆，給我十錠金子，我當替你除去災禍。」于公想，生死自有定數，豈是術法能解，便不理會，站起身，正要離開。卜者說：「吝惜這點小錢，可不要後悔！」于公的親友皆替他擔憂，勸他解囊，再回頭去求卜者。于公不聽勸。

三日很快過去，于公端坐旅館中，靜觀其變，整日都沒什麼病痛。夜晚，閉門點燈，倚著劍正襟危坐。一更將近，更沒死的道理。本想躺下睡覺，忽聞窗邊有細碎聲響，馬上過去查看，有個小人揹著戈鑽入，待跳至地面，和常人一般高。于公拿劍起身，朝它快速砍了過去，小人身形飄忽，沒能擊中；又變小，又找到窗戶縫隙，想要逃走。于公快速砍它，小人應聲倒地。于公拿燭火一照，小人原來是紙做的，腰已被砍斷。于公不敢再躺下，又坐著等等看。不久，有個東西穿過窗戶進來，猙獰如鬼怪，才剛跳到地上，于公便拿劍快速砍了過去，那鬼物斷成兩截，還在蠕動。于公怕它又起來，連續砍了數下，每劍皆砍中，鬼怪發出淒厲號叫。于公仔細一瞧，是陶土做的人偶，已被砍碎。他於是坐在窗下，注視那道隙縫，一段時間後，聽見窗外傳來牛一般的喘息聲，有個東西正在推窗櫺，房間的牆壁搖動，就要倒下。于公害怕，便用手壓住牆壁，心想，與其坐以待斃，不如出去與之一決生死，就「剨」的一聲拔出門閂，跑出門外。

妖術
倚劍挑燈膽氣
粗妖人幻術敢
相圖早知生死
由天定卓識如
公信丈夫

見一大鬼，與屋簷等高，昏暗月光下，它面黑如煤，雙眼閃爍黃光。未穿衣鞋，手拿著弓，腰間揹著裝箭矢的箭袋。于公正自驚嚇，鬼怪便拉弓朝他射出一箭，于公用劍撥開箭支，箭支墜地。于公想衝上前去攻擊鬼怪，卻見它又射出第二箭，于公趕緊躲開，箭枝貫穿牆壁，露出的箭頭仍顫動不停的發出聲響。鬼很惱怒，拔出佩刀，揮如疾風，朝于公用力劈去。于公像猴子般左閃右跳，鬼怪的刀砍中了庭中石頭，當場斷成兩半。于公從它大腿竄出，用劍削中它腳踝，發出「鏗」的一聲。鬼更加生氣，發出如雷吼叫，轉身又拿刀剁下。于公蹲低身子潛入鬼的身下，鬼拿刀往下砍，于公的裙襬被削下。于公閃跳至鬼的腋下，持劍猛砍，亦鏗鏗作響，鬼仆倒在地，僵化。于公一陣亂砍，聲音如砍在硬梆子上。他拿燈火照明，那鬼原是一木偶，像人那般高，弓箭仍綁在腰上，面目雕刻得很猙獰，劍砍中的地方皆有血流出。于公拿著燈火，等待天明。這才恍然大悟，這些鬼怪全是卜者所派，想置他於死地，以證明其卦術神準。

第二天，于公告知親友此事，與眾人一起找卜者興師問罪。卜者遠遠望見他，便隱去身形。有人說：「這是隱身術，用狗血可破。」于公依其所言，準備一番再次前往。卜者便如之前隱身，于公迅速用狗血潑他所站之處，只見卜者頭臉被狗血潑得模糊，只剩兩隻眼睛閃閃發光，像鬼一樣站立不動，便將他捉去交給官吏。

記下奇聞異事的作者如是說：「都說花錢占卜是傻子。世上占卜能預料生死而不差的有幾人？占卜若不應驗，等於沒占一樣。且明確告訴我何時會死，又能如何？何況，藉人命以證明自己所算不差的人，更是可怕啊！」

三生

劉孝廉[1]，能記前身事。與先文貢兄為同年[2]，嘗歷歷[3]言之。

一世為搢紳[4]，行多玷[5]。六十二歲而沒。初見冥王，待以鄉先生[6]禮，賜坐，飲以茶。覷冥王琖[7]中，茶色清澈；己琖中濁如醪[8]。暗疑迷魂湯[9]得勿此耶？乘冥王他顧，以琖就案角瀉之，偽為盡者。俄頃，稽[10]前生惡錄；怒，命羣鬼捽[11]下，罰作馬。即有厲鬼縶[12]去。行至一家，門限甚高，不可踰。方趦趄[13]間，鬼力楚之，痛甚而蹶[14]。自顧，則身已在櫪[15]下矣。但聞人曰：「驪馬生駒矣，牡[16]也。」心甚明了，但不能言。覺大餒[17]，不得已，就牝[18]馬求乳。逾四五年，體修偉。甚畏撻楚[19]，見鞭則懼而逸。主人騎，必覆障泥[20]，緩轡[21]徐徐，猶不甚苦；惟奴僕圉人[22]，不加韉裝[23]以行，兩踝夾擊，痛徹心腑。於是憤甚，三日不食，遂死。

至冥司，冥王查其罰限未滿，責其規避，剝其皮革，罰為犬。意懊喪，不欲行。羣鬼亂撻之，痛極而竄於野。自念不如死，憤投絕壁，顛莫能起。自顧，則身伏竇[24]中，牝犬舐而腓字[25]之，乃知身已復生於人世矣。稍長，見便液，亦知穢；然嗅之而香，但立念不食耳。為犬經年，常忿欲死，又恐罪其規避。而主人又豢養，不肯戮。乃故嚙主人脫股[26]肉。主人怒，杖殺之。

冥王鞫狀[27]，怒其狂猘[28]，笞[29]數百，俾作蛇。因於幽室，暗不見天。悶甚，緣壁而上，穴屋而出。自視，則伏身茂草，居然蛇矣。遂矢志不殘生類，飢吞木實。積年餘，每思自盡不可，害人而死又不可；欲求一善死之策而未得也。一日，臥草中，聞車過，遽[30]出當路；車馳壓之，斷為兩◆。冥王訝其速至，因蒲伏

自剖。冥王以無罪見殺，原之，准其滿限復為人，是為劉公。公生而能言，文章書史，過輒成誦。辛酉舉孝廉。每勸人：乘馬必厚其障泥；股夾之刑，勝于鞭楚也。

異史氏曰：「毛角之儔[31]，乃有王公大人在其中；所以然者，王公大人之內，原未必無毛角者在其中也。故賤者為善，如求花而種其樹；貴者為善，如已花而培其本：種者可大，培者可久。不然，且將負鹽車[32]，受羈馽[33]，與之為馬；不然，且將啗[34]便液，受烹割，與之為犬；又不然，且將披鱗介[35]，葬鶴鸛[36]，與之為蛇。」

1 孝廉：舉人。
2 文貴兄：指蒲松齡的堂哥蒲兆昌，字文貴（「貴」與「貴」字形相近，可能是筆誤）。同年：同一年考上科舉。
3 歷歷：清晰的樣子。
4 搢紳：讀作「進深」，指仕宦，古代官員將笏插入綁於腰間一端下垂的腰帶上，故稱。搢，插。紳，束在腰間的大帶。
5 玷：讀作「電」，缺失、過錯。
6 鄉先生：古代退休回鄉養老的官員。
7 琖：讀作「展」，玉製的酒杯。
8 醪：讀作「勞」，摻混了雜質的酒。
9 迷魂湯：傳說，人死後喝孟婆湯可忘記前生之事。
10 稽：查核、稽查。
11 捽：讀作「卒」，抓起來。
12 縶：讀作「質」，綑綁、關押。
13 趦趄：讀作「資居」，想前進卻猶豫不決。趦，同今「赼」字，是赼的異體字。
14 蹶：讀作「絕」，仆倒、跌倒。
15 櫪：讀作「力」，馬槽、馬廄。
16 牡：此指公馬。
17 餒：飢餓。
18 牝：讀作「聘」，雌性動物。
19 撻楚：拿鞭子抽打。撻，讀作「踏」。
20 障泥：馬具的一種，墊在馬鞍底下，下垂至馬腹，用以遮擋泥土。
21 轡：讀作「佩」，韁繩。
22 圉人：本指負責養馬的官員，後指馬夫或養馬的人。圉，讀作「與」。
23 韉裝：障泥、馬鞍等馬具。韉，讀作「間」，墊在馬鞍底下的墊褥。
24 竇：讀作「豆」，洞、孔穴，此指狗洞。
25 腓字：哺育撫養。腓，讀作「肥」。
26 股：大腿。
27 鞫狀：審問罪狀。鞫，讀作「局」，審問、審判。
28 猘：讀作「制」，凶狠、蠻橫。
29 笞：讀作「癡」，鞭打。
30 遽：急忙、立刻、馬上。
31 毛角之儔：指身上長毛、頭上長角的野獸。
32 負鹽車：以馬運載重物。
33 障馽：拴著馬的頭和腳。馽，讀作「質」。
34 啗：讀作「旦」，吃。
35 介：有甲殼的水中生物。
36 鸛：讀作「慣」，一種水鳥。

◆**但明倫評點**：自盡則規避，害人則狂猘；至求善死之策，而甘心當車就壓，鄉先生亦良苦矣。縉紳其鑑諸！

自殺，被閻王責其逃避刑罰；咬人後遭打死，又被閻王訓斥為凶殘；為尋妥善的死法，心甘情願被車壓成兩截。鄉先生也是用心良苦啊！誠然可為那些為官者的前車之鑑。

三生
六道輪迴悲
墮落三生因
果說分明非
關變馬成奇
癖記得前身
伏櫪情

劉舉人，能記前生之事，他與我堂兄文貴同年中舉，曾清楚道出其前世經歷。

第一世是個退休官吏，多行不義，六十二歲就死了。初見閻王，念及他是退休官員，以禮相待，請他坐下並奉茶。他見閻王那杯茶色清澈，自己這杯茶色混濁，懷疑摻了孟婆湯，便趁閻王看向別處，偷偷把茶倒在桌腳，假裝喝完。不久，閻王審查了他前生所做壞事，很生氣，命群鬼將他拿下，罰他轉世爲馬。隨即幾名惡鬼押走牠，經過一戶人家，門檻很高，跨不過去。正躊躇時，鬼狠狠的鞭打牠，牠痛得倒地，醒來一看，察覺已置身馬槽，只聽見有個人說：「驪馬生了小馬，是公的。」牠心中雖清楚，口卻不能言，腹中甚餓，不得已，只好吸吮母馬的奶。過了四、五年，長得高大壯碩，很怕被人鞭打，見鞭子就害怕得逃跑。主人騎牠的時候，一定會在馬鞍下多墊一塊障泥，放鬆韁繩慢慢走，還不算太難忍受。那些僕人馬夫騎乘時，不加裝馬具，用兩腳夾擊馬肚，痛徹牠心扉，於是氣憤三日不飲食而死。

到陰曹地府後，閻王查核牠刑罰期限未滿，斥責牠逃避處罰，便剝去牠的皮革，罰牠轉世爲犬。牠很沮喪，不想去，被群鬼亂棍一陣毒打，痛極了，跑到郊外。想著與其做狗還不如去死，氣憤的跳下懸崖，跌倒後起不來。醒來，發現自己趴在狗洞裡，母狗哺乳養育，這才知又轉生世間。稍大一點，看到排泄物，雖知污穢，聞起來卻有香味，但立誓不吃。當了一年的狗，經常悲憤欲尋死，又恐閻王斥責牠逃避處罰。主人也養著牠，不肯殺之，牠便咬下主人一塊大腿肉，主人發怒，亂棍打死牠。

閻王審案，很惱怒牠咬人的凶殘行爲，杖打數百，罰牠作蛇。轉生之後，每天被關在房子裡，不見天日，覺得很苦悶，順著牆壁攀爬而上，在屋頂挖了一個洞爬出。牠看見自己趴在草叢中，居然變成了一條蛇，立志不殺生，以果實果腹。過了一年多，常欲自盡又怕閻王說牠逃避刑罰，想藉著咬人而被打死，又怕閻王罵牠凶殘，總想不出兩全其美之法。有天，躺在草叢中，聽見車子駛過的聲音，立刻衝出來擋路，車疾駛而過，將牠輾成兩截。閻王驚訝牠這麼快又來報到，牠便伏地前行，向閻王告白。閻王因牠非害人而死，覺得情有可原，便赦免其罪，准牠刑期滿後轉世為人，是為劉公。他一出生便能說話，文章經史一看就能背誦，天啓元年考中了舉人。他常勸人，騎馬時一定要加裝障泥，因為對馬來說，直接以腳踝夾馬肚，比被鞭打還難受。

記下奇聞異事的作者如是說：「禽獸之類，竟有王公大人在內；照這樣看，王公大人者流，也可能有禽獸在內。卑賤者做善事，有如想看到美麗花朵而栽樹；顯貴者做善事，有如花已綻開仍舊從根鬚培養；如此栽種使其茁壯，從根鬚培養使其延壽。反之若做壞事，便要受罰轉世為馬，替人運載重物，拴頭綁腳；再差一點的會被罰做狗，舔食排泄物，任人宰割；再差一點，就罰做蛇，身上長著鱗片，葬身鳥腹之中。」

野狗

于七之亂，殺人如麻[1]。鄉民李化龍，自山中竄歸。值大兵宵進，恐罹炎崑之禍[2]，急無所匿，僵臥於死人之叢，詐作尸。兵過既盡，未敢遽[3]出。忽見闕[4]頭斷臂之尸，起立如林。內一尸斷首猶連肩上，口中作語曰：「野狗子來，奈何？」羣尸參差而應曰：「奈何！」◆俄頃，蹶[5]然盡倒，遂寂無聲。李方驚顫欲起，有一物來，獸首人身，伏嚙人首，遍吸其腦。

李懼，匿首尸下。物來撥李肩，欲得李首。李力伏，俾不可得。物乃推覆尸而移之，首見。李大懼，手索腰下，得巨石如椀[6]，握之。物俯身欲齕[7]。李驟起，大呼，擊其首，中嘴。物嗥如鴟[8]，掩口負痛而奔。吐血道上。就視之，於血中得二齒，中曲而端銳，長四寸餘。懷歸以示人，皆不知其何物也。

于七之亂失敗後，清朝派官兵在山東棲霞一帶展開大規模屠殺。當地人李化龍，從山中竄逃回家，正遇清廷官兵，唯恐被當成叛亂分子剿滅，危急時無處可躲，只好僵直的躺在屍體堆裡，佯作死屍。清兵通過之後，他不敢馬上出來，忽見到一群缺頭斷臂的屍體，站起林立。其中有一屍體，頭仍連在肩膀上，張口說道：「野狗子來了，如何是好？」群屍紛紛回應：「怎麼辦？」不久，殭屍全部仆倒，四周寂靜無聲。

李化龍才剛顫抖的站起，便見一長著獸頭人身的鬼怪來到，彎下腰，吃那些屍體的頭，把腦漿全都吸食乾淨。他很害怕，把頭藏在屍體底下。那鬼怪來撥他的肩膀，想得到他的頭。他盡量伏低身子，不讓鬼怪得到自己的頭。鬼怪便把屍體推開，讓他的頭暴露出來。李化龍很害怕，手在腰下的地面摸索著，找到一個如碗大的石頭，緊握在手中。鬼怪低身欲吸他腦漿之際，李化龍突然跳起，大喝一聲，拿石頭往鬼怪的頭砸去，打中它的嘴。鬼怪發出野獸般的吼叫聲，摀住嘴，忍痛逃走，吐了一口血在路上。李化龍走過去審視，於血泊中找到兩根牙齒，中間彎曲、頂端尖銳，長四寸有餘。他收入懷中，帶回家給親朋好友看，大家都不知道這是什麼鬼怪。

1 于七之亂，殺人如麻：指清順治十八年時（西元一六六一年），于七在山東棲霞發起的農民起義行動，持續達十五年之久。于七，名樂吾，字孟熹，山東棲霞縣人，明崇禎武舉人。起義失敗後，清廷對該地區人民進行血腥屠殺。

2 炎崑之禍：玉石俱焚之禍，不分辨玉石的好壞全部以火焚之。此處意思是，唯恐自己被當成叛亂分子而遭官兵剿滅。

3 遽：急忙、立刻。

4 闕：通「缺」。

5 蹶：讀作「絕」，顛仆、跌倒。

6 椀：同今「碗」字，是碗的異體字。

7 齕：讀作「河」，以牙齒去咬。

8 鴟：讀作「癡」，一種鳥類，以抓小雞為食。

◆**但明倫評點**：殺人如麻，豈果無炎崑之禍耶？闕頭斷臂而猶不免於野狗子之災，曰：奈何！奈何！果將奈何！

殺人如麻，豈無玉石之焚災禍？缺頭斷臂，死後仍難免於被野狗子食腦髓，誠如群屍所回應的：「怎麼辦？怎麼辦？這可如何是好啊！」

狐入瓶

萬村[1]石氏之婦，祟[2]於狐，患之，而不能遣。扉後有瓶，每聞婦翁來，狐輒遁匿其中。婦窺之熟，暗計而不言。

一日，竄入。婦急以絮塞其口；置釜[3]中，燂湯[4]而沸之。瓶熱。狐呼曰：「熱甚！勿惡作劇。」婦不語。號益急，久之無聲。拔塞而驗之，毛一堆，血數點而已。◆

萬村石家的媳婦，時常受狐狸性騷擾，很煩惱，卻趕不走。她房門後有一只瓶子，狐狸只要聽見石家媳婦的公公前來，都會鑽到瓶裡躲著。石家媳婦看過很多次，暗自在心中算計，沒有張揚。

有天，狐狸又躲在瓶子裡，石家媳婦趕緊以棉絮塞住瓶口，將瓶子放在鐵鍋上，燒起滾水。瓶子發熱，狐仙呼叫：「好熱！不要惡作劇。」石家媳婦沒說話。狐狸頻頻呼救，過了一段時間，就聽不見牠喊叫了。石家媳婦拔起瓶塞仔細瞧，僅一堆毛、數滴血而已。

1 萬村：古時山東省淄川縣的村名。
2 祟：指鬼神作祟，行害人之事。
3 釜：古代一種用來烹煮食物的器具，今之「鐵鍋」。
4 燂湯：燒煮沸水。燂，讀作「前」。

◆**但明倫評點**：狐愚而婦智。

狐狸愚蠢，而婦人聰慧。

鬼哭

謝遷之變[1]，宦第皆為賊窟。王學使七襄[2]之宅，盜聚尤眾。城破兵入，掃蕩羣醜[3]，尸填墀[4]，血至充門而流。公入城，扛尸滌血而居。往往白晝見鬼；夜則牀下燐飛，牆角鬼哭。

一日，王生皞迪，寄宿公家，聞牀底小聲連呼：「皞迪！皞迪！」已而聲漸大，曰：「我死得苦！」因哭，滿庭皆哭。公聞，仗劍而入，大言曰：「汝不識我王學院耶？」◆但聞百聲嗤嗤，笑之以鼻。公于是設水陸道場[5]，命釋道懺度[6]之。夜拋鬼飯，則見燐火營營[7]，隨地皆出。先是，閽人王姓者，疾篤，昏不知人者數日矣。是夕，忽欠伸若醒。婦以食進。王曰：「適主人不知何事，施飯於庭，我亦隨眾啗啜[8]。食已方歸，故不飢耳。」由此鬼怪遂絕。豈鈸鐃[9]鐘鼓，燄口瑜伽[10]，果有益耶？

異史氏曰：「邪怪之物，唯德可以已之。當陷城之時，王公勢正烜赫[11]，聞聲者皆股栗[12]；而鬼且揶揄之。想鬼物逆知其不令終耶？普告天下大人先生：出人面猶不可以嚇鬼，願無出鬼面以嚇人也！」

謝遷叛變起事，官宦宅第全爲反叛軍佔領，學使王七襄的宅子，聚集了最多反叛軍。清兵攻破淄川城，掃蕩反叛軍，屍體填滿了王家的臺階，血從門縫流出。王學使進城，把屍體搬走，把血漬清洗乾淨才住下。常在白天見到鬼，夜晚床底下有燐火飛來飛去，牆角傳來鬼哭聲。

有天，王皞迪寄住王宅，聽見床底下傳來低聲呼喊：「皞迪！皞迪！」不久，聲音漸大：「我死得好

慘！」說完便哭泣，整個庭院的鬼也跟著哭。王學使聽見了，持劍走入，大喊：「你不認識我王大人嗎？」只聞眾鬼笑得嗤之以鼻。王學使便舉辦水陸法會，請佛僧道士前來超渡亡魂。夜晚拋扔食物給鬼魂吃，即見鬼火四處盤旋飛舞。先前一個姓王的守門人，病重，數日昏迷不醒，當晚忽然打呵欠伸懶腰像清醒了過來。做妻子的拿食物給他，姓王的說：「剛才主人不知何故在庭院放飯，我也隨眾鬼去吃，吃完才回來，所以不餓。」從此鬼怪絕跡。難道敲鑼打鼓、請道僧做場法事，果眞有效？

記下奇聞異事的作者如是說：「鬼怪邪物，只有品德高尚的人才可驅散。淄川城被攻陷時，王學使名聲威望正顯赫，聽到他大名者腿無不發抖，鬼卻取笑他。想必鬼物早知他將晚景淒涼？在此告訴天下當官的老爺們：擺出人面尚且嚇不了鬼怪，就別擺出一張鬼臉來嚇人！」

1 謝遷之變：指清朝順治三年（西元一六四六年）謝遷所發起的一次起義，攻陷了高苑、長山、新城、淄川諸縣。謝遷，山東高苑（今高青縣）人，順治四年六月佔領淄川縣城，不久被清兵圍剿，血戰兩個月，最終失敗。

2 王學使七襄：王昌胤，字七襄，山東淄川人。明代崇禎九年（一六三六年）考中舉人，翌年中進士，清初官至提督北直學政。學使，官名，指提督學政，掌管教育行政及各省學校生員的升降考核，又名文宗、學道、學政等。

3 萑醜：根據上面文意，此指作亂的盜賊。

4 墀：讀作「持」，臺階上的平地。

5 水陸道場：原為佛教舉行的盛大法會，為超渡一切水陸亡魂而設。傳至後世，佛道混合，民間水陸法會佛、道聯合舉行。

6 懺度：超渡，以佛法消除死者的業障，助其脫離苦海。

7 營營：在空中往來盤旋狀。

8 啗噉：二字皆「吃」也，當動詞用。噉，同今「啖」字，是啖的異體字。

9 鈸鐃：讀作「拔撓」，樂器名，一種圓盤狀的銅製合擊樂器，小的稱「鐃」，聲音較響亮；大的稱「鈸」，聲音較渾厚。

10 餤口瑜伽：指招僧侶做法事，以超渡亡魂。

11 烜赫：名聲或威望顯赫。烜，讀作「選」。

12 股栗：驚嚇得腿發抖。股，大腿。

◆**馮鎮巒評點**：王學院三字或可以嚇秀才，如何可以嚇鬼？

王學院，這三個字嚇嚇秀才還行，如何能嚇得了鬼？

真定女

真定界[1]，有孤女，方六七歲，收養於夫家。相居一二年，夫誘與交[2]而孕。腹膨膨而以為病也，告之母。母曰：「動否？」曰：「動。」又益異之。然以其齒太穉[3]，不敢決。未幾，生男。母歎曰：「不圖拳[4]母，竟生錐[5]兒！」◆

河北省正定縣有個孤女，才六七歲大，就被夫家收養。一兩年後，丈夫引誘她和自己交媾而受孕，肚子很大以為生了病，她將此事告訴婆婆。婆婆問：「有沒有胎動？」孤女答：「有。」婆婆覺得奇怪，因她太年幼，不敢確定；不久，生下一名男嬰。婆婆嘆氣說：「不過拳頭般大的小女孩，竟然能生小孩！」

1 真定界：地名，今河北省正定縣境內。界，分界，此指境內。
2 交：男女交合，即性交。
3 齒太穉：太過年幼。穉，讀作「智」，同今「稚」字，是稚的異體字。
4 拳：拳頭般大。
5 錐：尖銳錐形的物體或打孔器的尖端，此處形容小。

◆ **但明倫評點**：拳母生錐兒，理不可解，謂之妖異可也。

小女孩生小兒，不可理解，只能稱之為妖異。

焦螟

董侍讀默庵[1]家，為狐所擾，瓦礫磚石，忽如雹落，家人相率奔匿，待其間歇，乃敢出操作。公患之，假祚庭孫司馬[2]第移避之。而狐擾猶故。一日，朝中待漏[3]，適言其異。大臣或言：關東[4]道士焦螟，居內城，總持勅勒之術[5]，頗有效。公造廬而請之。道士朱書符，使歸黏壁上。狐竟不懼，拋擲有加焉。公復告道士。道士怒，親詣公家，築壇作法。

俄見一巨狐，伏壇下。家人受虐已久，啣恨綦深，一婢近擊之。婢忽仆地氣絕。道士曰：「此物猖獗，我尚不能遽服之，女子何輕犯爾爾。」既而曰：「可借鞫[6]狐詞亦得。」戟指[7]咒移時，婢忽起，長跪。道士詰[8]其里居。婢作狐言：「我西域產，入都者一十八輩。」道士曰：「輦轂下[9]，何容爾輩久居？可速去！」狐不答。道士擊案怒曰：「汝欲梗[10]吾令耶？再若遷延，法不汝宥[11]！」狐乃蹙怖作色，願謹奉教。道士又速之。婢又仆絕，良久始甦。俄見白塊四五團，滾滾如毬[12]，附簷際而行，次第追逐，頃刻俱去。由是遂安。◆

董默庵家中狐妖作怪，牆上、房頂的磚頭、瓦片、小石子，突如降冰雹般落下，家人爭相奔逃躲藏，待停止掉落才敢出來各做各事。董公為此苦惱，向孫祚庭借了一棟宅院，舉家搬過去住，可是狐妖依然作怪。有天，早朝前等候拜見皇帝，和其他官員談起此事。有位大臣說：「關東道士焦螟住在城內，擅長符咒

法術，驅妖頗有成效。」董公前往拜訪。道士以硃砂畫符，讓他帶回貼在牆上，狐妖竟然不怕，拋擲磚瓦加劇。董公又將情形告知道士，道士惱怒，親自拜訪董公家，設壇作法。

不久，見到一隻大狐狸伏在壇下。董家人受狐妖騷擾已久，對牠積怨很深，一女婢上前揍牠，卻突然倒地死去。道士說：「此妖太猖狂，我尚且不能降伏牠，你一個小女子怎能輕易招惹。」又說，「可惜此女之口，詢問狐妖，獲得口供。」道士捻劍指施咒，過了一段時間，女婢忽然站起，長跪。道士問牠家鄉所在，狐狸借女婢之口，說：「我在西域出生，和我一起來京城的共有十八個同夥。」道士說：「天子腳下，如何容得你們這些妖物久住？還不快離開！」狐狸不答。道士拍桌案怒道：「你敢違逆我的命令？若再延遲，絕不寬貸！」狐狸這才面有懼色，遵從他的命令。道士又催促牠快離開。女婢又仆倒過去，很久才醒。不久，見四五團白光，如球般沿屋簷滾滾而行，一團接著一團，沒多久都走光了。從那次之後，再無狐妖騷擾。

1 董侍讀默庵：董訥，字茲重，號默庵，今山東省平原縣人。康熙六年（西元一六六七年）考中探花，歷任翰林院侍講學士等官，故本文稱其董侍讀，是專為皇帝講授經書的官職。

2 祚庭孫司馬：孫光祀，字祚庭，號溯玉，今山東省平陰縣人，後遷居今濟南市歷城區。順治十二年（一六五五年）考中進士，歷任禮部給事中、兵部右侍郎等官。司馬，官職名稱，清朝慣稱兵部尚書為大司馬，侍郎為少司馬。

3 待漏：官員上早朝時，等待拜見皇帝時，稍事休息之處。

4 關東：清朝稱「山海關」的外奉天、吉林、黑龍江三省為關東。

5 總持敕勒之術：精通佛道二教的符咒法術。總持，佛教咒語。敕勒，指道教畫符念咒的法術。

6 鞫：讀作「局」，審問、審判。

7 戟指：劍指，今之太極劍或武術所捻之劍訣；道士作法常用這個手勢，俗稱捻訣。戟，讀作「擠」。

8 詰：讀作「傑」，問。

9 輦轂下：皇帝車駕之下，猶言天子腳下，指京城。輦轂，讀作「捻古」。

10 梗：違逆。

11 宥：讀作「右」，容忍、寬容、寬恕。

12 毬：古代遊戲所用的圓球。

◆**何守奇評點**：道士能鞫之而不能執之，何也？恐終是道士詐術。

道士能逼問口供、卻無法抓住牠，這是何故？恐怕這仍是道士的騙人手段。

葉生

淮陽[1]葉生者，失其名字。文章詞賦，冠絕當時；而所如不偶[2]，困於名場[3]。會關東丁乘鶴，來令是邑[4]。見其文，奇之。召與語，大悅。使即官署[5]，受燈火[6]；時賜錢穀恤其家。值科試[7]，公游揚於學使[8]，遂領冠軍[9]。公期望綦切，闈[10]後，索文讀之，擊節稱歎。不意時數限人[11]，文章憎命[12]，榜既放，依然鎩羽[13]。

生嗒喪[14]而歸，愧負知己，形銷骨立，癡若木偶。公聞，召之來而慰之。生零涕不已◆。公憐之，相期考滿[15]入都，攜與俱北。生甚感佩。辭而歸，杜門不出。無何，寢疾。公遺問不絕；而服藥百裹[16]，殊罔所效。公適以忤[17]上官免，將解任去。函致生，其略云：「僕東歸有日；所以遲遲者，待足下耳。足下朝至，則僕夕發矣。」傳之臥榻，生持書啜泣。寄語來使：「疾革難遽瘥[18]，請先發。」使人返白[19]，公不忍去，徐待之。踰數日，門者忽通葉生至。公喜，逆[20]而問之。生曰：「以犬馬病，勞夫子久待，萬慮不寧。今幸可從杖履[21]。」

公乃束裝戒旦[22]。抵里，命子師事生，夙夜與俱。公子名再昌，時年十六，尚不能文。然絕慧，凡文藝三兩過，輒無遺忘。居之期歲，便能落筆成文。益之公力，遂入邑庠[23]。生以生平所擬舉子業，悉錄授讀。闈中七題，並無脫漏，中亞魁[24]。公一日謂生曰：「君出餘緒[25]，遂使孺子成名。然黃鐘長棄[26]奈何！」生曰：「是殆有命。借福澤為文章吐氣，使天下人知半生淪落，非戰之罪[27]也，願亦足矣。且士得一人知己，可無憾，何必拋卻白紵，乃謂之利市哉[28]。」

公以其久客，恐悞歲試[29]，勸令歸省。慘然不樂。公不忍強，囑公子至都為之納粟[30]。公子又捷南宮[31]，授部中主政[32]。攜生赴監[33]，與共晨夕。踰歲，生入北闈[34]，竟領鄉薦[35]。會公子差南河典務[36]，因謂生曰：「此去離貴鄉不遠。先生奮跡雲霄，錦還為快。」生亦喜。擇吉就道，抵淮陽界[37]，命僕馬送生歸。

歸見門戶蕭條，意甚悲惻。逡巡[38]至庭中，妻攜簸具[39]以出，見生，擲具駭走。生悽然曰：「今我貴矣。三四年不覿[40]，何遂頓不相識？」妻遙謂曰：「君死已久，何復言貴？所以久淹君柩[41]者，以家貧子幼耳。今阿大亦已成立，行將卜窀穸[42]。勿作怪異嚇生人。」生聞之，憮然惆悵。逡巡入室，見靈柩儼然[43]，撲地而滅。妻驚視之，衣冠履舄[44]如脫委焉。大慟，抱衣悲哭。子自塾中歸，見結駟于門，審所自來，駭奔告母。母揮涕告訴，又細詢從者，始得顛末[45]。從者返，公子聞之，涕墮垂膺[46]。即命駕[47]哭諸其室；出橐[48]營喪，葬以孝廉[49]禮。又厚遺其子，為延師教讀。言于學使，逾年游泮[50]。

（接下二頁）

1 淮陽：縣名，今河南省淮陽縣。
2 所如不偶：時運不濟，懷才不遇。
3 名場：古代科舉考場是讀書人求得功名的管道，所以稱為名場。
4 來令是邑：被派至該縣擔任縣令。令，擔任縣令，當動詞用。邑，此處指縣市。
5 使即官署：讓他住在官府，即縣衙。
6 燈火：資助燈火的錢，此指贊助錢財供他讀書。
7 科試：生員參加鄉試前的資格考，稱為科試，於鄉試前一年舉行。
8 游揚：稱頌、四處宣揚。學使：官名，提督學政，掌管教育行政及各省學校生員的升降考核，又名文宗、學道、學政等；一般指主考官員。
9 領冠軍：科試獲取第一名。
10 闈：科舉考試的考場。此處的秋闈，即鄉試。
11 時數限人：命運造化弄人。
12 文章憎命：形容文才雖好，卻時運不濟。

13 鎩羽：鳥羽損傷，無法展翅飛翔，比喻遭受挫折失敗。鎩，讀作「砂」。
14 嗒喪：垂頭喪氣。嗒，讀作「踏」。
15 考滿：即任職期滿，是明清兩代對政府官員的政績考核制度。
16 裹：讀作「果」，此指一包藥。
17 忤：忤逆、得罪。
18 遽：急忙、立刻、馬上。瘥：讀作「釵的四聲」，病癒。
19 白：讀作「博」，告訴、告知。
20 逆：迎接。
21 從杖履：意謂隨侍在側。
22 束裝戒旦：提醒人早點起床，整裝出發。
23 邑庠：古代科舉制度下，對縣學的稱呼。庠，讀作「翔」，學校。

◆**但明倫評點**：此真知己，惟場外乃能遇之。當涕零不已時，魂夢早隨之去矣。

丁乘鶴之於葉生是真正的知己，只有考場外才能遇得到。正當葉生感激涕零時，魂夢早已相隨而去。

24 亞魁：鄉試第二名。
25 餘緒：剩餘的資產或才學。
26 黃鐘長棄：比喻過人的才學長久以來遭埋沒。
27 非戰之罪：此指無法成就一番功名，非文章才華有所欠缺，而是時運不濟。
28 何必拋卻白紵，乃謂之利市哉：何必一定要考取功名，才算發跡走運。
29 恐悞歲試：擔心誤了歲試的應考。悞，耽誤、錯過，同今「誤」字，是誤的異體字。歲試，清朝科舉制度，各省學政每三年舉辦一次生員考試，分列等級。
30 納粟：明清設國子監於京城，國子監生員稱監生，繳納財物給官府，即可不參加歲試直接參加鄉試，稱納粟。
31 捷南宮：考中進士。南宮，漢代將尚書省比作南方朱雀七星宿（井、鬼、柳、星、張、翼、軫），唐代也用以稱禮部；舉辦會試的政府單位是禮部，上榜通稱進士。
32 部中主政：工部主事，官職名稱。明清兩代在中央六部各設主事若干，主政是主事的別稱。根據下文所述「差南河典務」，此處的「部」應指工部。
33 監：古時候的官署。
34 入北闈：指參加在北京舉行的鄉試。明代，於順天府（北京）和應天府（南京）各設國子監，兩處鄉試應考生員多為國子監生，特別受重視，分別稱為北闈與南闈。
35 領鄉薦：指考中舉人。唐代科舉制度，參加進士考試的人，依例由地方官員推薦，此稱鄉舉或鄉薦。後代考中舉人，稱領鄉薦，或簡稱領薦。
36 差南河典務：奉派去南河漕運處理公務。清朝由漕運總督管轄的河道，包括今江蘇、安徽兩省長江以北的黃河、運河水系，當時稱為南河。
37 界：分界，此指境內。
38 逡巡：徘徊。逡，讀作「群」的一聲。
39 簸具：篩除米糠的器具。簸，讀作「播」。
40 覿：讀作「迪」，見。
41 淹君柩：停放靈柩在家。
42 卜窀穸：透過占卜以擇墓地下葬。窀穸，讀作「諄系」，墓穴。
43 儼然：此處當解為「確實存在」。
44 履舄：均指鞋子。舄，讀作「系」。
45 顛末：事情始末。
46 膺：胸前、胸口。
47 命駕：命令車夫駕車。
48 出橐：出錢、解囊。橐，讀作「陀」，袋子。
49 孝廉：舉人。
50 游泮：通過州縣考試錄取為生員，意即考中秀才。泮，讀作「判」。
51 同心倩女，至離枕上之魂：女子為了深愛的情郎，可以魂魄離身相隨左右。典故出自陳玄佑〈離魂記〉，敘述一女子倩娘與表兄王宙相戀，因父親反對，遂身染重病，後魂魄離體與王宙私奔結為夫婦，離家五年，生了兩個兒子。直至倩娘回家，魂魄與家中肉身相合，這才知原來隨王宙私奔的是自己的魂魄。此故事與本篇〈葉生〉頗為類似，主角皆不知自己魂魄離體，唯〈離魂記〉講述男女夫妻之情，〈葉生〉講述知遇之恩、朋友之義。
52 繭絲蠅跡：此指參加科舉考試所撰寫的文章。
53 我曹：我們這些參加科舉的考生。
54 行蹤：蹤跡出沒之處。落落：淪落、潦倒失意的樣子。
55 歎面目之酸澀，來鬼物之揶揄：自歎時運不濟，貧窮困頓，引來鬼怪嘲弄。鬼物之揶揄，另解，此處用以比喻被落井下石的勢利小人奚落。
56 康了：科舉考試落榜的隱諱用語。古人對不祥事物有所避忌，以另種方式表達，猶如老虎隱諱為大蟲。
57 卞和：先秦時代，楚國人卞和在楚山中得一璞玉，獻給厲王。厲王找玉匠來看，說是普通石頭，遂砍斷其左腳。武王即位，卞和又獻此玉，武王找玉匠來看，又說是普通石頭，砍斷了他的右腳。等到文王即位，卞和抱璞玉哭於楚山之下，文王命玉匠將玉外層的石頭打掉，這才得到美玉，也就是「和氏之璧」。
58 顛倒逸羣之物：將人才當作庸才。
59 伯樂：姓孫名陽，先秦時代秦國人，善於相馬，比喻識才之人。
60 抱刺于懷，三年滅字：當世無愛才之人，導致才華被埋沒。
61 造物：造物主，生天地萬物的天道。
62 令威：丁令威，傳說漢朝遼東有丁令威，在靈虛山學道，羽化登仙，變成鶴飛回家。此處借指求仙訪道、看破世俗紅塵的人。

異史氏曰：「魂從知己，竟忘死耶？聞者疑之，余深信焉。同心倩女，至離枕上之魂[51]；千里良朋，猶識夢中之路。而況繭絲蠅跡[52]，嘔學士之心肝；流水高山，通我曹[53]之性命者哉！嗟乎！遇合難期，遭逢不偶。行蹤落落[54]，對影長愁；傲骨嶙嶙，搔首自愛。歎面目之酸澀，來鬼物之揶揄[55]。頻居康了[56]之中，則鬚髮之條條可醜；一落孫山之外，則文章之處處皆疵。古今痛哭之人，卞和[57]惟爾；顛倒逸羣之物[58]，伯樂[59]伊誰？抱刺于懷，三年滅字[60]；側身以望，四海無家。人生世上，祇須合眼放步，以聽造物[61]之低昂而已。天下之昂藏淪落如葉生其人者，亦復不少，顧安得令威[62]復來，而生死從之也哉。噫！」

河南省淮陽縣有個姓葉的讀書人，不知其名，文章詞賦，乃當世之冠，卻生不逢時，屢試不中。適逢關東人丁乘鶴被派至該縣擔任知縣，看到他的文章，驚爲當世奇才；派人召他來，兩人相談甚歡，留他住在官府，資助他讀書的錢財，還時常給他錢糧養家。到了科考之日，丁大人向提督學政傳揚葉生的才華，遂爲科試第一。丁大人對他深負厚望。鄉試後，索要其試卷來讀，邊讀邊讚賞；不料命運弄人，時運不濟，再好的文章亦徒勞，放榜後，依然落榜。

葉生失魂落魄的回家，覺得有愧丁大人知遇之恩，瘦得只剩骨頭，整天像木偶般發呆。丁大人聽說，召他來慰問，葉生感激涕零。丁大人同情葉生遭遇，兩人約定，待他任期滿，再一同赴北入京。葉生十分感激，辭別回家，閉門不出。沒多久，他臥病在床，丁大人不斷派人探問，而他服藥百包，卻不見好轉。時丁大人得罪了上級長官遭罷免，將要辭官回鄉，寫信給葉生，大略說道：「我已定好日子要回鄉，之所以遲不出發，是爲了等你。你若早上來，我晚上就出發。」臥病在床的葉生接過信函，持信痛哭，便對送信的人

葉生
恩深知己慰平生魂梦相隨
千里行莫道黃鍾终毀棄
須知孺子已成名

說：「我病重一時難癒，請他先行。」送信的人回稟丁大人，大人不忍拋下他離去，仍然等待。過了數日，守門人忽通報葉生來了，丁大人很高興，前往迎接並詢問近況。葉生說：「我生了場病，讓你久等，心中不安，所幸如今病癒，可隨你同去。」

丁大人整理行裝，翌日天剛亮便出發。抵達鄉里後，讓兒子拜葉生為師，命兒子日夜待在葉生身邊讀書。公子名再昌，年方十六，還不會寫應試的文章，但十分聰慧，只要讀過兩三遍，就能銘記於心。葉生住了一年，公子已能下筆成文；加上丁大人奔走出力，順利考中了秀才。葉生將生平為準備科考而撰寫的文章傾囊相授，公子參加鄉試，七道題目全讓葉生料中，公子考取鄉試第二名。有天，丁大人對葉生說：「你拿以前所作文章教導吾兒，就能讓他考中舉人，可惜你空有才華，卻埋沒在此，這該怎麼辦？」葉生說：「這都是命。借公子的福氣，為我的舊作揚眉吐氣，讓天下人知道我半生窮途潦倒，並非文章寫得不好，如此我便心滿意足。且讀書人得一知己，已經無憾，何必一定要考取功名才算得上飛黃騰達。」

丁大人怕葉生在此久住誤了參加歲試，勸他回家看看。葉生為此悶悶不樂，丁大人也不忍勉強，囑咐兒子去京城幫葉生買個國子監生的資格，讓他可直接參加鄉試。第二年，公子又考中進士，朝廷授予他工部主事的職務，公子帶著葉生赴任，朝夕與共。又過了一年，葉生去順天府應試，得中舉人，適逢公子奉命前往南河漕運處理公務，告知：「這裡離你家鄉不遠，先生既中了舉人，當趕緊衣錦還鄉。」葉生欣然答允，選了個好日子出發，兩人一到淮陽境內，公子便命僕人送他回家。

葉生回家後，看到家門殘破冷清，黯然神傷。踱步至庭院，妻子正拿著簸箕出來，見到他嚇得丟下簸箕跑走。葉生悲傷的說：「我如今顯貴了，三四年不見，你怎麼就不認得我了？」妻子躲得遠遠的，對他說：「你已經死了很久，怎麼還會顯貴發達？我之所以停棺不葬，是因爲家裡窮，孩子又小。如今長子已成年，將準備擇墓穴安葬你，別裝神弄鬼出來嚇人。」葉生聽了，失落悲傷，踱步入內室，確實看到自己的靈柩，便倒地消失不見。妻子驚訝的上前一看，見他像金蟬脫殼般，地上只餘衣帽鞋襪，大悲，抱著他的衣裳難過哭泣。長子從私塾回來，見家門外拴著馬匹，待問清來人的來歷，驚駭的跑去告訴母親，母親流淚告知事情始末。葉家長子又詳細詢問跟隨葉生回來的僕人，方知整件事經過，便隨僕人回見丁公子。丁公子聽了，悲傷流淚，馬上命僕人備車到他靈前哭喪，出錢以舉人之禮安葬葉生，又花錢請老師教葉家長子讀書。第二年，葉家長子考中了秀才。

記下奇聞異事的作者如是說：「魂魄相隨知己左右，竟忘了自己已死？聽到的人，無不懷疑此事之眞假，我卻深信不疑。倩女，爲了情郎能夠離魂出奔；相距千里的知己，在夢中也能尋訪故友；何況，嘔心瀝血的八股文章與高潔志向，著實關係著我輩考生的命運啊！哎，知音難覓，只能孤單寂寞的對影長嘆；不願隨波逐流，只能搔頭孤芳自賞！感歎時運不濟，貧窮困頓卻引來鬼怪嘲弄。長年落第不中，身上根根鬚髮盡顯難看；一朝名落孫山，文章處處皆瑕疵。古今不得志的傷心人，大約只有卞和像你了；誰又能做伯樂，慧眼獨具，不致埋沒人才？利錐久處囊中，卻無用武之地；舉目四望，天下之大卻無容身之處。人生在世，只需閉眼放慢步伐，聽天由命算了。天底下有才華、卻像葉生一樣不得志的人不勝枚舉，如何能讓丁令威這等看破紅塵俗世之人再臨，好讓不得志之人生死相隨呢？實在可嘆啊！」

四十千

新城王大司馬①，有主計僕②，家稱素封③。忽夢一人奔入，曰：「汝欠四十千④，今宜還矣。」問之，不答，逕入內去。既醒，妻產男。知為夙孽⑤，遂以四十千捆置一室，凡兒衣食病藥，皆取給焉。過三四歲，視室中錢，僅存七百。適乳媼抱兒至，調笑於側。因呼之曰：「四十千將盡，汝宜行矣。」言已，兒忽顏色蹙變，項折目張。再撫之，氣已絕矣。乃以餘貲⑥治葬具而瘞⑦之。此可為負欠者戒也。

昔有老而無子者，問諸高僧。僧曰：「汝不欠人者，人又不欠汝者，烏得子？」◆蓋生佳兒，所以報我之緣；生頑兒，所以取我之債。生者勿喜，死者勿悲也。

山東省桓臺縣出了一位兵部尚書王象乾，家裡請了個管帳的伙計，這管帳之人無官爵卻很富有。忽夢見一人跑進來，說：「你欠我四十貫錢，今天當還給我。」管帳的追問，那人不答，直接跑進內室。他醒來後，妻子生下一名男嬰，他知道這孩子是前世的冤親債主，便將四十貫錢綑起來放在一個房間，舉凡兒子的衣食藥費全由此支出。孩子長至三四歲時，他去看房間裡的錢，只剩七百。正好奶娘抱來兒子逗著玩，他便高喊：「四十貫錢將用完，你應該要走了。」說完，兒子臉色突變，脖子曲折，雙眼睜大。奶娘再摸摸孩子，已經氣絕，管帳的便用剩餘錢財替他辦喪事。這個故事可讓天底下欠人債務的人，引以爲戒。

以前有個人老而無子，詢問高僧，高僧說：「你不欠人債，人又不欠你債，如何得子？」凡是生了好的孩兒，是別人回報我前世種下的善因；生了頑劣的孩兒，是向我討取前世欠下的債。生了孩兒不必高興，死了也不必難過。

1 新城：古縣名，今山東省桓臺縣。王大司馬：王象乾，字霽宇，明朝隆慶五年（西元一五七〇年）考中進士，起初派任聞喜縣（今山西省聞喜縣）縣令，官至兵部尚書，別稱大司馬。

2 主計僕：專門管理錢財收支與出納的人。

3 素封：指無官爵封邑、卻財產富裕的人。

4 四十千：古代銅錢以「文」為計算單位，一千文稱一貫或一弔。四十千，即四十貫。

5 夙孽：佛教所講因果業報。佛經云：「欲知前世因，今生受者是；欲知來世果，今生作者是。」（想知前世種下的因，今生所承受的便是；想知來世的果報，觀今生所作所為便能知曉。）本篇故事正符合了佛家所講因果業報之思想。

6 餘貲：指剩餘的財物、錢財。貲，通「資」。

7 瘞：讀作「意」，用土掩埋、埋葬。

◆**但明倫評點**：僧言誠是。然當續之曰：「至於我不欠人，人又不欠我，而或生佳兒，或生頑兒，此又存乎其人矣。」

高僧所言甚是，然而應當續其話所未盡：「至於我不欠人，人也不欠我，無論生好兒還是劣兒，那又因人而異。」

成仙

文登[1]周生，與成生少共筆硯，遂訂為杵臼交[2]。而成貧，故終歲常依周。以齒則周為長，呼周妻以嫂。節序登堂[3]，如一家焉。周妻生子，產後暴卒。繼聘王氏，成以少故，未嘗請見之也。

一日，王氏弟來省姊，宴於內寢。成適至，家人通白[4]，周命邀之。成不入，辭去。周移席外舍，追之而還。甫坐，即有人白別業之僕為邑宰重笞[5]者。先是，黃吏部[6]家牧傭，牛蹊[7]周田，以是相詬。牧傭奔告主，捉僕送官，遂被笞責。

周詰[8]得其故，大怒曰：「黃家牧豬奴，何敢爾！其先世為大父服役；促得志，乃無人耶！」氣填吭臆[9]，忿而起，欲往尋黃。成捺[10]而止之曰：「強梁世界，原無皂白。況今日官宰半強寇不操矛弧[11]者耶？」周不聽。成諫止再三，至泣下，周乃止。怒終不釋，轉側達旦。謂家人曰：「黃家欺我，我仇也，姑置之；邑令[12]為朝廷官，非勢家官，縱有互爭，亦須兩造，何至如狗之隨嗾[13]者？我亦呈治其傭，視彼將何處分。」家人悉慫恿[14]之，計遂決，具狀赴宰，宰裂而擲之。周怒，語侵宰。宰慚恚[15]，同逮繫之。

辰後，成往訪周，始知入城訟理。急奔勸止，則已在囹圄[16]矣。頓足無所為計。時獲海寇三名，宰與黃賂囑之，使捏周同黨。據詞申黜頂衣[17]，搒掠[18]酷慘。成入獄，相顧悽酸[19]。謀叩闕。周曰：「身繫重犴[20]，如鳥在籠；雖有弱弟，止足供囚飯耳。」成銳身自任[21]，曰：「是予責也。難而不急，烏用友也！」乃行。周弟贐[22]之，則去已久矣。至都，無門入控。相傳駕[23]將出獵。成預隱木市中；俄駕過，伏舞哀號，遂得准。驛送而下，著部院[24]審奏。

時閱[25]十月餘，周已誣服論辟[26]。院接御批，大駭，復提躬讞[27]。黃亦駭，謀殺周。因賂監者，絕其食飲；弟來餽問，苦禁拒之。成又為赴院聲屈，始蒙提問，業已飢餓不起。院臺怒，杖斃監者。黃大怖，納數千金，囑為營脫，以是得矇朧題免[28]。宰以枉法擬流[29]。周放歸，益肝膽[30]成。成自經訟繫[31]，世情盡灰，招周偕隱。周溺少婦，輒迂笑之。成雖不言，而意甚決。別後，數日不至。周使探諸其家，家人方疑其在周所；兩無所見，始疑。周心知其異，遣人蹤跡之，寺觀壑谷，物色殆徧。時以金帛卹其子。

又八九年，成忽自至，黃巾氅服[32]，岸然道貌。周喜，把臂曰：「君何往，使我尋欲徧。」笑曰：「孤雲野鶴，棲無定所。別後幸復頑健。」周命置酒，略道間闊，欲為變易道裝。成笑不語。周曰：「愚哉！何棄妻孥[33]猶敝屣也？」成笑曰：「不然，人將棄予，其何人之能棄。」問所棲止，答在勞山[34]之上清宮。既而抵足寢，夢成裸伏胸上，氣不得息。訝問何為，殊不答。忽驚而寤[35]，呼成不應；坐而索之，杳然不知所往。定移時，始覺在成榻。駭曰：「昨不醉，何顛倒至此耶！」乃呼家人。家人火之，儼然成也。周故多髭，以手自捋，則疎無幾莖[36]。取鏡自照，訝曰：「成生在此，我何往？」◆已而大悟，知成以幻術招隱。意欲歸內，弟以其貌異，禁不聽前。周亦無以自明。即命僕馬往尋成。

數日入勞山。馬行疾，僕不能及。休止樹下。見羽客[37]往來甚眾。內一道人目周，周因以成問。道士笑曰：「耳其名矣，似在上清。」言已逕去。周目送之，見一矢之外，又與一人語，亦不數言而去。與言者漸至，乃同社生。見周，愕曰：「數年不晤，人以君學道名山，今尚遊戲人間耶？」周述其異。生驚曰：「我適遇之，而以為君也。去無幾時，或當不遠。」周大異，曰：「怪哉！何自己面目覿[38]面而不之識！」僕尋至，急馳之，竟無蹤兆。一望寥闊，進退難以自主。自念無家可歸，遂決意窮追。而怪險不復可騎，遂以馬付僕歸，迤邐[39]自往。遙見一僮獨坐，趨近問程，且告以故。僮自言為成弟子，代荷[40]衣糧，導與俱行，星飯露宿，逴行殊遠。三日始至，又非世之所謂上清。

時十月中，山花滿路，不類初冬。僮入報客，成即遽[41]出，始認己形。執手入，置酒讌語。見異彩之禽，馴人不驚，聲如笙簧，時坐鳴于座上。心甚異之。然塵俗念切，無意留連。地下有蒲團二，曳與並坐。至二更後，萬慮俱寂，忽似瞥然一盹，身覺與成易位。疑之。自捋頷下，則于思者如故矣。既曙，浩然思返。成固留之。越三日，乃曰：「乞少寐息，早送君行。」甫交睫，聞成呼曰：「行裝已具矣。」遂起從之，所行殊非舊途。覺無幾時，里居已在望中。成坐候路側，俾自歸。周強之不得，因踽踽[42]至家門。叩不能應，思欲越牆，覺身飄似葉，一躍已過。凡踰數重垣[43]，始抵臥室，燈燭熒然，內人未寢，噥噥與人語。舐窗以窺，則妻與一廝僕同杯飲，狀甚狎褻。於是怒火如焚；計將掩執，又恐孤力難勝。遂潛身脫扃[44]而出，奔告成，且乞為助。成慨然[45]從之，直抵內寢。周舉石撾[46]門，內張皇[47]甚。擂愈急，內閉益堅。成撥以劍，劃然頓闢。周奔入，僕衝戶而走。成在門外，以劍擊之，斷其肩臂。周執妻拷訊，乃知被收時即與僕私。周借劍決[48]其首，罥[49]腸庭樹間。乃從成出，尋途而返。驀然忽醒，則身在臥榻。

驚而言曰：「怪夢參差，使人駭懼！」成笑曰：「夢者兄以為真，真者乃以為夢。」周愕而問之。出劍示之，濺血猶存。周驚怛[50]欲絕，竊疑成譸張[51]為幻。成知其意，乃促裝送之歸。荏苒[52]至里門，乃曰：「疇昔之夜，倚劍而相待者，非此處耶！吾厭見惡濁，請還待君于此；如過晡[53]不來，予自去。」周至家，門戶蕭索，似無居人。還入弟家，弟見兄，雙淚遽墮，曰：「兄去後，盜夜殺嫂，刳腸[54]去，酷慘可悼。於今官捕未獲。」周如夢醒，因以情告，戒勿究。弟錯愕良久。周問其子，乃命老媼抱至。周曰：「此襁褓物，宗緒所關，弟好視之。兄欲辭人世矣。」遂起，徑[55]去。弟涕泗追挽，笑行不顧。至野外，見成，與俱行。遙回頭曰：「忍事最樂。」弟欲有言，成闊袖一舉，即不可見。悵立移時，痛哭而返。周弟樸拙，不善治家人生產，居數年，家益貧。周子漸長，不能延師，因自教讀。一日，早至齋，見案頭有函書，緘封甚固，簽題「仲氏啟」。審之為兄跡。開視，則虛無所有，祇有爪甲一枚，長二指許。心怪之。以甲置研上。出問家人所自來，並無知者。回視，則研石粲粲[56]，化為黃金。大驚，以試銅鐵，皆然。由此大富，以千金賜成氏子，因相傳兩家有點金術云。

1 文登：縣名，今山東省文登縣。
2 杵臼交：不論貧富貴賤所結交的友誼。
3 節序登堂：逢年過節，親自登門向周生夫婦請安問候。
4 白：讀作「博」，告訴、告知。
5 別業：在自家本宅之外所建園林房舍，即別苑、別墅。
笞：讀作「癡」，鞭打。
6 吏部：官職名稱，古代官制的六部之一，主要掌管官吏銓敘、勛階、黜陟等事。
7 蹊：讀作「溪」，此處當動詞用，踐踏、踩踐。
8 詰：讀作「傑」，問。
9 氣填吭臆：怒氣填滿心胸。吭，讀作「航」，喉嚨。臆，胸膛。
10 捺：讀作「納」，以手重按。
11 矛弧：長矛和木弓，此泛指武器。
12 邑令：知縣、縣令，現今的縣長。
13 嗾：讀作「叟」，以口作聲對狗發號指令，用以指揮狗。
14 慫慂：讀作「聳勇」，以言語蠱惑煽動他人。慂，是「恿」的異體字。
15 慚恚：即惱羞成怒，因羞愧而憤然發怒。恚，讀作「惠」，惱怒、生氣。
16 囹圄：讀作「玲雨」，牢獄。
17 黜頂衣：卸去秀才所穿戴的帽子和衣服，此處指革除其生員身分。
18 搒掠：嚴刑拷打。搒，讀作「彭」。
19 悽酸：淒楚悲痛。
20 重犴：關押重刑罪犯的監獄。犴，讀作「暗」。
21 銳身自任：願挺身而出相助。
22 贐：讀作「進」，送行時所贈禮物。
23 駕：古代對帝王的尊稱。
24 部院：此指巡撫。清代各省巡撫多兼任兵部侍郎、都察院副都御史，故稱「部院」。下文的「院臺」，亦同樣指巡撫。
25 閱：經過、經歷。
26 誣服論辟：原本無罪，被屈打成招，而遭判死刑。
27 躬讞：親自審問犯人，判定罪刑。讞，讀作「驗」。
28 朦朧題免：含糊其辭，向朝廷申報請免罪責。
29 擬流：論罪判處流放邊疆，服勞役之刑罰。
30 肝膽：指欽佩他人的豪情義氣。
31 訟繫：牽連到這宗官司中。
32 黃巾氅服：道士所穿戴的帽子和衣袍。氅，讀作「場」。
33 妻孥：妻子和兒女。孥，讀作「奴」。
34 勞山：即嶗山，古稱勞山、牢山，位於今中國青島市，有「海上第一仙山」之譽。
35 寤：讀作「物」，醒來、睡醒。
36 疎無幾莖：據前文，此指幾根鬍鬚。疎，稀少，同今「疏」字，是疏的異體字。
37 羽客：此指稱道士，因道教的宗旨是飛升成仙，故稱道士為羽人、羽士、羽客。
38 覿：讀作「迪」，見。
39 迤邐：讀作「怡李」，曲折綿延的樣子。
40 荷：讀作「賀」，背負。
41 遽：就、遂。
42 踽踽：讀作「舉舉」，孤身一人而行。
43 垣：讀作「圓」，矮牆。
44 脫扃：把門打開。扃，讀作「窘」的一聲，當名詞用，指門閂。
45 慨然：爽快、不猶豫。
46 撾：讀作「抓」，敲打。
47 張皇：驚慌失措、慌張。
48 決：斬斷。
49 罥：讀作「眷」，吊掛、懸掛。
50 驚怛：驚訝害怕。怛，讀作「達」。
51 譸張：欺詐、誑騙。譸，讀作「州」。
52 荏苒：讀作「忍染」，指時間流逝。《文選・潘岳・悼亡詩三首之一》：「荏苒冬春謝，寒暑忽流易。」
53 晡：讀作「步」的一聲，下午三點到五點這段時間。
54 刳腸：挖出腸子。刳，讀作「哭」。
55 徑：通「逕」，直接。
56 粲粲：鮮明華美的樣子。

◆**但明倫評點**：是夢中語，是將醒語。以我問我，我不知我，我不見我。為之進一解曰：「有我者即非有我，而凡夫之人以為有我。」不知莊周之為蝴蝶與？蝴蝶之為莊周與？文亦栩栩欲仙。

此話是夢話，也是即將清醒的話。以我問我，我不認識我自己，我看不見我自己。又進一步說：「心中有我者，只是心念的執著，此非真正的我，世間凡俗之人以為我執就是真正的我。」豈不聞莊周夢蝶的故事，是莊周夢見自己變成蝴蝶？還是蝴蝶變成莊周？本文將神仙心境刻畫得很生動。

山東省文登縣有位周生，自幼和成生一起讀書，結為不論貧富的朋友——成生貧窮，整年都靠周生接濟。周生較年長，成生便稱周妻為嫂嫂，逢年過節登門拜訪，有如一家人。周妻生了兒子，產後突然死去，周生又娶了王氏，成生因王氏年紀輕，便未要求拜見。

一日，王氏的弟弟來拜訪姊姊，在內室宴請，正好成生前來。家人通報，周生端坐，讓人去請他。成生沒入內，告辭而去，周生便要人將酒席移至房舍外，將他追了回來。剛坐下沒多久，有人通報，別苑的僕人被縣城的知縣重刑鞭打——先前，黃吏部家裡的放牛工人，放任牛踩踏周家田地的農作物，兩方僕人因此互罵。放牛工人回去告訴黃吏部此事，周家僕人因而被捉去，移送官府，施以鞭刑。

周生問清緣由，大怒：「黃家那個牧豬的奴才，竟敢如此放肆！他祖上甚且替我祖父打工，如今小人得志，竟目中無人！」他氣憤塡膺，憤怒起身，欲找黃吏部評理。成生按住他肩頭，阻止道：「這是個蠻橫不講理的世界，本無是非黑白。何況現今當官的，都是些不帶兵器的半個強盜，何苦招惹他們？」周生不聽勸。成生勸阻再三，直到流下眼淚，周生才作罷，但怒氣始終未消，整晚翻來覆去睡不著，他告訴家人：「黃家欺負我的工人，是我們周家的仇人，暫且放過他；知縣是朝廷命官，並非黃吏部家裡的官員，兩家縱有爭執，也需聽取原告和被告雙方意見，怎可只聽信一方供詞？我也去官府告黃家的工人，看看知縣要如何處理。」家人都慫恿他這麼做，商量已定，備妥狀子前去府衙呈上，知縣將狀子撕成兩半丟到地上。周生很憤怒，出言辱罵知縣，知縣惱羞成怒，命人將周生捉起來。

一個時辰後，成生前去拜訪周生，才知他進城打官司，急忙跑去阻止，周生卻已被關入牢房。他頓足，無

計可施。當時，官府抓獲海盜三名，知縣和黃吏部兩人合謀賄賂海盜，要他們捏造周生是其同黨。根據海盜的供詞，周生秀才生員的資格遭革除，又被施以酷刑。成生到牢中探視周生，兩人相視，淒楚悲涼。成生想到御前告狀，周生說：「身在牢獄，如鳥被關在籠子裡；雖有幼弟，也只能替我送送牢飯罷了。」成生自告奮勇：「這是我的責任，倘若危難當頭不能挺身而出，還要朋友做什麼！」便動身前往。周弟爲成生準備了盤纏，待趕到，他已出發。成生抵達京城，投訴無門，聽說皇帝要到野外打獵，便預先躲在木材市場；待皇帝車輦經過，跪在地上喊冤，得到了批准。聖旨經驛站傳送至山東，命巡撫負責審訊此案並上奏結果。

那時，周生的案子已過了十個多月，他早已屈打成招，被判死刑。巡撫接到聖旨大驚，又重審此案。黃吏部也很害怕，想設計殺掉周生，便買通獄卒，不給他吃飯喝水；周弟送飯探監，也遭拒絕。成生又到巡撫衙門喊冤，周生才被提審，卻已飢餓得站不起來。巡撫很生氣，杖斃獄卒。黃吏部害怕至極，又賄賂獄卒數千金，要他別供出自己，這才矇混過關。知縣因貪贓枉法被流放，周生被釋放回家，對成生的重情重義更加敬佩。成生自牽扯進這場官司，對世態人情心灰意冷，招周生一同退隱，周生沉溺於少妻美色，笑他不切實際。成生嘴上不說，但心意堅決。兩人分別後，成生數日未去周家，周生遣家僕到他家探問，成生的家人甚且懷疑他人在周家；兩家都不見其蹤影，這才感到奇怪。周生知道成生可能退隱去了，便派人到處尋找，寺院道觀、山林深谷皆遍尋不著。周生時常送些錢財給成生的兒子。

又過了八九年，成生忽然來訪周生，身穿道冠道袍，模樣道貌岸然。周生見之大喜，挽其手臂說：「你到哪裡去了？我四處都找不到。」成生笑說：「閒雲野鶴，居無定所。分別後，幸好身體還健朗。」周生命人備酒宴，一敘別情，欲勸成生換回一般人的裝束。成生但笑不語。周生說：「笨哪！爲何拋棄妻子像拋棄舊鞋那樣？」成生笑說：「這話說錯了，是人拋棄我，我能拋棄誰？」周生問他住處，成生回答在勞山的上清宮。夜晚，兩人抵足而睡，周生夢見成生全身赤裸，伏在他身上，壓得他喘不過氣來，周生驚訝的問發生何事，成生沒回答。周生忽從夢中驚醒，叫喚成生卻無回應，坐起身在床上摸索，無成生蹤影。過了一陣，周生定神，才發現自己睡在成生的位置上，驚訝的說：「昨晚沒喝醉，怎麼錯亂至此！」周生叫喚家人幫忙尋他。家人拿著火把，發現周生變作了成生的樣貌——周生一向多鬚，用手摸自己鬍鬚，發現寥寥數根，拿鏡一照，驚訝的說：「成生在此，我在哪裡？」這才恍然大悟，知道是成生的幻術，用意在招他一同歸隱。周生想回妻子房裡睡，王氏的弟弟因他變作了成生的樣貌，不讓他進去。周生無法爲自己辯白，便帶僕人騎馬去尋成生。

數日後，進入勞山，周生所騎馬匹跑得很快，僕人追趕不上。周生在一棵樹下休息，見許多道士熙來攘往，其中一名道士看著周生，周生便問他成生下落，道士笑說：「曾耳聞他的名字，似乎在上清宮。」說完便離去。周生目送他離開，見他約在一箭的距離處又與一人說話，沒說幾句就走了。和那道士講話的人走來，是他以前同窗舊友，一見周生，驚訝的問：「數年不見，聽說你去名山學道，怎麼還在人間遊蕩？」周生便告知自己變作成生的經過。同窗驚訝的說：「我剛才偶遇他，以爲那人是你。他剛走不久，應該沒走遠。」周生大驚：「奇怪！我怎麼連自己臉孔都認不出？」這時僕人已追上，趕緊上馬去追，竟找不到那人蹤影。四處望去只見茫茫一片，不知該往何處尋。想著，回去，反正家人也不識得自己，便下定決心追趕成生。山路崎嶇無法再騎馬，便將馬交僕人帶回，自己循彎曲綿延的山路前往，遠遠見一名童子獨坐，向前問路，告知欲尋之人。

童子自言是成生的徒弟，替周生揹衣服和糧食，領他一同前行，兩人露宿野餐，步履蹣跚的走了很遠。三日後才到達，此處非世人所說的上清宮。

時值十月中旬，野花開滿山路，不似初冬景象。童子進入通報，成生出來迎客，周生這才認得自己面貌。成生牽他的手進入，備酒敘話。周生見著羽毛色澤奇異的禽鳥，不怕生人，聲音如樂器般美妙，時常到座上鳴叫。周生感到奇怪，又一心掛念塵俗，無意久留。地上有兩塊蒲團，成生拉著他並坐，至二更後，凡塵俗念盡消，周生像打了個盹，感到與成生交換身體，正驚疑之際，摸摸下巴，鬍鬚多如從前。天剛亮，周生便想返家，成生強留他。過了三日，成生才說：「請稍作歇息，一會兒送你回家。」才一眨眼工夫，聽見成生喊道：「行李已備妥。」周生起床，跟隨其後，這次所走的路與先前來時不同，感覺沒走多久，家門已在前方。成生坐在路邊等候，要周生自己回去，周生無法勉強，只好獨行。敲了門無人應門，想翻牆進去，只覺身體輕飄飄像片葉子，一翻便過去。連跳幾道矮牆才抵臥室，屋內燭光微弱，妻子尚未就寢，低聲與人交談。周生舔破窗紙，窺探室內動靜，見妻子和一名家僕同杯共飲，樣子十分親密。周生怒火如焚，想進去捉住他們，又恐單憑己力非敵手，便偷偷從門走出，告知成生，求他相助。成生欣然答應，直接走到臥室。周生拿石頭砸門，屋內偷情男女很害怕，周生越敲越急，裡面的人死抵房門。成生拔劍一撥，門頓時被劃開，周生跑了進去，僕人從窗戶逃走。成生在門外，用劍攻擊，斬斷僕人一條手臂。周生將妻子捉起來拷打，才知自己先前坐牢時，兩人便已暗通款曲。周生借用成生的劍砍下她的頭，將胃腸掏出來掛在庭院樹枝上，這才隨成生出來，循原路而返。

周生突然驚醒，說：「眞是奇怪的夢，讓人害怕！」成生笑說：「夢境你以爲是眞，眞的卻又以爲是做夢。」周生驚訝的問此話何解。成生取出佩劍給他看，上面仍沾有血漬，周生嚇得要死，以爲成生施幻術騙他。成生知道他是怎麼想的，便匆忙幫他打點行李送他回家。過了段時間回到家門口，成生說：「先前在你夢境中，我送你回家那晚，正是在此倚劍等候！我不喜見污穢之物，今日仍在此等你，如若過了傍晚你還不來，我便自己回去。」周生抵家，門戶冷清，好像沒住人。他又走入弟弟家，弟弟見到兄長，淚眼潸潸的說：「自兄長離家後，強盜把嫂子殺死，挖腸而去，慘絕人寰，官府至今都沒捉到行凶之人。」周生聞言恍如夢醒，告知了事情原委，告誡他勿要追究。周弟錯愕許久。周生問起兒子，周弟命老婦抱入，周生說：「此嬰孩攸關我周家香煙，請你好生照顧，我欲辭別人世。」周生起身，走了出去，周弟流淚追去欲挽留，周生邊笑邊走，也不回頭看一眼。走到野外，見到成生，與之同行，周生遠遠回望，說：「凡事不要衝動，能忍得住才最快樂。」周弟還想說些什麼，成生大袖一揮，兩人便消失不見。

周弟悵惘的站立許久，痛哭返家。他爲人率眞敦厚，不擅打理家業，過了幾年，家裡越來越窮。周生的兒子逐漸長大，沒錢無法請老師，他只好自己教孩子讀書。一日，周弟先進到書齋，見桌案上有封書信，封口黏得很牢，上面寫著「二弟啓」。他仔細一瞧，是兄長的字跡，打開來看，裡面什麼都沒有，只見指甲一枚，長約兩寸。他感到奇怪，把指甲放在硯臺上，出去問此信來歷，無人知曉。再回房，見硯臺閃爍光芒，化爲黃金。周弟大吃一驚，再拿指甲碰觸其他銅鐵之物，都和那方硯臺一樣化爲黃金，從此大富大貴，還拿千金給成生的兒子，於是傳聞周成兩家皆有點金術。

新郎

江南梅孝廉耦長[1]，言其鄉孫公，為德州宰[2]，鞫[3]一奇案。

初，村人有為子娶婦者，新人入門，戚里畢賀。飲至更餘，新郎出，見新婦炫裝，趨轉舍後。疑而尾之。宅後有長溪，小橋通之。見新婦渡橋逕去。益疑，呼之不應。遙以手招壻[4]，壻急趁[5]之。相去盈尺，而卒不可及。行數里，入村落。婦止，謂壻曰：「君家寂寞，我不慣住。請與郎暫居妾家數日，便同歸省。」言已，抽簪扣扉軋然[6]，有女僮出應門。婦先入，不得已，從之。既入，則岳父母俱在堂上。謂壻曰：「我女少嬌慣，未嘗一刻離膝下，一旦去故里，心輒戚戚。今同郎來，甚慰係念。居數日，當送兩人歸。」乃為除[7]室，牀褥備具，遂居之。

家中客見新郎久不至，共索之。室中惟新婦在，不知壻之所往。由此遐邇[8]訪問，並無耗息。翁媼零涕，謂其必死。將半載，婦家悼女無偶，遂請於村人父，欲別醮女[9]。村人父益悲，曰：「骸骨衣裳，無可驗證，何知吾兒遂為異物[10]！縱其奄喪[11]，周歲而嫁，當亦未晚，胡為如是急也！」婦父益啣[12]之，訟於庭。孫公怪疑，無所措力，斷令待以三年，存案遣去。

村人子居女家，家人亦大相忻[13]待，每與婦議歸，婦亦諾之，而因循不即行。積半年餘，中心徘徊，萬慮不安。欲獨歸，而婦固留之。一日，合家遑遽[14]，似有急難。倉卒謂壻曰：「本擬三二日遣夫婦偕歸，不意儀裝未備，忽遘閔凶[15]。不得已，即先送郎還。」於是送出門，旋踵[16]急返，周旋言動，頗甚草草。方欲覓途行，回視院宇無存，但見高冢[17]。大驚，尋路急歸。至家，歷言端末，因與投官陳訴。孫公拘婦父諭之，送女于歸，始合巹[18]焉。◆

1 江南：縣名，今安徽省。梅孝廉耦長：梅庚，字耦長，宣城（今安徽省宣城縣）人，康熙二十年（西元一六八一年）考中舉人，進士屢試不中。曾任浙江泰順縣知縣，不久辭官回鄉養老。梅庚尤擅寫詩，精通書畫，為王士禎等前輩所推重。孝廉：指舉人。

2 德州宰：明清兩代，德州（今山東省德州市）的州縣長官。

3 鞫：讀作「局」，審問、審判。

4 壻：女婿。同今「婿」字，是婿的異體字。

5 趁：追上去、追趕。

6 軋然：狀聲詞，此處形容叩門聲。

7 除：打掃清潔。

8 遐邇：遠近，此指四處。

9 醮：讀作「叫」，女子結婚，後來改嫁。

10 異物：死人。

11 奄喪：突然死亡。

12 啣：此指懷恨在心。

13 忻：歡喜。同今「欣」字，是欣的異體字。

14 遑遽：惶恐不安。

15 忽遘閔凶：忽然遭遇災禍。

16 旋踵：旋轉腳跟，比喻極短的時間。

17 高冢：高大的墳墓。冢，讀作「腫」。

18 合巹：指成婚。古時，成親夫婦要對飲合巹酒。巹，讀作「錦」，古代婚禮所用酒杯。

◆**但明倫評點**：剽竊新郎，幾致新人再醮，無情無恥，乃至於斯。至萬不得已而送歸，猶飾言儀裝未備，又何詐也！特不識其所云遘閔凶者何事耳。

偷走新郎，幾乎讓新娘再嫁他人，無情無恥，莫過於此。到了萬不得已才送新郎回去，託言行囊禮物尚未備妥，又是何等的欺詐。唯本篇也無交代所謂災禍指何事。

安徽省有個叫梅耦長的舉人，說同鄉孫公任德州縣知州時，審理過一樁奇案。

初時，村子有名老翁替兒子娶媳婦，新娘進門，親戚鄰里都來祝賀。喜酒喝至一更多，新郎走出門外，見新娘身著新娘裝朝屋後走去，新郎疑惑，尾隨之。宅子後面有長溪，有條小橋可以通過，他見新娘過橋直去，越發奇怪，叫她也不應。她遠遠的朝新郎招手，新郎急忙追上前去，兩人相距一尺，始終追不上。走了數里，進入村落，新娘停步對新郎說：「你家太過冷清，我住不習慣。請你和我暫住家中數日，再一同回夫家。」說完，拔下髮簪敲門，有名女僮來開門。新娘先進去，新郎不得已跟隨。進入屋中，岳父岳母都在大廳，對新郎說：「我女兒年少嬌生慣養，不曾一日離開家裡，一旦離開故鄉，心裡難過。現在你一同前來，甚慰掛念。在此住數日，我當送你們一同回去。」便打掃房間，備妥寢具，住了下來。

男方家的客人見新郎久不來，一同尋找。新房裡只剩女方，不知新郎下落，於是四處尋訪探問，但無消息。新郎雙親淚流滿面，認爲他已死。時間過了快半年，女方家人心疼女兒失去丈夫，便向親家翁請求讓女兒改嫁。親家翁也很難過，說：「沒找到屍首的衣服，如何斷定我兒已亡！縱然暴斃，一年後再改嫁，也還不遲，爲何現在如此著急！」女方父親懷恨在心，控告到官府。孫公覺得奇怪，卻無能爲力，判令女方回娘家等待三年，將案子存檔，並遣返當事人兩造。

新郎住在新娘家，家人對他很和善。每次和新娘商量回家，她總敷衍應允，不啓行。過了半年多，新郎焦慮不安，想留下新娘獨自返家。一日，新娘全家慌慌張張，像有災禍臨身，岳父倉促間對新郎說：「本欲這幾天讓你們一同回去，不料行囊尙未備妥，忽逢災禍。不得已，先送你回家。」岳父送他出了門口，隨即回返，言談禮儀很是敷衍。新郎正想尋路前行，轉頭回望，房宅全都不見，只見一座高大墳塚。他大驚，急忙尋路回家，到家後，向官府報告事情始末。孫公便傳召女方父親告知此事，命他送女兒返回夫家，夫妻二人這才完婚拜堂。

靈官

朝天觀①道士某，喜吐納之術②。有翁假寓觀中，適同所好，遂為玄友③。居數年，每至郊祭④時，輒先旬日而去，郊後乃返。道士疑而問之。翁曰：「我兩人莫逆，可以實告：我狐也。郊期至，則諸神清穢，我無所容，故行遯⑤耳。」又一年，及期而去，久不復返。疑之。

一日忽至，因問其故。答曰：「我幾不復見子矣！曩欲遠避，心頗怠，視陰溝甚隱，遂潛伏卷甕下。不意靈官糞除⑥至此，瞥為所睹，憤欲加鞭。余懼而逃。靈官追逐甚急。至黃河上，瀕將及矣。大窘無計，竄伏溷⑦中。神惡其穢，始返身去。既出，臭惡沾染，不可復遊人世。乃投水自濯訖，又蟄隱穴中，幾百日，垢濁始淨。今來相別，兼以致囑：君亦宜引身他去，大劫將來，此非福地也。」言已，辭去。道士依言別徙。未幾而有甲申之變⑧。◆

朝天觀的某位道士喜修練吐納術，有名老翁借住觀中，剛好是他的同好，兩人結爲道友。住了數年，每逢皇帝冬至在南郊祭天，老翁便於十天前離開，待祭典結束後才歸來。道士覺得奇怪，問他緣由。老翁說：「我倆是莫逆之交，可以告訴你實情。我是隻狐狸，皇帝祭典時，眾神會先清除附近鬼怪，我無處藏身，只好先走避。」又過了一年，老翁在祭祀大典開始前又離去，很久都沒回來。道士感到奇怪。

有天，老翁忽然來到，道士問他何以許久未歸。老翁答：「我差點沒命回來見你！先前本欲走遠一點

躲避，卻很懶，看那陰溝很隱密，便潛伏在裡頭一個小甕中。不料，靈官來此清除鬼怪，瞥見我，憤怒的要拿鞭子抽我。我害怕而逃，靈官緊追不捨。我逃到黃河上，眼看靈官就要追上，心焦又無妙計，只好竄伏在糞坑，神厭惡污穢，這才離開。我從裡面爬出，身上沾染惡臭，不可再混入人群，就跳到黃河洗淨，又藏在山洞中，幾百天後，身上污垢才清洗乾淨。今日特來辭別，順便叮囑你：最好也離開此處，將有大劫臨身，此處非洞天福地。」說完，便辭行而去。道士按他所說去做，搬至別處。不久，李自成率軍攻陷京城，史稱「甲申之變」。

1 朝天觀：指北京朝天宮。明宣宗朱瞻基在位時，模仿朱元璋在南京所建朝天宮建築樣式，於宣德八年（西元一四三二年）在皇城西北興建朝天宮，做為郊祀前百官習儀之所。宮內有三清、通明、普濟等九殿，供奉三清、上帝及諸神；熹宗天啟六年（一六二六年），遭火災焚毀，再無修建。

2 吐納之術：道家的一種呼吸吐納養生術，後被道教用作煉丹之術。

3 玄友：即道友。老子首章云：「玄之又玄，眾妙之門。」故後世以「玄」代指道家或道教。魏晉時期，名士盛行談玄學，《老子》、《莊子》、《周易》並稱三玄。

4 郊祭：古代帝王祭祀天地的典禮，始於周朝，又稱郊社或郊祀；「郊」，指冬至日在南郊所行祭天禮。「社」，指夏至日在北郊所行祭地禮。

5 行遯：逃走、遁逃。遯，通「遁」字。

6 糞除：清理、掃除。

7 溷：讀作「混」，廁所。

8 甲申之變：明崇禎十七甲申年（一六四四年），李自成義軍攻佔北京，清兵入京也在同年入京。崇禎在煤山上吊而亡，明朝宣告滅亡，史稱「甲申之變」。

◆**何守奇評點**：每郊祭則靈官清穢，甲申前尚如此，信乎天子之威靈遠矣。

每逢天子冬至祭天典禮，便需靈官清理那些留在人間作亂的妖魔鬼怪。明朝滅亡前尚且如此，更讓人相信那時天子的威望已不存。

王蘭

利津[1]王蘭，暴病死。閻王覆勘，乃鬼卒之悞勾[2]也。責送還生，則尸已敗。鬼懼罪，謂王曰：「人而鬼也則苦，鬼而仙也則樂。苟樂矣，何必生？」王以為然。鬼曰：「此處一狐，金丹[3]成矣。竊其丹吞之，則魂不散，可以長存，但憑所之，罔不如意。子願之否？」王從之。鬼導去，入一高第，見樓閣渠然，而悄無一人。有狐在月下，仰首望空際。氣一呼，有丸自口中出，直上入於月中；一吸，輒復落，以口承之，則又呼之：如是不已。鬼潛伺其側，俟[4]其吐，急掇于手，付王吞之。狐驚，盛氣相尚。見二人在，恐不敵，憤恨而去。

王與鬼別，至其家，妻子見之，咸懼卻走。王告以故，乃漸集。由此在家寢處如平時。其友張姓者，聞而省之，相見，話溫涼[5]。因謂張曰：「我與若家夙貧，今有術，可以致富。子能從我遊乎？」張唯唯。曰：「我能不藥而醫，不卜而斷。我欲現身，恐識我者，相驚以怪。附子而行，可乎？」張又唯唯。

于是即日趣裝，至山西界[6]。富室有女，得暴疾，眩然瞀瞑[7]。前後藥禳[8]既窮。張造其廬，以術自炫。富翁止此女，常珍惜之，能醫者，願以千金為報。張請視之。從翁入室，見女瞑臥，啟其衾[9]，撫其體，女昏不覺。王私告張曰：「此魂亡也，當為覓之。」張乃告翁：「病雖危，可救。」問：「需何藥？」俱言不須，「女公子魂離他所，業遣神覓之矣。」約一時許，王忽來，具言已得。張乃請翁再入，又撫之。少頃女欠伸，目遽[10]張。翁大喜，撫問。女言：「向戲園中，見一少年郎，挾彈彈雀；數人牽駿馬，從諸其

後。急欲奔避，橫被阻止。少年以弓授兒，教兒彈。方羞訶[11]之，便攜兒馬上，累騎而行。笑曰：『我樂與子戲，勿羞也。』數里入山中，我馬上號且罵；少年怒，推墮路旁，欲歸無路。適有一人至，捉兒臂，疾若馳，瞬息至家，忽若夢醒。」翁神之，果貽千金。

王夜與張謀，留二百金作路用，餘盡攝去，款門而付其子；又命以三百饋張氏，乃復還。次日與翁別，不見金藏何所，益異之，厚禮而送之。踰數日，張於郊外遇同鄉人賀才。才飲博不事生產，奇貧如丐。聞張得異術，獲金無算，因奔尋之。王勸薄贈令歸。才不改故行，旬日蕩盡，將復覓張。王已知之，曰：「才狂悖，不可與處，只宜賂之使去，縱禍猶淺。」踰日，才果至，強從與俱。張曰：「我固知汝復來。日事酗賭[12]，千金何能滿無底竇[13]？誠改若所為，我百金相贈。」才諾之。張瀉囊[14]授之。才去，以百金在橐[15]，賭益豪；益之狹邪遊[16]，揮灑如土。邑中捕役疑而執之，質於官，拷掠酷慘。才實告金所自來。乃遣隸押才捉張。數日創劇，斃于塗。魂不忘張，復往依之，因與王會。

一日，聚飲于煙墩[17]，才大醉狂呼，王止之，不聽。適巡方御史[18]過，聞呼搜之，獲張。張懼，以實告。御史怒，笞而牒于神[19]。夜夢金甲人告曰：「查王蘭無辜而死，今為鬼仙。醫亦仁術，不可律以妖魅。今奉帝命，授為清道使。賀才邪蕩，已罰竄鐵圍山。可律以妖魅。今奉帝命，授為清道使。賀才邪蕩，已罰竄鐵圍山◆。張某無罪，當宥[20]之。」御史醒而異之，乃釋張。張治裝旋里。囊中存數百金，敬以半送王家。王氏子孫以此致富焉。

山東省利津縣有個叫王蘭的人突然患病死去，閻王複審才知鬼差抓錯了人，遂命鬼差將他送還陽間，但他屍體卻已腐敗。鬼差怕閻王降罪，便對王蘭說：「人做鬼很苦，鬼做仙則享樂。既然快樂，又何必復生？」王蘭同意。鬼差說：「這裡有一狐妖，內丹將煉成，你將內丹偷來吞下，魂魄不散，可以長存，任憑你來去自如，無不如意，你可願意？」王蘭照它計畫而行。鬼差引他進入一處大宅院，只見樓閣高聳，靜謐無人，有一狐妖在月下，仰望天空。牠一吐氣，有個丹丸從口中吐出，直奔雲霄；一吸氣，丹丸就落下，以口承接，接著又吐氣，如此重複不斷。鬼差潛伏等待在旁，等牠吐出丹丸，急忙用手去抓，交給王蘭吞下。狐妖大驚，怒氣相向，見來者有二人，恐非敵手，便憤恨離去。

王蘭遂與鬼差分別。王蘭返家，妻子見他，害怕而逃；告知經過，這才漸漸向他靠近，從此在家生活

1 利津：縣名，今山東省利津縣。
2 悞勾：誤抓之意。悞，出了差錯。同今「誤」字，是誤的異體字。
3 金丹：根據上下文意，指狐狸吐納修練的內丹。
4 俟：讀作「四」，等待、等候。
5 溫涼：此處指賓主寒暄。
6 界：分界，此指境內。
7 眩然瞀瞑：昏迷不醒。瞀，讀作「茂」。
8 禳：讀作「讓」的二聲，祭祀鬼神，祈求去除疾病災禍。
9 衾：讀作「親」，被子。
10 遽：就、遂。
11 訶：大聲喝斥、責罵，通「呵」。
12 酗賭：沉迷於喝酒賭博。酗，讀作「續」。

13 竇：讀作「豆」，洞、孔穴。
14 瀉囊：袋裡的東西全倒出來，表示窮盡所有。
15 橐：讀作「陀」，袋子。
16 狹邪遊：嫖妓。狹邪，通「狹斜」，指妓女所居小街曲巷。
17 煙墩：原指明清兩代的防禦設施，有敵人入侵則以煙火示警。此指供人吸食鴉片與吃飯喝酒的館子。
18 巡方御史：官職名稱。自明初開始，各省派遣御史到各地巡察，稱巡按御史，簡稱巡按。
19 笞：讀作「癡」，鞭打。牒干神：備妥訴訟狀子，通告於神明。
20 宥：讀作「右」，容忍、寬容、寬恕。

◆**但明倫評點**：日事酗賭而兼狹邪遊之人，鐵圍山早留一席以相待矣。

白天酗酒賭博兼嫖妓的人，鐵圍山地獄早留位置等待。

如常。王蘭有個姓張的朋友，聽聞此事前來拜訪，兩人相見寒暄。他對張某說：「我們兩家素來貧窮，現有辦法可以發財，你可願隨我出外闖蕩？」張某答應。王蘭說：「我可以不用藥就能醫治人，無須占卜就能知吉凶。我欲現身，又怕認識我的人大驚小怪。附在你身上而行，可以嗎？」張某亦答應。

當天，兩人便整裝出發，後抵達山西境內。有個富家千金患了急症，昏迷不醒，家人先後延醫祈神都無效。張某造訪他們家，誇耀自己的法術，富翁只有這個女兒，非常珍惜，若能醫好，願贈千金酬謝。張某請求觀看小姐情況，隨富翁進入內室，見小姐躺在床上昏睡，打開被褥，撫摸她身體，小姐仍舊昏迷不醒。王蘭偷偷告訴張某：「此女失魂，我當爲她尋找。」張某告訴富翁：「病雖危急，仍可救治。」富翁問：「需何種藥材？」張某說，都不需要，又說：「小姐魂魄離體，到別處遊蕩，已派神去尋。」約一個時辰，王蘭忽然回來，說已找到。張某便請富翁再入小姐閨房，又輕撫她身體。不久，小姐伸懶腰，打呵欠，睜開雙眼。富翁很高興，安撫慰問之，小姐說：「我在園子裡玩耍，見一少年拿彈珠打麻雀，數名小廝牽著駿馬跟隨在後。我急忙想避開，卻被他們攔下。少年把彈弓給我，教我彈射；正要斥罵他，就把我抱上馬，兩人共騎一馬。少年笑說：『我喜歡和你玩，不要怕羞。』走了數里進入山中，我在馬背上邊哭邊罵；少年惱怒，將我推下馬，扔在路邊。我想回家，找不著路。碰巧有一人前來，捉住我手臂，快速奔馳，轉眼便到家，恍如做了一場夢。」富翁覺得張某很神，果然以千金相贈。

晚上，王蘭和張某謀畫，留二百金做旅費，其餘的用法術帶走。王蘭回家，敲門，把錢交給兒子，又囑他贈三百金給張某之妻，辦好後又回山西。第二天，向富翁辭行，富翁看不見張某將金子藏在何處，越

發感到怪異，贈送厚禮並親自送行。過了數日，張某在郊外偶遇同鄉賀才，賀才喜喝酒賭博不事生產，貧如乞丐；聽說張某獲得奇妙法術，獲金無數，所以前往尋找。王蘭勸張某贈他薄金讓他回鄉；賀才不改舊習，十天便花光，又去尋張某。王蘭已然預知此事，告訴張某：「賀才品行不端，不可與他深交，只能贈他小錢打發他走，縱使闖禍也與我們無關。」過了一日，賀才果來，硬要與張某合夥做生意。張某說：「我知道你一定會回來找我。你每天酗酒賭博，縱有千金如何塡得滿？你若能痛改前非，我贈你一百金。」賀才應允。張某將囊中錢財全給了他；賀才離開，因有百金在袋，賭得更大，還去嫖妓，揮金如土。縣城捕快懷疑錢是偷來的，便將他捉起來，送交官府審問，嚴刑拷打。賀才實言相告錢的出處，官府便派衙役押著賀才去捉張某。數日，賀才傷勢嚴重，死在半路，魂魄不忘張某，前往投靠，因而會見了王蘭。

一日，三人聚在菸飯館喝酒，賀才大醉狂叫，王蘭制止，卻不聽勸。碰巧巡按御史經過，聽到叫喊聲前往搜查，捉獲了張某。張某害怕，將實情告訴巡按大人。御史震怒，鞭打張某，又備狀子通告神明。夜晚，御史夢見金甲人，對方相告：「經查核，王蘭無辜枉死，現在為鬼仙；醫治他人也算仁術，不可以妖魅論處。今奉天帝之命，授命他為清道使。賀才心術不正，行為不檢點，已罰他至鐵圍山地獄受刑。張某無罪，應當赦免他。」御史醒來覺得奇怪，釋放了張某。張某整理行裝返鄉，袋裡有數百金，送一半到王蘭家，王氏子孫因而致富發財。

鷹虎神

郡城東嶽廟[1]，在南郭，大門左右神高丈餘，俗名「鷹虎神」，猙獰可畏。廟中道士任姓，每雞鳴，輒起焚誦[2]。有偷兒預匿廊間，伺道士起，潛入寢室，搜括財物。奈室無長物，惟於薦[3]底得錢三百，納腰中，拔關[4]而出。將登千佛山。南竄許時，方至山下。見一巨丈夫，自山上來，左臂蒼鷹，適與相遇。近視之，面銅青色，依稀似廟門中所習見者。大恐，蹲伏而戰[5]。神詫曰：「盜錢安往！」偷兒益懼，叩不已。神揪令還入廟，使傾所盜錢，跪守之。道士課畢[6]，回顧駭愕。盜歷歷自述。道士收其錢而遣之。◆

山東省濟南府城南郊的東嶽廟，大門的左右門神身長達一丈多，俗稱「鷹虎神」，面貌猙獰。廟中道士姓任，每早雞啼，便起來燒香唸經。有個小偷預先躲在走廊，等道士起床，溜進寢室，搜刮財物。無奈，寢室沒有值錢東西，只從蓆子底下搜得三百文錢，放在腰中，奪門而出，想前往千佛山。往南逃竄了好一陣，才到山下。

一高大男子，從山上下來，左臂上站著一隻老鷹，正巧碰上他。偷兒走近一瞧，見此人臉呈銅青色，活像廟門上的門神，大驚，蹲伏在地打顫。鷹虎神喝斥：「偷錢哪裡跑！」偷兒越發懼怕，不斷朝祂叩拜，鷹虎神一把捉住他，押他回廟裡，命他將所盜錢財全拿出來，並跪在旁邊守候道士誦經完畢。道士做

完早課，回頭見到偷兒十分驚駭，偷兒告知偷竊經過，道士將錢收下，讓他離去。

1 郡城：此指山東省濟南府城。東嶽廟：祭祀供奉泰山東嶽天齊仁聖大帝的廟宇，又稱天齊廟。
2 焚誦：燒香唸經。
3 薦：草蓆、蓆子。
4 拔關：抽出門閂，開門之意。
5 戰：通「顫」，顫抖。
6 課畢：做完早課。

◆**何守奇評點**：此事若道士令偷兒詐為之，便可得財，須察。

此事若為道士串通小偷詐欺，便可得財，需明察。

王成

王成，平原故家子[1]。性最懶，生涯[2]日落，惟剩破屋數間，與妻臥牛衣[3]中，交謫[4]不堪。時盛夏燠熱[5]，村外故有周氏園，牆宇盡傾，唯存一亭；村人多寄宿其中，王亦在焉。

既曉，睡者盡去；日紅三竿，王始起，逡巡[6]欲歸。見草際金釵一股[7]，拾視之，鐫[8]有細字云：「儀賓[9]府造。」王祖為衡府儀賓，家中故物，多此款式，因把釵躊躇。欻[10]一嫗來尋釵。王雖故貧，然性介[11]，遽[12]出授之。嫗[13]喜，極贊盛德，曰：「釵直[14]幾何，先夫之遺澤也。」問：「夫君伊誰？」答云：「故儀賓王柬之也。」王驚曰：「吾祖也。何以相遇？」嫗亦驚曰：「汝即王柬之之孫耶？我乃狐仙。百年前，與君祖繾綣[15]。君祖歿，老身遂隱。過此遺釵，適入子手，非天數耶！」王亦曾聞祖有狐妻，信其言，便邀臨顧，嫗從之。王呼妻出見，負敗絮，菜色黯焉[16]。嫗歎曰：「嘻！王柬之孫子，乃一貧至此哉！」又顧敗竈[17]無煙。曰：「家計若此，何以聊生？」妻因細述貧狀，嗚咽飲泣。嫗以釵授婦，使姑質錢市[18]米，三日外請復相見。王挽留之。嫗曰：「汝一妻不能自存活，我在，仰屋而居，復何裨益？」遂徑[19]去。

王為妻言其故，妻大怖。王誦其義，使姑事之[20]，妻諾。踰三日，果至。出數金，粟麥各石。夜與婦共短榻。婦初懼之；然察其意殊拳拳[21]，遂不之疑。翌日，謂王曰：「孫勿惰，宜操小生業，坐食烏可長也？」王告以無貲[22]。曰：「汝祖在時，金帛憑所取；我以世外人，無需是物，故未嘗多取。積花粉之金[23]四十兩，至今猶存。久貯亦無所用，可將去，悉以市葛，刻日赴都，可得微息。」王從之，購五十餘端以

歸。嫗命趣裝，計六七日可達燕都。囑曰：「宜勤勿懶，宜急勿緩；遲之一日，悔之已晚！」王敬諾。

囊貨就路，中途遇雨，衣履浸濡。王生平未歷風霜，委頓[24]不堪，因暫休旅舍。不意淙淙[25]徹暮，簷雨如繩。過宿，濘益甚。見往來行人，踐淖沒脛[26]，心畏苦之。待至亭午，始漸燥，而陰雲復合，雨又大作。信宿乃行。將近京，傳聞葛價翔貴[27]，心竊喜。入都，解裝客店，主人深惜其晚。先是，南道初通，葛至絕少。貝勒[28]府購致甚急，價頓昂，較常可三倍。前一日，方購足，後來者，并皆失望。主人以故告王。王鬱鬱不得志。越日，葛至愈多，價益下。王以無利不肯售。遲十餘日，計食耗煩多，倍益憂悶。主人勸令賤鬻[29]，改而他圖，從之。虧貲十餘兩，悉脫去。早起，將作歸計，啟視囊中，則金亡矣。驚告主人。主人無所為計。或勸鳴官，責主人償。王歎曰：「此我數也，于主人何尤？」主人聞而德之，贈金五兩，慰之使歸。

自念無以見祖母，蹀躞[30]內外，進退維谷。適見鬭鶉[31]者，一賭輒數千；每市一鶉，恆百錢不止。意忽動，計囊中貲，僅足販鶉，以商主人。主人亟慫恿[32]之。且約假寓[33]飲食，不取其直。王喜，遂行。購鶉盈儋，復入都。主人喜，賀其速售。至夜，大雨徹曙[34]。天明，衢[35]水如河，淋零猶未休也。居以待晴。連綿數日，更無休止。起視籠中，鶉漸死。王大懼，不知計之所出。越日，死愈多；僅餘數頭，併一籠飼之；經宿往窺，則一鶉僅存。因告主人，不覺涕墮。主人亦為扼腕。王自度金盡罔歸[36]，但欲覓死，主人勸慰之。共往視鶉，審諦之曰：「此似英物[37]。諸鶉之死，未必非此之鬭殺之也。君暇亦無所事，請把[38]之；如其良也，賭亦可以謀生。」王如其教。既馴，主人令持向街頭，賭酒食。鶉健甚，輒贏。主人喜，以金授王，使復與子弟決賭；三戰三勝[39]。半年許，積二十金。心益慰，視鶉如命。

先是，大親王[40]好鶉，每值上元[41]，輒放民間把鶉者入邸相角[42]。主人謂王曰：「今大富宜可立致；所不可知者，在子之命矣。」因告以故，導與俱往。囑曰：「脫43敗，則喪氣出耳。倘有萬分一，鶉鬬勝，王必欲市之，君勿應；如固強之，惟予首是瞻，待首肯而後應之。」王曰：「諾。」至邸，則鶉人肩摩于墀下44。頃之，王出御殿。左右宣言：「有願鬬者上。」即有一人把鶉，趨而進。王命放鶉，客亦放；略一騰踔45，客鶉已敗。王大笑。俄頃，登而敗者數人。主人曰：「可矣。」相將俱登。王相之，曰：「睛有怒脈46，此健羽也，不可輕敵。」命取鐵喙者當之。一再騰躍，而王鶉鎩羽47。更選其良，再易再敗。王急命取宮中玉鶉。片時把出，素羽如鷺，神駿不凡。王成意餒，跪而求罷，曰：「大王之鶉，神物也，恐傷吾禽，喪吾業矣。」王笑曰：「縱之。脫鬬而死，當厚爾償。」成乃縱之。玉鶉直奔之。而玉鶉方來，則伏如怒雞以待之；玉鶉健喙，則起如翔鶴以擊之；進退頡頏48，相持約一伏時49。玉鶉漸懈，而其怒益烈，其鬬益急。未幾，雪毛摧落，垂翅而逃。

觀者千人，罔不歎羨。王乃索取而親把之，自喙至爪，審周一過。問成曰：「鶉可貨否？」答云：「小人無恆產，與相依為命，不願售也。」王曰：「賜而重直，中人之產可致。頗願之乎？」成俯思良久，曰：「本不樂置；顧大王既愛好之，苟使小人得衣食業，又何求？」王請直，答以千金。王笑曰：「癡男子！此何珍寶而千金直也？」成曰：「大王不以為寶，臣以為連城之壁50不過也。」王曰：「如何？」曰：「小人把向市廛51，日得數金，易升斗粟，一家十餘食指，無凍餒憂，是何寶如之？」王言：「予不相虧，便與二百金。」成搖首。又增百數。成目視主人，主人色不動。乃曰：「承大王命，請減百價。」王曰：「休矣！誰肯以九百易一鶉者！」成囊鶉欲行。王呼曰：「鶉人來，鶉人來！實給六百，肯則售，否則已耳。」成又目主人，主人仍自若。成心願盈溢，惟恐失時。曰：「以此數售，心實怏怏52；但交而不成，則獲戾53

滋大。無已，即如王命。」王喜，即秤付之。成囊金，拜賜而出，主人懟[54]曰：「我言如何，子乃急自鬻也？再少靳[55]之，八百金在掌中矣。」

成歸，擲金案上，請主人自取之，主人不受。又固讓之，乃盤計飯直而受之。王治裝歸，至家，歷述所為，出金相慶。嫗[56]命治良田三百畝，起屋作器，居然世家。嫗早起，使成督耕，婦督織；稍惰，輒訶[57]之。夫婦相安，不敢有怨詞。過三年，家益富◆。嫗辭欲去，夫妻共挽之，至泣下。嫗亦遂止。旭日候之，已杳矣。

異史氏曰：「富皆得於勤，此獨得於惰，亦創聞也。不知一貧徹骨，而至性不移，此天所以始棄之而終憐之也。懶中豈果有富貴乎哉！」

王成

勿懶宜勤曾屬付旅行何事竟遲遲豈真一鳥千金值天遣成全介士時

◆**但明倫評點**：其富之基雖得於介，而終以不惰成之。通篇言數言命，而束之以此，可知富貴之來，雖曰天命，豈非人事哉！

王成致富的本錢雖得自他人相助，最終仍因不懶惰才得以致富。通篇言天命，以此自縛，可知富貴雖有部分受制於天命，最終能否成事，仍得靠個人自身努力。

1平原：縣名，今山東省平原縣。故家子：世代在朝為官的人家（子弟）。

2生涯：生活。

3牛衣：原指以草或麻編織而成的物品，用以覆蓋在牛身上助其禦寒。此處應指乾草堆。

4交謫：夫妻之間的口角、爭吵。

5燠熱：天氣炎熱。燠，讀作「玉」。

6逡巡：徘徊。逡，讀作「群」的一聲。

7股：量詞，用以計算條狀物。

8鐫：讀作「娟」，銘刻。

9儀賓：明朝稱呼親王、郡王的女婿。

10歘：讀作「乎」，忽然之意。同今「欻」字，是欻的異體字。

11介：忠厚老實。

12遽：急忙、立刻、馬上。

13老嫗：老婦人。嫗，讀作「玉」。

14直：通「值」，價值。

15繾綣：形容男女之間情意纏綿。

16菜色黯焉：長期營養不良，面容消瘦，氣色不佳。

17竈：生火煮飯的地方。同今「灶」字，是灶的異體字。

18市：當動詞用，買。

19徑：通「逕」，直接。

20使姑事之：如待婆婆那樣侍奉她。

21拳拳：通「惓惓」，真摯、真誠、誠懇。

22貲：通「資」，指財物、錢財。

23花粉之金：女人的私房錢。

24委頓：疲累不堪。

25淙淙：擬聲詞，形容流水聲、下雨的聲音。

26淖：讀作「鬧」，汙泥。踁：讀作「靜」，指膝蓋以下、腳踝以上部位，又稱小腿；同今「脛」字，是脛的異體字。

27翔貴：形容物價突然哄抬上漲。

28貝勒：全名為多羅貝勒，乃從滿州話翻譯成漢文。地位等同親王，是清朝賜予皇室和蒙古外藩的封爵名稱。

29鬻：讀作「玉」，賣。

30蹀躞：讀作「蝶墜」，心中焦慮不安，來回踱步。

31鬭鶉：令鵪鶉（讀作「安純」）對戰。鬭，同今「鬥」字，是鬥的異體字。

32慫恿：讀作「聳勇」，用言語蠱惑煽動他人。恿，是「慂」的異體字。

33假寓：租來的寓所。

34徹曙：從晚上直到黎明。

35衢：讀作「渠」，通達四方的大路。

36金盡罔歸：投資的錢財沒有任何回收。

37英物：此指傑出不凡的鵪鶉。

38把：把守、照顧。

39三戰三勝：每戰必勝之意。此「三」並非實指，意謂次數很多。

40大親王：清代封皇子為親王。大親王，是親王之中輩分較高者。

41上元：上元節，即元宵節。

42相角：互相角力、爭鬥。

43脫：倘若，推想未來可能發生之事。

44肩摩于墀下：摩肩接踵於臺階下。墀，讀作「持」。

45騰踔：振翅跳起，奮力攻擊對方。踔，讀作「卓」。

46怒脈：氣勢凶猛的血脈。

47鎩羽：鳥羽損傷，無法展翅飛翔，比喻遭受挫折失敗。鎩，讀作「砂」。

48頡頏：讀作「鞋航」，難分軒輊。

49一伏時：一個時辰，猶今之兩個小時。

50連城之璧：價值連城的璧玉，比喻極為珍貴的寶物。典故出自《史記・廉頗藺相如列傳》，先秦時代，趙王得到楚國的和氏璧，秦王派人上書給趙王，願以十五座城池交換。

51市廛：市集。廛，讀作「禪」，店鋪之意。

52怏怏：不樂意。

53獲戾：獲罪、得罪。

54懟：怨懟、埋怨。

55靳：此處意謂不減價，堅持原來的價格。

56嫗：讀作「玉」，老婦人。

57訶：大聲喝斥、責罵，通「呵」。

山東省平原縣有個叫王成的人，家中過去世代為官，然他生性懶惰，生活一日不如一日，只剩破屋數間，和妻子睡在草堆上，夫妻之間時常相互埋怨。那時天氣酷熱，村外有戶周家的庭園，屋牆盡毀，只剩一涼亭，村人多住在裡面避暑，王成也在其中。

天亮，在那裡睡覺的人皆離開，日上三竿，王成才起床。在園中走走，正要回家，看見草叢中有支金釵，他撿起，見上面刻有「儀賓府造」小字。王成祖父是衡王府的女婿，家中舊物大多刻有這四字，他拿著金釵猶豫不前。忽有一老婦來尋釵，王成雖家貧，但性情忠厚，立刻把釵還給她。老婦很高興，大力稱讚他拾釵不昧的美德，說：「這釵不值錢，價值在於是先夫的遺物。」王成問：「你夫君是誰？」老婦答：「已故的儀賓王柬之。」王成大驚：「他是我祖父，你們如何認識？」老婦也很驚訝：「你是王柬之的孫子？我是狐仙。一百年前，我和你祖父有過一段情。你祖父死後，我也退隱。我路經此地，掉此金釵，恰落入你手裡，莫非是天意？」王成也曾聽說祖父娶狐狸為妻，信了她的話，邀她同去寒舍。老婦和他一起回家，王成要妻子出來相見，只見她穿著破棉襖，面黃肌瘦，老婦感嘆的說：「唉，王柬之的孫子怎麼潦倒至此啊！」她又去看殘破的爐灶，已許久沒有炊煙，說：「貧窮至此，如何為生？」王妻詳述了貧困情狀，邊說邊哭。老婦把金釵交給王妻，讓她拿去典當，買些白米，並約定三日後再來訪。王成想留老婦同住，老婦說：「你一個妻子都養不活，我留下來也只是坐困愁城，對你有何幫助？」說完便離去。

王成向妻子說明原委，妻子很害怕，王成稱頌老婦對故人之子的情義，要妻子像待婆婆那樣孝敬她，王妻允諾。過了三日，老婦果然又來，她拿了些錢，買了小米和小麥各一石；晚上與王妻同睡一床。王妻起初懼怕，後來發現她很誠懇，便不再懷疑。第二天，老婦對王成說：「孫兒勿要懶惰，可以做小本生意，坐吃山空如何可長久？」王成說自己沒有本錢。老婦說：「你祖父在世時，金帛錢財隨我自取，我是個世外之人，不需凡間之物，所以沒有多拿，只存了四十兩的私房錢，至今仍在。放在我這兒也無用處，你可以全拿去買葛布，即日赴京城販賣，可獲些許利潤。」王成照她所說去做，買了五十幾疋布回來。老婦命他整理行裝，預計六七日可達北京，囑咐道：「宜勤勿懶，宜急勿緩；遲之一日，悔之已晚！」王成允諾。

貨運至半途遇大雨，衣服鞋襪俱濕，王成生平沒吃過苦，困頓不堪，暫住旅店歇息。不想大雨下了一整夜，住了一晚，地上全是爛泥；他見來往行人踏著污泥而過，泥巴淹沒小腿，不想吃這種苦；等到中午，地面才漸乾燥，但天又下起雨，又住了一晚才上路。快抵達京城時，聽聞葛布價錢高漲，心中竊喜；入京，到客棧卸下貨物行李，店主惋惜他來遲一步——先前，南方道路剛開通，葛布很缺，貝勒府急著搶購，價格頓時哄抬，賣至平常的三倍。前一天，府裡才買夠，後來的人，均大失所望。店主告知原委，王成鬱鬱寡歡。過了一日，市面上葛布越來越多，價錢也越低，因沒利潤，王成不肯賣；遲了十多天，吃住費用也是一大筆開銷，更加鬱悶。店主勸他低價賣出，轉做其他生意，王成聽話，虧了十幾兩，全都脫手。他早起，想回家，打開錢袋，錢卻丟失。他跑去告訴店主，店主也無計可施。有人勸他報官，要求店主賠償，王成嘆道：「這是我的命，與店主何干？」店主聽了，覺得他爲人老實，便贈他五兩銀，安慰勸他回鄉。

王成沒有顏面回家見祖母，在京城晃來晃去，不知如何是好。碰巧見人鬥鵪鶉設賭局，下一注就要幾弔錢；買一隻鵪鶉，少說也要百餘錢。忽心生一計，計算錢袋剩下的錢，只夠販賣鵪鶉，便去和店主商

量，店主認爲可行，不收他食宿費。王成大喜，立刻動身，買了一擔鵪鶉，又入京城。店主替他高興，要他快些賣掉。夜晚，大雨下了一整夜，天亮，路上都積水，像條河似的，雨仍不止，王成只好住在客棧等待雨停。連下了幾日雨，沒有停歇的樣子，他看籠中鵪鶉死了許多，大驚，不知該如何是好。第二天，死了更多，僅剩數隻，他便把牠們放在一個籠子裡飼養，過了一晚再去看，只剩一隻活著。王成跑去告訴店主，淚流滿面，店主也爲他惋惜。王成自忖血本無歸，只想尋死，店主安慰勸阻，兩人一同去看那隻僅存的鵪鶉。店主看了，說：「此鳥非凡品，其他鵪鶉可能鬥不過牠而死。反正你閒來也無事，不如好生照料牠；倘若牠眞的擅鬥，拿牠去賭也可謀生。」王成照他所說去做。待訓練好鵪鶉，店主要他拿到街頭賭酒食。鵪鶉很矯健，每戰皆捷。店主很高興，拿錢給他，讓他去和那些有錢公子哥兒賭，每戰必勝。過了半年，王成存了二十兩銀，心中甚感欣慰，視鵪鶉如性命。

先前，大親王喜鬥鵪鶉，每逢元宵便開放王府，讓那些豢養鵪鶉的人賭鬥。店主對王成說：「現在發財的機會來了，但能否成功還要看你運氣。」店主告知此事，領他一同前去。店主囑咐：「倘若鬥敗，就垂頭喪氣離開。假若有萬分之一機會鬥贏，親王一定想跟你買，你不要答應；如若他買意甚堅，你看我點頭再賣。」王成答允。兩人到了親王府邸，殿前臺階下擠滿了來鬥鵪鶉的人。不久，親王走出大殿，左右侍從朗聲道：「願鬥鵪鶉的人到前面來。」一人帶著鵪鶉上前，親王命人放鵪鶉，客人也放；親王的鵪鶉略跳躍，客人的鵪鶉敗下陣來。親王大笑。不久，上前與親王鬥鵪鶉的數人皆連敗。店主說：「可以去鬥了。」兩人登階而上。親王一見王成的鵪鶉，說：「這鳥眼睛有氣勢凶猛的血脈，一定驍勇善戰，不可輕敵。」遂命手下取來鳥喙最堅硬的鵪鶉與之鬥。兩隻鵪鶉跳來跳去，親王的鵪鶉被啄傷。親王又選了更好的鵪鶉來鬥，又吃敗仗。親王即命人取來宮中玉鶉，不久取來，白羽如鷺鷥，俊朗不凡。王成有些氣餒，跪求終止比賽：「王爺的鵪鶉是神鳥，恐傷了我的鳥，我以後靠什麼爲生。」親王笑說：「你就放手一搏，倘若你的鳥鬥死，我會厚償賠你。」王成才放手一搏。玉鶉直奔王成的鵪鶉而去，王成的鳥見玉鶉攻來，便像鬥雞般趴在地上蓄勢待發；玉鶉擅啄，王成的鳥如白鶴展翅予以痛擊；二鳥鬥得難分難解，僵持了一個時辰。玉鶉漸居下風，王成的鳥卻鬥志正盛，攻擊更猛烈。沒多久，玉鶉白羽掉落，垂著翅膀逃走。

圍觀數千人，沒有不讚嘆的。親王將王成的鵪鶉放在手中把玩，從喙至爪，仔細審視一遍，問王成：「鵪鶉可賣我嗎？」王成答：「小人身無分文，只剩此鳥相依爲命，不願意賣。」親王說：「我賜你重金，相當於小康的資產，你願意賣嗎？」王成低頭思考很久，說：「本來不願意賣，既然大王如此喜愛，能讓我衣食無虞，又有何求？」親王問他想賣多少，王成答要賣一千兩。親王笑說：「傻子！這是什麼稀世珍寶值一千兩？」王成說：「大王不認爲牠是寶物，小人卻認爲就算拿連城之璧來換也不過分。」親王問：「怎麼說？」王成說：「小人拿此鳥去市集鬥賭，每日可得數兩銀，換幾斗米糧，可保一家人不挨餓受凍，難道不是寶物？」親王說：「我也不讓你吃虧，給你二百兩銀子。」王成搖頭，親王又加一百兩。王成望向店主，主人不動聲色，他又說：「承蒙大王垂愛，就減一百兩。」親王說：「算了！誰肯用九百兩買一隻鵪鶉！」王成將鵪鶉放入籠子正要離開，親王喊道：「養鶉的，養鶉的！我給你六百兩，答應就賣，否則作罷。」王成又看店主，店主仍不動聲色。王成頗爲動心，唯恐失去時機，便說：「賣這麼便宜，心中實不

樂意；若做不成買賣，恐得罪大王。沒法子，只好謹遵王命。」親王大喜，讓人秤了六百兩給他。王成把錢收好，拜謝而出。店主埋怨：「我是怎麼對你說的，你怎麼如此急著賣？再堅持一會兒，八百兩就到手了。」

王成回到客棧，將銀兩放在桌上，請店主自己拿，店主不接受。王成堅持要給，店主便計算他這些日子以來的食宿費，取之。王成整理行裝返鄉，抵家，對家人說了事情經過，拿出錢來，大家都很高興。老婦命他拿錢出來買良田三百畝，蓋房子買家具，儼然富貴人家樣子。老婦黎明即起，讓王成督促家人耕種，王妻督促人織布；稍有偷懶，便大聲斥罵。夫婦二人與老婦相處甚好，不敢埋怨。過了三年，家中越來越富有。老婦欲辭行離去，王成夫婦挽留，直至淚流滿面，老婦才打消離開念頭。第二天一早，老婦已然失去蹤影。

記下奇聞異事的作者如是說：「富貴皆由勤中求，唯獨王成是從懶中得，也是奇聞。要知道，王成一貧如洗，亦不改善良本性，這是上天原先拋棄他、後又憐憫他的主因。否則，懶惰之人怎麼可能致富呢！」

青鳳

太原[1]耿氏，故大家[2]，第宅弘闊。後凌夷[3]，樓舍連亙，半曠廢之。因生怪異，堂門輒自開掩，家人恆中夜駭譁。耿患之，移居別墅，留老翁門焉。由此荒落益甚。或聞笑語歌吹聲。耿有從子[4]去病，狂放不羈。囑翁有所聞見，奔告之。至夜，見樓上燈光明滅，走報生。生欲入覘[5]其異。止之，不聽。門戶素所習識，竟撥蒿蓬[6]，曲折而入。登樓，殊無少異。穿樓而過，聞人語切切。潛窺之，見巨燭雙燒，其明如晝。一叟儒冠南面[7]坐，一媼[8]相對，俱年四十餘。東向一少年，可二十許；右一女郎，裁[9]及笄耳。酒胾[10]滿案，團坐笑語。

生突入，笑呼曰：「有不速之客一人來！」羣驚奔匿。獨叟出叱問：「誰何入人閨闥[11]？」生曰：「此我家閨闥，君占之。旨酒自飲，不一邀主人，毋乃太吝？」叟審睇曰：「非主人也。」生曰：「我狂生耿去病，主人之從子耳。」叟致敬曰：「久仰山斗[12]！」乃揖生入，便呼家人易饌。生止之，叟乃酌客。生曰：「吾輩通家[13]，座客無庸見避，還祈招飲。」叟呼：「孝兒！」俄少年自外入。叟曰：「此豚兒[14]也。」揖而坐，略審門閥。叟自言：「義君姓胡。」生素豪，談議風生，孝兒亦倜儻[15]；傾吐間，雅相愛悅。生二十一，長孝兒二歲，因弟之。叟曰：「聞君祖纂塗山外傳[16]，知之乎？」答：「知之。」叟曰：「我塗山氏之苗裔也。唐以後，譜系[17]猶能憶之；五代[18]而上無傳焉。幸公子一垂教也。」生略述塗山女佐禹之功[19]，粉飾多詞，妙緒泉湧。叟大喜，謂子曰：「今幸得聞所未聞。公子亦非他人，可請阿母及青鳳來共聽之，亦令知我祖德也。」

孝兒入幃中。少時，媪偕女郎出。審顧之，弱態生嬌，秋波流慧，人間無其麗也。叟指媪云：「此為老荊。」又指女郎：「此青鳳鄙人之猶女[20]也。頗惠，所聞見，輒記不忘，故喚令聽之。」生談竟而飲，瞻顧女郎，停睇不轉。女覺之，輒俯其首，生隱躡蓮鉤[21]，女急斂足，亦無慍怒。生神志飛揚，不能自主，拍案曰：「得婦如此，南面王不易也！」媪見生漸醉，益狂，與女俱起，遽搴幃[22]去。生失望，乃辭叟出。而心縈縈，不能忘情于青鳳也。

至夜，復往，則蘭麝[23]猶芳，而凝待終宵，寂無謦欬[24]。歸與妻謀，欲攜家而居之，冀得一遇。妻不從，生乃自往，讀於樓下。夜方凭几，一鬼披髮入，面黑如漆，張目視生。生笑，染指研墨自塗，灼灼然相與對視。鬼慚而去。次夜，更既深，滅燭欲寢，聞樓後發扃[25]，闢之閛[26]然。生急起窺覘，則扉半啟。俄聞履聲細碎，有燭光自房中出。視之，則青鳳也。驟見生，駭而卻退，遽闔雙扉。生長跽[27]而致詞曰：「小生不避險惡，實以卿故。幸無他人，得一握手為笑，死不憾耳。」女遙語曰：「惓惓[28]深情，妾豈不知，但叔閨訓嚴，不敢奉命。」生固哀之云：「亦不敢望肌膚之親，但一見顏色足矣。」女似肯可，啟關出，捉之臂而曳之。生狂喜，相將入樓下，擁而加諸膝。女曰：「幸有夙分[29]；過此一夕，即相思無用矣。」問：「何故？」曰：「阿叔畏君狂，故化厲鬼以相嚇，而君不動也。今已卜居[30]他所，一家皆移什物赴新居，而妾留守，明日即發。」言已，欲去，云：「恐叔歸。」生強止之，欲與為歡。

方持論間，叟掩入。女羞懼無以自容，俛[31]首倚牀，拈帶[32]不語。叟怒曰：「賤婢辱吾門戶！不速去，鞭撻且從其後！」女低頭急去，叟亦出。尾而聽之，訶[33]詬萬端。聞青鳳嚶嚶啜泣。生心意如割，大聲曰：「罪在小生，於青鳳何與？倘宥[34]鳳也，刀鋸鈇鉞[35]，小生願身受之！」良久寂然，生乃歸寢。自此第內絕不復聲息矣。生叔聞而奇之，願售以居，不較直。生喜，攜家口而遷焉。

青鳳
畫樓一角月三更明燭光中
笑語迎聞讀一篇青鳳傳
風流艷福羨狂生

居逾年，甚適，而未嘗須臾忘青鳳也。會清明上墓歸，見小狐二，為犬逼逐。其一投荒竄去，一則皇急道上。望見生，依依哀啼，蓊耳戢首[36]，似乞其援。生憐之，啟裳衿，提抱以歸。閉門，置牀上，則青鳳也。大喜慰問。女曰：「適與婢子戲，遘[37]此大厄。脫非郎君，必葬犬腹。望無以非類見憎。」生曰：「日切懷思，繫於魂夢。見卿如獲異寶，何憎之云！」女曰：「此天數也，不因顛覆，何得相從？然幸矣，婢子必以妾為已死，可與君堅永約耳。」生喜，另舍舍之。

積二年餘，生方夜讀，孝兒忽入。生輟[38]讀，訝詰[39]所來。孝兒伏地，愴然曰：「家君有橫難，非君莫拯。將自詣懇，恐不見納，故以某來。」問：「何事？」曰：「公子識莫三郎否？」曰：「此吾年家子[40]也。」孝兒曰：「明日將過。倘攜有獵狐，望君之留之也。」生曰：「樓下之羞，耿耿在念，他事不敢預聞。必欲僕效綿薄，非青鳳來不可！」孝兒零涕曰：「鳳妹已野死三年矣！」生拂衣曰：「既爾，則恨滋深耳！」執卷高吟，殊不顧瞻。孝兒起，哭失聲，掩面而去。生如青鳳所，告以故。女失色曰：「果救之否？」曰：「救則救之；適不之諾者，亦聊以報前橫[41]耳。」女乃喜曰：「妾少孤，依叔成立。昔雖獲罪，乃家範[42]應爾。」生曰：「誠然，但使人不能無介介耳。卿果死，定不相援。」女笑曰：「忍哉！」

次日，莫三郎果至，鏤膺虎韔[43]，僕從甚赫。生門逆之。見獲禽甚多，中一黑狐，血殷毛革；撫之，皮肉猶溫。便託裘敝，乞得綴補。莫慨然[44]解贈。生即付青鳳，乃與客飲。客既去，女抱狐于懷，三日而甦，展轉[45]復化為叟。舉目見鳳，疑非人間。女歷言其情。叟乃下拜，慚謝前愆[46]。喜顧女曰：「我固謂汝不死，今果然矣。」女謂生曰：「君如念妾，還乞以樓宅相假[47]，使妾得以申返哺[48]之私。」生諾之。叟赧然謝別而去。入夜，果舉家來。由此如家人父子，無復猜忌矣。生齋居，孝兒時共談讌。生嫡出子漸長，遂使傳之；蓋循循善教，有師範[49]焉。◆

1 太原：今屬山西省，為山西省省會。
2 故大家：世代在朝為官的人家（子弟）。
3 凌夷：家道中落、式微。
4 從子：侄兒。從，讀作「粽」。
5 覘：讀作「沾」，觀看、察視。
6 蒿蓬：雜草。蒿，讀作「郝」的一聲。
7 南面：原指帝王，古時以坐南朝北為尊，此處以父為尊。
8 媼：讀作「棉襖」的襖，指老婦人。同今「媼」字，是媼的異體字。
9 裁：僅、只之意。通「纔」、「才」二字。
10 酒胾：美酒佳餚。胾，讀作「自」，以刀切成的大塊肉，此指美食。
11 閨闥：閨房，此處解作內室。闥，讀作「踏」。
12 久仰山斗：初次見面的客套話，久仰泰山北斗。
13 通家：此處指世交。
14 豚兒：吾兒，介紹自己兒子的謙辭。
15 倜儻：讀作「替躺」，指為人瀟灑豪邁，行事不拘小節。
16 塗山外傳：蒲松齡杜撰的書名。此書記載了禹的妻子塗山氏奇聞軼事，一說，塗山氏是九尾白狐的女兒。此處的《塗山外傳》，指記載狐族神話傳說的書籍。
17 譜系：族譜，記載家族源流的譜表。
18 五代：自唐朝滅亡後至宋朝建國的一段時期，各地藩鎮擁兵自立建國，分別為梁、唐、晉、漢、周五國，史稱後梁、後唐、後晉、後漢、後周。
19 塗山女佐禹之功：傳言，塗山女是一隻九尾白狐，嫁給禹為妻，助他治理洪水有功。
20 猶女：侄女。
21 蓮鉤：古代女子纏足後的金蓮小腳。
22 遽：急忙、立刻、馬上。搴幃：掀開幃帳；搴，讀作「千」，掀開、撩起。
23 蘭麝：婦女身上所散發的體香。
24 謦欬：讀作「慶慨」，笑語聲。
25 發扃：把門打開。扃，讀作「窘」的一聲，當名詞用，指門閂。
26 閛：讀作「烹」，擬聲詞，形容關上門的聲音。
27 跽：讀作「季」，古代跪禮的一種，臀部不著腳跟，直身挺腰。
28 惓惓：真摯、真誠、誠懇。
29 夙分：宿世的緣分，意即前世有緣。
30 卜居：另擇新居，搬家之意。
31 俛：低頭。同今「俯」字，是俯的異體字。
32 拈帶：以手指搓衣帶，此處藉拈帶之舉，表示女主角心慌意亂、害怕不安。
33 訶：通「呵」，大聲喝斥、責罵。
34 宥：讀作「右」，容忍、寬容、寬恕。
35 刀鋸鈇鉞：此四者皆古代刑具名稱。鈇鉞，讀作「夫月」。
36 蒻耳輯首：耳朵下垂，縮著頭。蒻，讀作「踏」，指草。
37 遘：遭逢、遭遇。
38 輟：半途停止、中斷某事。
39 詰：讀作「傑」，問。
40 年家子：科舉制度時代，彼此稱呼同年上榜的人為年家。年家子，指其後代。
41 橫：粗暴、蠻橫不講理。
42 家範：家中所訂下的規矩。
43 鏤膺虎韔：飾以鏤金的馬胸帶，以及用虎皮製成的弓箭袋，襯托主人顯赫的氣勢。韔，讀作「唱」，弓箭袋。
44 慨然：爽快、不猶豫。
45 展轉：同「輾轉」，此處指翻過身來。
46 愆：讀作「千」，過錯、過失、罪行。
47 假：出借。
48 返哺：子女報答父母的養育之恩。
49 師範：為人師表的楷模。

◆**何守奇評點**：鳳之愛生甚摯，而待之又甚誠，卒脫其死以及其叔，孰謂狂生不可近乎？叟家范綦嚴，觀孝兒可為師，青鳳不敢懟可見。何物老狐，乃有此家法。

青鳳情意真摯的愛著耿生，亦誠懇對待他，還以死擺脫自己叔父控制，誰說，自大妄為之人不可近呢？老先生家規嚴謹，光看孝兒可為人師表、青鳳對叔父並不埋怨憤恨，便可知。什麼樣的老狐狸，治家竟如此嚴謹！

山西太原耿家，家族世代出仕，宅院宏偉；家道中落後，連綿樓宇荒廢大半，時有怪異之事——大門經常自動開闔，嚇得家人半夜常驚聲呼叫。耿老爺爲此困擾，搬到別墅去住，只留一名老翁看門。從此，宅院更加荒涼。耿老爺的侄兒名喚去病，爲人狂放不羈，囑咐守門老翁，若見異狀，務必告知。夜晚，老翁看見樓上燈火忽明忽暗，跑去告訴耿生。耿生欲進入查看異狀，老翁勸阻，不聽；他熟悉耿府路徑，拿手撥開雜草，走過彎曲的路進了宅院。登上樓房，不見異狀，穿過樓臺時，聞有人竊竊私語，偷溜進去查看，見房裡點著一對蠟燭，明亮如白日。有位老先生頭戴儒冠朝南而坐，一名老婦坐其對面，兩人皆四十餘歲；一名少年，面朝東方而坐，年約二十；右方坐著一名女子，才剛滿十五歲。酒肉擺滿桌，眾人坐在一起有說有笑。

耿生突然闖入，高聲笑道：「不請自來的客人來到！」眾人驚嚇，奔走躲藏，僅老先生出來喝斥：「誰人闖入我家房間？」耿生說：「此乃我家房間，你鳩佔鵲巢，只顧自己飲酒，不邀主人，豈不太吝嗇？」老先生仔細審視他一番，說：「你不是此宅主人。」耿生說：「我乃狂人耿去病，主人的侄兒。」老先生說：「久仰！」作揖請耿生入席，又喚家人更換酒菜，耿生表示不必勞煩，老先生便爲他斟酒。耿生說：「我們是世交，方才的座上客無須避諱，還請叫他們來一同共飲。」老先生喚：「孝兒！」不久，少年從外面進來，老先生說：「此乃小兒。」少年向耿生作揖入座。耿生略問其家世，老先生自我介紹：「我叫胡義君。」耿生一向豪邁，談笑風趣，孝兒也爽朗不羈，談話間，互相傾慕。耿生二十一歲，比孝兒年長兩歲，視他爲弟。老先生說：「聽聞你祖輩編纂過一部《塗山外傳》，你可知此事？」耿生答：「知道。」老先生說：「我是塗山一族的後代。唐代之後的族譜還能背得出，五代以前的就失傳了，望公子不吝指教。」耿生便略述塗山女輔佐大禹治水的功績，講述時靈思泉湧，妙語如珠。老先生很高興，對兒子說：「今日有幸，能聽平生所未聞的故事。耿公子也不是外人，可請你母親與青鳳一起來聽，也讓她們知曉我祖上功績。」

孝兒進入帷幕，不久，老婦偕同女子出來。耿生仔細審視女子，柔弱嬌媚，眼波透著聰慧，她的美麗非人間所有。老先生指著老婦說：「此乃拙荊。」又指女子：「此乃青鳳，小人的侄女。頗聰慧，凡所見聞能記住不忘，所以喚她一同來聽。」耿生講完故事舉杯飲酒，一直盯著青鳳看，目不轉睛。青鳳察覺，低下頭，耿生偷偷拿腳踩她小腳，青鳳趕緊縮回，臉上沒有生氣的表情。耿生心神蕩漾，不能自已，拍桌子說：「得妻如此，就算用王位與我交換，我也不肯！」老婦見他已有幾分醉意，越發瘋狂，便與青鳳一同起身，匆忙掀起帷幕離去。耿生很失望，向老先生辭行，心裡仍然牽掛，無法忘記青鳳。

夜晚，又去，青鳳體香猶在，他等待了整晚，沒聽見談笑聲。耿生回去後和妻子商量，想攜家帶眷搬去住，希望再遇青鳳。妻子不答應，耿生便獨自前往，在樓下讀書。夜晚，耿生倚桌而讀，有個披頭散髮的鬼進來。臉如黑漆，瞪著眼睛看著耿生。耿生笑著以手指沾硯臺上的墨汁，塗在自己臉上，目光炯炯，與鬼對視。鬼慚愧而去。第二天晚上，夜深時分，耿生熄滅蠟燭正欲就寢，聽見樓房後面傳來開門聲響，「砰」的一聲，復又關上。他急忙起床前往窺探，門開了一扇。不久，聽聞細碎的腳步聲，有人拿燭火從房間走出，耿生一看，那人是青鳳。她一看見耿生，便驚駭的往後退，趕緊關上門。耿生長跪，對她說：「小生不懼凶險，實在是因爲太想你。幸好四下無人，若能握一下你的手，且對我一笑，雖死無憾。」青鳳隔著門說：「你一番眞情，我豈不知，但叔父管教嚴謹，不敢遵命。」耿生哀求：「我不敢奢望有肌膚之親，只要能見上一面就滿足了。」青鳳似乎答應，開門而出，捉住耿生的手臂，扶他起身。耿生很高興，兩人一同下樓；

回到書齋，將她抱起坐在自己腿上。青鳳說：「幸好還有宿世緣分，得以相見，否則過了今晚，便只能兩地相思。」耿生問她緣由，青鳳說：「叔父懼怕你狂放不羈，所以假扮厲鬼嚇你，誰知你竟不害怕。如今他已搬去別處住，一家人都打點了行囊前往新居，只我一人留守在此，明日也將離去。」言罷，轉身要走，說：「恐怕叔父回來瞧見。」耿生不讓她走，想和她交歡。

正當雙方僵持不下之際，老先生悄無聲息的進入。青鳳羞慚得無地自容，低頭倚床，用手搓著衣帶不語。老先生怒斥：「賤人，壞我家風！還不快走，等一下我用鞭子抽你！」青鳳低頭，急忙離去，老先生跟隨在後，耿生亦尾隨其後，邊走邊聽見老先生大聲斥罵青鳳。聽到她嚶嚶啜泣之聲，耿生心如刀割，大聲道：「錯在小生，與青鳳何干？若你能寬恕青鳳，小生願意承受任何刑罰！」過了很久沒聽見回應，耿生便回去睡覺。從此，宅院再無怪聲傳出。耿生的叔父聽說，覺得詫異，願不計價錢將宅院賣給他。耿生很高興，舉家搬過去住。

住了數年，甚爲舒適，耿生從未忘記青鳳倩影。適逢清明掃完墓正要回去，見兩隻小狐狸被一條狗追，其中一隻往野外奔逃，另一隻則慌張跑到路上。牠望見耿生，跑到他身邊哀號，垂耳縮頭，像在乞求援助。耿生覺得牠可憐，解開衣襟，抱在懷中帶回家；關上門，將狐狸放在床上，牠變成了青鳳。耿生很高興，問她緣由，青鳳說：「剛才和婢女玩耍，逢此大難，若非公子相救，必定葬身犬腹。還望別因我不是人類而嫌棄。」耿生說：「我日思夜想，魂牽夢縈，見你如獲至寶，何來嫌棄之說！」青鳳說：「此乃天意，若非遭逢劫難，如何能跟隨在你身邊？慶幸的是，婢女一定以爲我已死，可以與你長相廝守了。」耿生很高興，另擇房舍安頓她。

過了兩年多，耿生夜晚讀書，孝兒忽然來到。耿生放下書本，驚訝問他怎會來此。孝兒伏在地上，悲傷的說：「家父有劫難，只有你才能救他。他本想親自前來請求，怕你不肯見他，所以派我來。」耿生問他何事？孝兒說：「公子識得莫三郎嗎？」耿生說：「我們的父親是同年上榜的年家。」孝兒說：「明日他會經過此地，若獵得了狐狸，還請你將牠留下。」耿生說：「上回在樓下遭受你父親羞辱，仍耿耿於懷，他的事我可不敢管。若想要我效棉薄之力，非青鳳來求情才行！」孝兒泣道：「鳳妹已經死在野外三年了！」耿生說：「既然如此，我對他的恨更深了！」拿起書本高聲吟誦，再也不理。孝兒起身，失聲痛哭，掩面離去。耿生到青鳳住處告知此事，她臉色慘白的說：「你要救牠嗎？」耿生說：「救是一定要救的，剛才不答允，是爲了報前仇。」青鳳高興的說：「我年幼時，全靠叔父扶養。昔日雖被叔父懲罰，卻也是家規使然。」耿生說：「縱然如此，仍無法釋懷。你若眞死了，我一定不救牠。」青鳳笑說：「你忍心嗎？」

第二天，莫三郎果然前來，他氣勢顯赫的騎著馬，後面跟著一大群隨從。耿生前往迎接。見他獵到的禽獸很多，其中有隻黑狐，血染紅了毛皮。耿生拿手去摸，尚有餘溫，便假託自己的皮衣壞了，想索要這隻黑狐縫補，莫三郎大方送給了他。耿生將黑狐交予青鳳，便招呼客人飲酒。待客人散去，青鳳抱著黑狐，三天後才醒來，翻了個身，化成老先生的模樣。他睜開眼睛看見青鳳，以爲自己已死，青鳳便告知了事情經過。老先生向耿生跪拜，爲從前的過失懺悔，高興的看著青鳳：「我就知道你沒死。」青鳳對耿生說：「你若看在我分上，還請將此宅院相借，讓我能報答叔父養育之恩。」耿生允諾。老先生羞愧的辭謝離開；夜晚，果然攜家帶眷前來，從此宛如一家人，再無猜忌。耿生住在書齋，孝兒常來喝酒聊天。耿生與正妻所生的兒子漸長，拜孝兒爲師，孝兒亦循循善誘，頗有爲人師表之風。

畫皮

太原[1]王生，早行，遇一女郎，抱襆[2]獨奔，甚艱于步。急走趁[3]之，乃二八姝麗。心相愛樂。問：「何夙夜踽踽[4]獨行？」女曰：「行道之人，不能解愁憂，何勞相問。」生曰：「卿何愁憂？或可效力，不辭也。」女黯然曰：「父母貪賂，鬻[5]妾朱門。嫡妒甚，朝詈[6]而夕楚辱之，所弗堪也，將遠遁耳。」問：「何之？」曰：「在亡[7]之人，烏有定所。」生言：「敝廬不遠，即煩枉顧。」女喜，從之。生代攜襆物，導與同歸。女顧室無人，問：「君何無家口？」答云：「齋耳。」女曰：「此所良佳。如憐妾而活之，須祕密，勿洩。」生諾之。乃與寢合。使匿密室，過數日而人不知也。生微告[8]妻。妻陳，疑為大家媵妾[9]，勸遣之。生不聽。

偶適市，遇一道士，顧生而愕。問：「何所遇？」答言：「無之。」道士曰：「君身邪氣縈繞，何言無？」生又力白[10]。道士乃去，曰：「惑哉！世固有死將臨而不悟者！」生以其言異，頗疑女。轉思明明麗人，何至為妖，意道士借魘禳[11]以獵食者。

無何，至齋門，門內杜，不得入。心疑所作，乃踰垝垣[12]。則室門亦閉。躡跡而窗窺之，見一獰鬼，面翠色，齒巉巉[13]如鋸。鋪人皮于榻上，執采筆而繪之；已而擲筆，舉皮，如振衣狀，披於身，遂化為女子。睹此狀，大懼，獸伏而出。急追道士，不知所往。遍跡之，遇於野，長跪乞救。道士曰：「請遣除之。此物亦良苦，甫能覓代者，予亦不忍傷其生。」乃以蠅拂[14]授生，令挂寢門。臨別，約會於青帝廟。

生歸，不敢入齋，乃寢內室，懸拂焉。一更許，聞門外戢戢有聲。自不敢窺也，使妻窺之。但見女子來，望拂子不敢進；立而切齒，良久乃去。少時，復來，罵曰：「道士嚇我。終不然，寧入口而吐之耶！」取拂碎之，壞寢門而入。徑[15]登生床，裂生腹，掬生心而去。妻號。婢入燭之，生已死，腔血狼藉。陳駭涕不敢聲。明日，使弟二郎奔告道士。道士怒曰：「我固憐之，鬼子乃敢爾！」即從生弟來。女子已失所在。既而仰首四望，曰：「幸遁未遠！」問：「南院誰家？」二郎曰：「小生所舍也。」道士曰：「現在君所。」二郎愕然，以為未有。道士問曰：「曾否有不識者一人來？」答曰：「僕早赴青帝廟[16]，良不知。當歸問之。」去，少頃而返，曰：「果有之。晨間一嫗[17]來，欲傭為僕家操作，室人止之，尚在也。」道士曰：「即是物矣。」遂與俱往。

仗木劍，立庭心，呼曰：「孽魅！償我拂子來！」嫗在室，惶遽[18]無色，出門欲遁。道士逐擊之。嫗仆，人皮劃然而脫；化為厲鬼，臥嗥如豬。道士以木劍梟其首[19]；身變作濃煙，匝地[20]作堆。道士出一葫蘆，拔其塞，置煙中，飀飀[21]然如口吸氣，瞬息煙盡。道士塞口入囊。共視人皮，眉目手足，無不備具。道士卷之，如卷畫軸聲，亦囊之，乃別欲去。陳氏拜迎於門，哭求回生之法。道士謝不能。陳益悲，伏地不起。道士沉思曰：「我術淺，誠不能起死。我指一人，或能之，往求必合有效。」問：「何人？」曰：「市上有瘋者，時臥糞土中。試叩而哀之。倘狂辱夫人，夫人勿怒也。」二郎亦習[22]知之。乃別道士，與嫂俱往。

見乞人顛歌道上，鼻涕三尺，穢不可近。陳膝行而前。乞人笑曰：「佳人愛我乎？」陳告之故。又大笑曰：「人盡夫也[23]，活之何為？」陳固哀之。乃曰：「異哉！人死而乞活於我，我閻摩[24]耶？」怒以杖擊陳。陳忍痛受之。市人漸集如堵。乞人咯痰唾盈把，舉向陳吻曰：「食之！」陳紅漲於面，有難色；既思道士之囑，遂強啖焉。覺入喉中，硬如團絮，格格而下，停結胸間。乞人大笑曰：「佳人愛我哉！」遂起行，已，不顧。尾之，入於廟中。迫而求之，不知所在；前後冥搜，殊無端兆，慚恨而歸。

既悼夫亡之慘，又悔食唾之羞，俯仰哀啼，但願即死。方欲展血斂尸，家人竚[25]望，無敢近者。陳抱尸

◆**馮鎮巒評點**：人見呼佳人，我見如獰鬼，人人如我眼，便是魯男子。此心即枯木，聖賢仙佛矣，不然心眼迷，北邙山下土。

一般人看到鬼以為是美女，我見之卻如猙獰的惡鬼，人人如我眼中所見，就是個愚鈍的男人。心如枯木，聖賢仙佛當如是，否則心眼為外在美醜所迷惑，就是那北邙山下一座孤墳。

收腸，且理且哭。哭極聲嘶，頓欲嘔。覺鬲[26]中結物，突奔而出，不及回首，已落腔中。驚而視之，乃人心也。在腔中突突猶躍，熱氣騰蒸如煙然。大異之。急以兩手合腔，極力抱擠，少懈，則氣氤氳[27]自縫中出。乃裂繒帛急束之。以手撫尸，漸溫。覆以衾[28]裯。中夜啟視，有鼻息矣。天明，竟活。為言：「恍惚若夢，但覺腹隱痛耳。」視破處，痂結如錢，尋愈。

異史氏曰：「愚哉世人！明明妖也，而以為美。迷哉愚人！明明忠也，而以為妄。然愛人之色而漁[29]之，妻亦將食人之唾而甘之矣。天道好還，但愚而迷者不寤[30]耳，可哀也夫！」

1 太原：今屬山西省，為山西省省會。
2 襆：讀作「樸」，包袱、行囊。
3 趁：追上去、追趕。
4 踽踽：讀作「舉舉」，孤身一人而行。
5 鬻：讀作「玉」，賣。
6 詈：讀作「立」，罵。
7 亡：逃。
8 微告：暗中告訴。
9 媵妾：古代之陪嫁。媵，讀作「硬」。
10 白：讀作「博」，告訴、告知。
11 魘禳：兩者皆道教法術。魘，讀作「衍」，鎮伏妖魔。禳，讀作「讓」的二聲，消災解厄。
12 垝垣：讀作「鬼圓」，殘破的外牆。
13 巉巉：讀作「蟬蟬」，形容牙齒尖利。
14 蠅拂：驅趕蚊蠅的拂塵，道士經常手持之物。
15 徑：通「逕」，直接。
16 青帝廟：供奉主宰東方天帝的廟宇，此為道教所供奉的神祇。
17 嫗：讀作「玉」，老婦人。
18 惶遽：驚慌失措，害怕慌張。

19 梟其首：古代有梟首的刑罰，即砍斷犯人的頭並高掛示眾。此處指把他的頭斬下。
20 匝地：圍繞、籠罩大地。匝，讀作「紮」。
21 颼颼：讀作「流流」，擬聲詞，形容風吹過的聲音。
22 習：熟稔、知曉。
23 人盡夫也：語出《左傳．桓公十五年》：「人盡夫也，父一而已。」原意是說，父親只有一個，而全天下的男子都可能是你的丈夫，死了可以再找。此處當解作，丈夫死了可以再找，不必執守已故丈夫，與後世所謂「人盡可夫」，形容女子放蕩不守婦道，意義不同。
24 閻摩：指閻羅王。
25 竚：讀作「祝」，站立很久。同今「佇」字，是佇的異體字。
26 鬲：讀作「隔」，此指胸口。通「隔」字。
27 氤氳：讀作「因暈」，煙霧、水氣彌漫的樣子。
28 衾：讀作「親」，被子。
29 漁：以不正當的手段謀取、掠奪。此指漁色，愛好女色之人。
30 寤：通「悟」字，覺悟、醒悟。

山西太原的王生，早上出門，遇一女子，手拿包袱，獨自趕路，舉步艱難。王生追上前去，見是個十六歲的美少女，心中歡喜，遂問：「爲何一大早獨自趕路？」女子說：「你我萍水相逢，就算告訴你，也無法爲我分憂，又何必問呢。」王生說：「姑娘有何煩惱？何不說來聽聽，如果有在下幫得上忙之處，必不推辭。」女子神色黯然的說：「我父母貪財，把我賣給有錢人。正室嫉妒我的美貌，早晚辱罵我，我受不了，決定逃跑。」王生問：「你可有去處？」女子答：「在逃之人，居無定所。」王生說：「寒舍離此不遠，若不嫌棄，可以去我那裡。」女子很高興，隨他而行，王生幫她拿包袱，引她一同回家。女子看房中無人，問：「你沒家眷嗎？」王生說：「此乃我的書齋。」女子說：「此住處甚好。如若可憐我遭遇，請幫我保密，別讓人知曉。」王生允諾，和她一同睡覺；將她藏在密室，過了幾天，無人知曉她藏匿於此。王生暗告妻子此事，妻子陳氏懷疑她是大戶人家的陪嫁，勸丈夫將她送還，王生不聽勸。

王生上街市，碰巧遇到一名道士，道士見到王生一時愕然，問：「你最近遇到了什麼人嗎？」王生答：「沒有。」道士說：「你身上有邪氣纏繞，還說沒有？」王生極力辯解。道士辯不過他，只好離開，說：「看不清眞相啊，世上還眞有死到臨頭不省悟的人！」王生對道士所言頗感怪異，懷疑那名女子就是妖怪，轉念又想，明明是美女，怎麼會是妖，想來是道士藉道術混口飯吃罷了。

沒多久，他走到書齋門口，門內反鎖，無法進入；心中起疑，便翻過殘破圍牆，發現寢室的門也關著。他躡手躡腳的從窗戶往裡窺探，見一面貌猙獰的鬼，臉呈青綠色，牙齒尖銳如鋸子。那鬼將人皮鋪在床上，手拿畫筆在人皮上描繪，畫完，筆一扔，舉起人皮，如抖衣服那樣，將人皮披在身上，變成了美女。王生見狀大驚，像動物那樣蹲低了身子出去。他趕忙去追那道士，已不知所蹤，王生遍尋不著，終於在野外找到，跪地求道士相救。道士說：「把它趕走就好。這鬼也不容易，才剛找到能替它的人，我也不忍傷害它。」便拿了拂塵給王生，讓他掛在寢室門口。臨別，約好下次在青帝廟碰面。

王生回去後，不敢進書齋，逕至寢室睡覺，將拂塵懸掛在門口。一更左右，王生聽到門外傳來聲響，不敢看，要妻子去瞧。妻子見那女子前來，望見拂塵不敢進房，站著咬牙切齒，許久才去。不久，又來，罵道：「臭道士竟敢嚇我，到嘴的肥肉豈有吐出來之理！」她取下拂塵絞碎它，打破寢室的門進入，直接上了王生的床，撕其胸膛，掏其心後才離開。妻子見丈夫慘死，號啕大哭。婢女拿燭火進來一照，察覺王生已死，胸口血跡斑斑。陳氏流淚不敢作聲。第二天，派王生之弟二郎告知道士此事，道士聽完，怒道：「我可憐你，不忍下殺手，鬼物竟敢如此放肆！」便隨二郎回去，女子已不見蹤影。道士接著抬頭四處張望，說：「幸好沒跑遠！」又問，「南院是何人居所？」二郎說：「是小弟的寒舍。」道士說：「那鬼如今在你家。」二郎驚愕不已，認爲不可能。道士問：「有否陌生人來過？」二郎答：「我一早便趕往青帝廟，不甚清楚家中情況。我回去問問。」二郎回去，不久又回來，說：「果然有。早晨一名老婦前來，應徵家中幫傭工人，家人留她下來，她還在。」道士說：「那就是了。」兩人一同前往。

道士持木劍，站在庭中，大喝道：「妖孽！還我拂塵來！」老婦在房中驚慌失措，想奪門而出，道士追去將她斬殺。老婦倒地，人皮劃開脫落，變爲厲鬼，倒臥在地發出豬一般的號叫聲。道士拿木劍斬其頭，厲鬼身體化作濃煙消失，繞地堆積成團。道士取出一只葫蘆，拔出塞口，放在煙霧中，葫蘆颼颼然如張

口吸氣，瞬間把煙吸盡。道士將瓶口塞好放入袋裡，兩人一起查看脫下來的人皮，眉眼手足，一一具備。道士捲起人皮，發出捲畫軸般的聲音，亦放入袋中，就要告辭。陳氏跪在門口，哭著哀求起死回生之術。道士婉拒，表示無法可施。陳氏更加傷心，趴在地上不肯起。道士思索：「我法力低微，還無法起死回生。我指點一人，也許他能，你去求他應該有用。」陳氏問那人是誰？道士說：「街市上有位瘋癲之人，時常倒臥泥地。你試著求他，假若他羞辱你，你別生氣。」二郎知他說的是誰，送走道士後，和嫂子一同前往。

見一乞丐在路上瘋瘋癲癲的唱歌，垂著三尺長的鼻涕，污穢得讓人不敢靠近。陳氏跪著爬至他面前，乞丐笑道：「美人愛我嗎？」陳氏告知了事情經過，乞丐又笑道：「夫君死了，再找便是，天下男人何其多，何必執著亡夫，幹嘛要救他？」陳氏仍苦苦哀求，乞丐說：「奇怪！你夫君死了，跑來求我救活，我又不是閻羅王。」氣得拿手杖打陳氏，陳氏忍痛承受。街市人潮漸漸聚集了過來，圍如一堵牆。乞丐在掌上吐了一把痰，將手掌放在陳氏嘴邊，說：「吃了它！」陳氏滿臉通紅，面有難色，想起道士吩咐，便勉強把痰吃下。吞入喉中，如一坨棉絮，硬硬的，好不容易才嚥下，梗在胸口。乞丐大笑道：「美人果然愛我！」便起身而行，叔嫂二人想截住他，他卻頭也不回的往前走。兩人尾隨在後，跟著他來到一間廟，隨即不見蹤影。兩人將廟的前前後後都找了一遍，一個人影都沒瞧見，悔恨而回。

陳氏一邊哀悼夫婿慘死，一邊後悔吃痰之辱，哭哭啼啼，恨不得立即死去。她正打算擦拭血跡，收斂屍體，家人站著看，無人敢靠近。陳氏抱著屍體，將腸子放進了肚子，一邊整理一邊哭泣；哭得聲嘶力竭，突然想吐，感到胸口竟有團東西掉出，還來不及轉過頭去，那團東西已落入屍體胸腔。陳氏大驚，看著，竟是人心。心在胸腔中跳動，熱氣如煙霧冒出，陳氏大感奇怪，急忙用雙手合攏王生胸腔，用力抱擠，不讓熱氣從傷口散逸出去。她撕下一塊布綁緊傷口，再以手摸屍體，漸有溫度；拿被子蓋在他身上，半夜打開觀視，已有呼吸；天亮，竟起死回生。王生說：「恍如在夢中，只覺腹中隱隱作痛。」俯視傷口，結痂如錢幣大小，不久便痊癒。

記下奇聞異事的作者如是說：「愚昧的世人，明明是妖，還以爲她是美女！迷癡的蠢人，道士忠言，卻以爲是虛妄！不光是那些好色之徒，就連他們的妻子也視吃人之痰爲美味。天道報應輪迴，只是愚癡者不覺悟罷了，眞是可悲啊！」

賈兒

楚某翁，賈於外。婦獨居，夢與人交1；醒而捫2之，小丈夫也。察其情，與人異，知為狐。未幾，下牀去，門未開而已逝矣。入暮邀庖嫗3伴焉。有子十歲，素別榻臥，亦招與俱。夜既深，媼兒皆寐，狐復來。婦喃喃如夢語。媼覺，呼之，狐遂去。自是，身忽忽若有亡4。至夜，不敢息燭，戒子睡勿熟。夜闌，兒及媼倚壁少寐。既醒，失婦，意其出遺5；久待不至，始疑。媼懼，不敢往覓。兒執火徧燭之。至他室，則母裸臥其中；近扶之，亦不羞縮。

自是遂狂，歌哭叫詈6，日萬狀。夜厭與人居，另榻寢兒，媼亦遣去。兒每聞母笑語，輒起火7之。母反怒訶8兒，兒亦不為意，因共壯兒膽。然嬉戲無節，日效杇者9，以磚石疊窗上，止之不聽。或去其一石，則滾地作嬌啼，人無敢氣觸之。過數日，兩窗盡塞，無少明。已乃合泥塗壁孔，終日營營，不憚10其勞。塗已，無所作，遂把廚刀霍霍磨之。見者皆憎其頑，不以人齒11。兒宵分隱刀於懷，以瓢12覆燈。伺母囈語，急啟燈，杜門13聲喊。久之無異，乃離門，揚言詐作欲搜狀。欻14有一物，如狸，突奔門隙。急擊之，僅斷其尾，約二寸許，溼血猶滴。初，挑燈起，母便詬罵，兒若弗聞。擊之不中，懊恨而寢。自念雖不即戮，可以幸其不來。

及明，視血跡踰垣15而去。迹之，入何氏園中。至夜果絕，兒竊喜。但見母癡臥如死。未幾，賈人歸，就榻問訊。婦嫚罵，視若仇。兒以狀對。翁驚，延醫藥之。婦瀉藥16詬罵，潛以藥入湯水雜飲之，數日漸

安。父子俱喜。一夜睡醒，失婦所在；父子又覓得於別室。由是復顛，不欲與夫同室處。向夕，竟奔他室。挽之，罵益甚。翁無策，盡扃[17]他扉。婦奔去，則門自闢。翁患之，驅禳[18]備至，殊無少驗。

兒薄暮潛入何氏園，伏莽[19]中，將以探狐所在。月初升，乍聞人語，暗撥蓬科，見二人來飲，一長鬣奴[20]捧壺；衣老棪[21]色。語俱細隱，不甚可辨。移時，聞一人曰：「明日可取白酒一瓻[22]來。」頃之，俱去，惟長鬣獨留，脫衣臥庭石上。審顧之，四肢皆如人，但尾垂後部。兒欲歸，恐狐覺，遂終夜伏。未明，又聞二人以次復來，噥噥入竹叢中。兒乃歸。翁問所往，答：「宿阿伯家。」

適從父入市，見帽肆挂狐尾，乞翁市之。翁不顧。兒牽父衣嬌聒之。翁不忍過拂，市焉◆。父貿易廛[23]中，兒戲弄其側，乘父他顧，盜錢去，沽[24]白酒，寄肆廊。有舅氏城居，素業獵。兒奔其家。舅他出，妗詰[25]母疾，答云：「連朝[26]稍可。又以耗子嚙衣，怒涕不解，故遣我乞獵藥耳。」妗檢櫝[27]，出錢許，裹付兒。兒少之。妗欲作湯餅啖兒。兒覷室無人，自發藥裹，竊盈掬而懷之。乃趨告妗，俾勿舉火[28]，「父待市中，不遑[29]食也。」遂徑[30]出，隱以藥置酒中。遨遊市上，抵暮方歸。父問所在，託在舅家。

兒自是日遊廛肆間。一日，見長鬣人亦雜儔[31]中。兒審之確，陰綴繫[32]之。漸與語，詰其居里，答言：「北村。」亦詢兒，兒偽云：「山洞。」長鬣怪其洞居。兒笑曰：「我世居洞府，君固否耶？」其人益驚，便詰姓氏。兒曰：「我胡氏子，曾在何處，見君從兩郎，顧忘之耶？」其人熟審之，若信若疑。兒微啟下裳，少少露其假尾，曰：「我輩混迹人中，但此物猶存，為可恨耳。」其人問：「在市欲何作？」兒曰：「父遣我沽。」其人亦以沽告。兒問：「沽未？」曰：「吾儕多貧，故常竊時多。」兒曰：「此役[33]亦良苦，耽驚憂[34]。」其人曰：「受主人遣，不得不爾。」因問：「主人伊誰？」曰：「即曩所見兩郎兄弟也。一私北郭王氏婦，一宿東村某翁家。翁家兒大惡，被斷尾，十日始瘥[35]，今復往矣。」言已，欲別，曰：「勿悞[36]我事。」兒曰：「竊之難，不若沽之易。我先沽寄廊下，敬以相贈。我囊中尚有餘錢，不愁沽也。」其人愧無以報。兒曰：「我本同類，何靳些須[37]？暇時，尚當與君痛飲耳。」遂與俱去，取酒授之，乃歸。

◆**但明倫評點**：運籌制勝，如有大帥登壇，不用一卒一騎，佇看滅此朝食。不圖乳臭孺子，遂乃握是智珠。

運籌帷幄，致勝千里，此兒頗有大帥風範，無須一兵一卒，便能一鼓作氣殲滅狐狸。怎料乳臭未乾的小孩，就能如此聰明。

至夜，母竟安寢，不復奔。心知有異，告父同往驗之：則兩狐斃於亭上，一狐死於草中，喙津津尚有血出。酒瓶猶在，持而搖之，未盡也。父驚問：「何不早告？」曰：「此物最靈，一洩，則彼知之。」翁喜曰：「我兒，討狐之陳平[38]也。」於是父子荷[39]狐歸，見一狐禿尾，刀痕儼然。自是遂安。而婦瘠[40]殊甚，心漸明了，但益之嗽，嘔痰輒數升，尋卒。北郭王氏婦，向祟[41]於狐；至是問之，則狐絕而病亦愈。翁由此奇兒，教之騎射。後貴至總戎[42]。

1 交：交配，即性交。
2 捫：讀作「門」，撫摸、觸摸。
3 嫗：讀作「玉」，老婦人。
4 忽忽若有亡：神智迷糊、意識不清。
5 遺：排便、解手。
6 詈：讀作「立」，罵。
7 火：點亮蠟燭。
8 訶：通「呵」，大聲喝斥、責罵。
9 杇者：泥水匠或磚瓦工人。杇，讀作「屋」。
10 憚：讀作「蛋」，畏懼、懼怕。
11 不以人齒：不視他為同類。齒，並列之意。
12 瓢：舀水的勺子。將葫蘆瓜剖成兩半，拿來做盛水器具。
13 杜門：關上門。
14 歘：讀作「乎」，忽然之意。同今「欻」字，是欻的異體字。
15 垣：讀作「圓」，矮牆。
16 瀉藥：把藥倒掉。
17 扃：讀作「窘」的一聲，當動詞用，即鎖門，拴上門外面的門閂。
18 禳，讀作「讓」的二聲，祭祀鬼神，祈求去除疾病災禍。
19 伏莽：蹲伏草叢中。
20 長鬣奴：長鬍子的老僕人。鬣，讀作「烈」，鬍鬚。
21 椶：同今「棕」字，是棕的異體字。
22 瓻：讀作「癡」，裝酒的器具。
23 廛：讀作「禪」，店鋪之意。
24 沽：買。下文的「沽」字依照上下文意，當解作買酒。
25 妗：讀作「晉」，舅媽的尊稱。詰：讀作「傑」，問。
26 連朝：這幾天以來。
27 櫝：讀作「獨」，木盒子。
28 舉火：生火炊飯。
29 不遑：沒空、沒閒工夫。
30 徑：通「逕」，直接。
31 雜儔：此指混雜在人群中。
32 陰綴繫：暗中跟隨。
33 役：差事。
34 耽驚憂：擔驚受怕。耽，通「擔」字。
35 瘥：讀作「釵」的四聲，病癒。
36 悞：阻礙。同今「誤」字，是誤的異體字。
37 何靳些須：哪裡需要吝惜這點東西。靳，讀作「進」。
38 陳平：漢初陽武（今河南省陽武縣）人。施以奇謀，輔佐劉邦平定天下，封曲逆侯。
39 荷：讀作「賀」，背負。
40 瘠：身形消瘦。
41 祟：指鬼神作祟，行害人之事。
42 總戎：軍中的統帥，即總兵。

南方楚地有個人在外經商，妻子在家獨寢一室，夢到與人交合，醒來撫摸那人，竟是個矮小男子；仔細觀察，男子異於常人，才知道那是隻狐狸，沒多久，他下床去，門沒開，便消失了。入夜，婦人邀廚娘陪她共寢；婦人有個十歲大的兒子，一向睡在別處，也招他同睡一室。夜深，廚娘和賈兒都睡著，狐狸又來與她交合，婦人喃喃自語如說夢話。廚娘醒了，大聲呼喊，狐狸才離開。自那次起，婦人精神恍惚，夜晚不敢熄燭，告誡賈兒勿熟睡。夜深，賈兒和廚娘倚牆打盹，兩人醒來，發現婦人已不見，以為出去解手，等了很久都不見她回來，開始懷疑。廚娘害怕，不敢出去尋找。賈兒手拿燭火四處找，走到其他房間，見母親赤裸的睡在那裡，走近前去攙扶，她亦不羞赧退縮。

自那時起，婦人便發狂，唱歌哭喊叫罵，一天當中喜怒哀樂之情俱有。晚上討厭與人同寢一室，叫兒子睡在別張床上，廚娘也遣走。賈兒每次聽見母親有說有笑，便點燈前往查看，母親反而怒罵他，賈兒也不以為意，家人讚他膽識過人。他頑皮嬉鬧無所節制，白天效法泥水匠，用磚石堆疊在窗戶上，勸止不聽。若有人拿走一塊石頭，賈兒便在地上打滾哭鬧，無人敢招惹他。過了幾天，兩扇窗戶都塞滿了石頭，透不進光。接著，賈兒又拿泥巴塗滿牆上孔隙，整天忙碌，不懼勞苦；塗滿後，無事可做，便去廚房磨菜刀。看到的人都討厭他的頑劣，不把他當常人看待。賈兒每晚藏刀於懷中，用勺子蓋住燈，待母親說夢話，急忙開燈，關門大喊。等到沒有異狀，才離開門邊，揚言假裝要搜屋。忽有一個東西，形似狐，衝到門縫邊，賈兒拿刀砍去，只砍斷尾巴，長約兩寸，上面還滴著血。剛才他起床掀開燈罩，母親便大罵，賈兒當作沒聽見；沒能殺掉狐狸，懊惱就寢，心想雖沒殺成，起碼不敢再來。

第二天天亮，賈兒看到血跡翻過矮牆而逃，循著血跡，一路來到何家庭院。夜晚，狐狸果未再來，他心中竊喜，但母親呆臥床上如死了一般。不久，商人回來，走到妻子床邊慰問，妻子張口大罵，把丈夫當仇人，賈兒於是告知狐妖騷擾之事。商人大驚，請大夫診治，妻子將藥湯灑了一地，不斷罵著。商人把藥摻入湯水餵她喝下，過了幾日，妻子情緒逐漸穩定，商人父子都很高興。有天睡醒，婦人失蹤，父子又在其他房間找到她，從此舊態復萌，不想和丈夫共寢一室。一到傍晚，便直奔其他房間，要是拉住她，就會罵得更凶。商人無計可施，只能鎖上所有房門，但婦人一過去，門便自動打開。商人十分苦惱，找人作法驅妖，也無靈驗。

有天黃昏，賈兒溜進何家庭院，蹲在草叢，想探查狐狸藏匿之處。月亮初升，突聽到有人說話，他偷偷撥開雜草，見兩個人來園子飲酒，又有一名著深棕色衣服的長鬍奴，捧著酒壺前來。那兩人說話聲很輕，聽不清楚，不久，一人說：「明日可取白酒一瓶來。」後兩人都離開，只剩長鬚老奴，脫下衣裳躺在庭中石頭上，賈兒仔細端詳，見四肢皆與人同，僅有條尾巴垂在後。他想回家，又怕狐狸察覺，只好整夜趴在草叢裡。天還沒亮，又聽那兩人先後折回，噥噥絮語走入竹叢中。賈兒這才回家，商人問他去了哪兒，賈兒答：「住在阿伯家。」

賈兒和父親逛市集，見到帽店掛著狐尾，要求父親買下。商人不買，賈兒便拉扯父親衣服撒嬌。商人不忍掃興，買了。商人到店鋪做買賣，賈兒在他身邊玩耍，趁父親看往他處，把錢偷走，買了瓶白酒，寄放在店鋪走廊下。賈兒有個舅父住在城中，以打獵為生；他跑到舅父家，舅父外出，舅母問起他母親病

況，賈兒答：「近日才好些，又因老鼠把她的衣服咬破，哭鬧發怒不休，所以派我來拿老鼠藥。」舅母打開櫃子，拿了一錢的老鼠藥包好交給他，但賈兒覺得太少。舅母欲煮湯麵給他吃，賈兒見房中無人，拿出藥包，偷了一大把老鼠藥揣在懷中，又跑去告訴舅母，不要煮飯：「父親還在市集等我，沒空吃。」便直接離開，偷偷將老鼠藥放進酒瓶中，又在街市閒逛，傍晚才回家。父親問他去哪兒，託言在舅父家。

自那日起，賈兒便在市集商鋪閒逛。有天，見到長鬚奴也混在人群中，確認他就是那日在何家庭園所見之人，便暗中跟隨。賈兒上前與之交談，問他住在何處，長鬚奴答：「北村。」長鬚奴也以此問賈兒，賈兒騙他：「山洞。」長鬚奴覺得奇怪，哪有人住山洞？賈兒笑說：「我祖上世代住在洞府中，你難道不是嗎？」長鬚奴更加驚訝，便問他姓氏。賈兒說：「我乃胡家的兒子。我曾在某處見過你和兩位公子，難道你忘了？」長鬚奴仔細觀看，半信半疑。賈兒略打開衣裳下襬，露了一點假狐尾出來，說：「我們狐族混在人群中，只餘這尾巴還在，眞是討厭。」長鬚奴問：「你在市集做甚？」賈兒說：「父親叫我買酒。」長鬚奴說他也是來買酒。賈兒問：「買了沒？」長鬚奴說：「我們往往貧窮，所以大多去偷。」賈兒說：「此差事也不好辦，時常要擔驚受怕。」長鬚奴說：「主人有命，不得不爲。」賈兒又問：「你家主人是誰？」長鬚奴答：「就是你先前所見那兩兄弟。一個私通北郊王家媳婦，一個在東村某翁家和他妻子過夜。那老翁家的兒子太壞，將主人尾巴砍斷，十日才痊癒，現在又去那裡睡了。」說完，轉身要走，又說：「不要耽誤我辦事。」賈兒說：「偷竊不易，沒有買酒來得容易。我先前買好了酒放在店鋪走廊下，先送給你。我袋中尚有餘錢，不怕買不到。」長鬚奴慚愧得無以爲報，賈兒說：「我們本屬同類，何須言謝？待得閒暇時，還要與你痛飲一番。」兩人便一起前往，賈兒拿酒給他，這才回家。

夜晚，母親就得安穩，不再跑到別處睡。賈兒知道自己計策奏效，便將經過告訴父親，兩人一同前往查驗——一隻狐狸死在涼亭上，一隻死在草叢中，嘴邊還有血流出。酒瓶還在，賈兒拿起來搖了搖，酒還有剩。商人驚訝的問：「你怎不早將計策告訴我？」賈兒說：「狐狸最有靈性，消息一旦外洩，他們就會知曉。」商人大喜道：「吾兒是討伐狐狸的陳平。」父子二人便揹著狐狸回家，見一隻狐狸沒了尾巴，刀痕猶在。從此以後，家宅平安。婦人越見消瘦，恢復了神智，但咳嗽越發嚴重，咳痰數斗，不久痊癒。北郊王家媳婦，向來被狐妖侵擾，商人前往詢問，狐狸除掉後，她的病亦隨之痊癒。商人自此發現兒子聰穎過人，教他騎射，長大後官至總兵。

蛇癖

予鄉王蒲令之僕呂奉寧，性嗜蛇。每得小蛇，則全吞之，如啖[1]蔥狀。大者，以刀寸寸斷之，始掬以食。嚼之錚錚[2]，血水沾頤。且善嗅，嘗隔牆聞蛇香，急奔牆外，果得蛇盈尺。時無佩刀，先噬其頭，尾尚蜿蜒[3]於口際。

我的同鄉王蒲令有個僕人名叫呂奉寧，喜吃蛇。每次得到小蛇，便放進嘴裡，如食蔥一般。大蛇，則用刀切成一段段，才拿起來吃。咀嚼聲錚錚作響，血水流到了下巴。

他還擅長聞出蛇的味道，曾隔牆聞到蛇的香味，急忙跑到牆外，果然尋到一尺長大蛇。那時沒帶佩刀，就先把蛇頭咬掉，尾巴還在他嘴巴外不停擺動。

1 啖：吃。同今「啖」字，是啖的異體字。
2 錚錚：擬聲詞，形容金屬或玉石相互碰撞，所發出的聲音。
3 蜿蜒：蛇爬行的樣子。

卷二 02

壽命長短天注定，人力如何能更改？
況且，在通達之人看來，生死無別，
何必認為生才是快樂，死就是痛苦呢？

金世成

金世成，長山①人。素不檢。忽出家作頭陀②。類顛③，啗④不潔以為美。犬羊遺穢於前，輒伏噉⑤之。自號為佛。愚民婦異其所為，執弟子禮者以千萬計。金訶使食矢⑥，無敢違者。創殿閣，所費不貲⑦，人咸樂輸⑧之。邑令南公⑨惡其怪，執而笞⑩之，使修聖廟⑪。門人競相告曰：「佛遭難！」爭募救之。宮殿旬月⑫而成，其金錢之集，尤捷於酷吏之追呼也。

異史氏曰：「予聞金道人，人皆就其名而呼之，謂為『今世成佛』。品至啗穢，極矣。笞之不足辱，罰之適有濟⑬，南令公處法何良也！然學宮圮⑭而煩妖道，亦士大夫⑮之羞矣。」◆

山東省鄒平縣人氏金世成，素來行爲不檢，忽然出家當行腳僧；行徑跟瘋癲沒兩樣，吃污穢之物以爲美食——犬羊的排泄物，他趴下，拿來就吃。自稱是佛。愚民百姓覺得他行爲怪異，以爲他眞是活佛轉世，拜他爲師者千萬人之多。金世成喝斥這些人吃屎，無人敢違背。他建寺殿，花費頗多，人人都樂於捐錢。知縣南大人厭惡他這種怪異行爲，將他抓來處以鞭刑，命他修繕孔廟。他門下弟子競相走告：「佛有難了！」眾人爭相募款救他。孔廟一個月便建好，金錢募集之速，尤勝殘暴官吏向百姓追討稅賦。

記下奇聞異事的作者如是說：「我聽說此姓金的僧人，大家因其名稱之『今世成佛』。他吃糞便，品格低賤至極，鞭刑不足以污辱他，罰他修廟才能達到預期效果，南大人處置甚妙！然孔廟居然得靠此妖僧的名望募款修建，簡直玷污了天底下讀書人。」

1 長山：地名，今山東省鄒平縣。

2 頭陀：佛教用語，梵語轉譯，指去除煩惱，意譯為抖擻、棄除、沙汰等。俗稱，行腳托缽的出家人。

3 顛：瘋癲。

4 啗：讀作「旦」，吃。

5 噉：吃。同今「啖」字，是啖的異體字。

6 訶：通「呵」，大聲喝斥、責罵。矢：通「屎」，糞便。

7 不貲：指財物、錢財難以計數。貲，通「資」。

8 輸：捐款。

9 邑令南公：指南之傑，字頤園，今湖北浠水人，康熙十年（西元一六七一年）任長山知縣，曾修學宮、河堤，治績顯著。邑令：知縣、縣令，現今的縣長。

10 笞：讀作「癡」，鞭打。

11 聖廟：孔子廟。孔子：春秋時魯國人，孔丘，字仲尼，後世尊稱至聖先師孔夫子，故孔廟又稱聖廟。

12 旬月：一個月。

13 濟：成效。

14 學宮圮：孔廟崩壞。圮，讀作「痞」，傾倒、崩塌。

15 士大夫：此指讀書人。

◆**劉瀛珍(仙舫)評點**：酷吏追呼，雖可腰纏萬貫，猶或焚香而咒之詛之；至妖道淫僧，謬托仙佛，逼勒修創，傾刻億萬，而人猶私心竊喜，自以為能結善緣。然則金錢之集，豈惟捷於酷吏，抑亦巧於酷吏矣。常見富人家累巨萬，乞丐索一文而吝弗與；及見人募化，則不惜傾囊。竊意其財必悖入之財，而後出以供木雕泥塑之用，為黃冠禿髮所享也。豈不悲哉！

暴虐官吏向百姓追討賦稅，雖可致富，尚且會遭百姓焚香詛咒。那些斂財騙人的僧道，偽托仙佛轉世，向信徒索要錢財，頃刻就得億萬，信徒心中甚至暗喜，自以為在做功德——募集金錢的速度比酷吏向百姓追討賦稅還快，方法也更聰明。經常可見家財萬貫的富人，乞丐討一文錢，吝嗇不給；一見偽托神佛之人募款，卻不惜傾家蕩產的捐錢，這筆錢一定不是拿來塑造佛像，而是被神棍拿去享用。實在可悲啊！

董生

董生，字遐思，青州之西鄙[1]人。冬月薄暮，展被於榻而熾炭焉。方將篝[2]燈，適友人招飲，遂扃戶[3]去。至友人所，座有醫人，善太素脈[4]，偏診諸客。末顧王生九思及董曰：「余閱人多矣，脈之奇無如兩君者：貴脈而有賤兆，壽脈而有促徵[5]。此非鄙人所敢知也。然而董君實甚。」共驚問之。曰：「某至此亦窮於術，未敢臆決。願兩君自慎之。」二人初聞甚駭，既以為模稜語，置不為意。

半夜，董歸，見齋門虛掩，大疑。醺中自憶，必去時忙促，故忘扃鍵[6]。入室，未遑爇火[7]，先以手入衾[8]中，探其溫否。纔[9]一探入，則膩[10]有臥人。大愕，斂手，急火之，竟為姝麗，韶顏稚齒[11]，神仙不殊。狂喜，戲探下體，則毛尾修然。大懼，欲遁。女已醒，出手捉生臂，問：「君何往？」董益懼，戰栗[12]哀求，願仙人憐恕。女笑曰：「何所見而仙我？」董曰：「我不畏首而畏尾。」女又笑曰：「君悞[13]矣。尾於何有？」引董手，強使復探，則髀肉如脂[14]，尻骨童童[15]。笑曰：「何如？醉態矇瞳，不知所見伊何，遂誣人若此。」董固喜其麗，至此益惑，反自咎適然之錯。然疑其所來無因。女曰：「君不憶東鄰之黃髮女[16]乎？屈指移居者，已十年矣。爾時我未笄[17]，君垂髫[18]也。」董恍然曰：「卿周氏之阿瑣耶？」女曰：「是矣。」董曰：「卿言之，我彷彿憶之。十年不見，遂苗條如此！然何遽[19]能來？」女曰：「妾適癡郎四五年，翁姑相繼逝，又不幸為文君[20]。剩妾一身，煢[21]無所依。憶孩時相識者惟君，故來相就。入門已暮，邀飲者適至，遂潛隱以待君歸。待之既久，足冰肌粟[22]，故借被以自溫耳，幸勿見疑。」董喜，解衣共寢，意殊自得。

月餘，漸羸㉓瘦，家人怪問，輒言不自知。久之，面目益支離㉔，乃懼，復造善脈者診之。醫曰：「此妖脈也。前日之死徵驗矣，疾不可為也。」董大哭，不去。醫不得已，為之鍼手灸臍㉕，而贈以藥。囑曰：「如有所遇，力絕之。」董亦自危。既歸，女笑要之。拂然曰：「勿復相糾纏，我行且死！」走不顧。女大慚，亦怒曰：「汝尚欲生耶！」

至夜，董服藥獨寢，甫交睫，夢與女交㉖，醒已遺㉗矣。益恐，移寢於內，妻子火守之。夢如故。窺女子已失所在。積數日，董嘔血斗餘而死◆。

董生

始念無如轉念非
壽夭早已示先機
不教嘔盡心頭血
猶說銷魂錦綉幃

王九思在齋中，見一女子來，悅其美而私之。詰㉘所自，曰：「妾，遐思之鄰也。渠舊與妾善，不意為狐惑而死。此輩妖氣可畏，讀書人宜慎相防。」王益佩之，遂相懽㉙待。居數日，迷罔病瘠。忽夢董曰：「與君好者狐也。殺我矣，又欲殺我友。我已訴之冥府，洩此幽憤。七日之夜，當炷香室外，勿忘卻。」醒而異之。謂女曰：「我病甚，恐將委溝壑[30]，或勸勿室[31]也。」女曰：「命當壽，室亦生；不壽，不室亦死也。」坐與調笑。王心不能自持，又亂之。已而悔之，而不能絕。及暮，插香戶上，女來，拔棄之。夜又夢董來，讓其違囑。次夜，暗囑家人，俟[32]寢後潛炷之。女在榻上，忽驚曰：「又置香耶！」王言：「不知。」女急起得香，又折滅之。入曰：「誰教君為此者？」王曰：「或室人憂病，信巫家作厭禳[33]耳。」女徬徨不樂。家人潛窺香滅，又炷之。女忽歎曰：「君福澤良厚。我誤害遐思而奔子，誠我之過。我將與彼就質於冥曹。君如不忘夙好，勿壞我皮囊也。」逡巡[34]下榻，仆地而死。

燭之，狐也。猶恐其活，遽呼家人，剝其革而懸焉。王病甚，見狐來曰：「我訴諸法曹。法曹謂董君見色而動，死當其罪；但咎我不當惑人，追金丹[35]去，復令還生。皮囊何在？」曰：「家人不知，已脫之矣。」狐慘然曰：「余殺人多矣，今死已晚；然忍哉君乎！」恨恨而去。王病幾危，半年乃瘥[36]。

山東青州西郊的董遐思，冬天傍晚鋪被於床而燒炭，欲點燈就讀，正逢朋友邀約飲宴，即鎖門離去。到友人家中，席間有位精通太素脈的江湖郎中一一替在坐客人診脈，最後診至王九思及董生，說：「我替人診斷無數，沒有一人的脈象比你們二位更離奇：一者富貴脈象卻有貧賤徵兆，一者長壽的脈象卻有早夭之兆。我的醫術有限，不敢妄言。你們二人當中，又以董君的問題更嚴重。」大家驚訝的詢問，郎中說：「我也束手無策，不敢決斷，希望你們二位好自爲之。」兩人乍聽很驚怕，後來認爲郎中說話模稜兩可，便不以爲意。

半夜，董生回家，見書齋門半掩，心中疑惑；酒醉之餘，心想必是離去時匆忙，忘了關門。入內，還沒來得及點燈，將手探入被子底下，查看有否餘溫。手才一探入，覺觸感滑潤，躺著一個人，他大驚，縮收。急忙點燈，發現是個年輕貌美女子，比起仙女毫不遜色，心中大喜，他調戲的摸她下體，發現有條

1 青州之西鄙：青州西方邊遠之地。青州，今山東省青州市。西鄙，西郊。
2 篝：讀作「勾」，當動詞用，點燈。
3 扃戶：扃，讀作「窘」的一聲，當動詞用，即鎖門，拴上門外面的門閂。
4 太素脈：非正統醫術，宋朝以後民間流傳的一種切脈術，可透過切脈得知人的禍福吉凶。
5 促徵：早夭之徵兆。
6 扃鍵：當動詞用，指鎖門。
7 爇火：點燈。爇，讀作「熱」或「若」，燒也。
8 衾：讀作「親」，被子。
9 纔：讀作「才」，僅、只之意。通「裁」、「才」二字。
10 膩：觸感滑潤。
11 韶顏稚齒：年少美麗。
12 戰栗：通「顫慄」。
13 悞：出了差錯。同今「誤」字，是誤的異體字。
14 髀肉如脂：大腿肉肌如油脂滑潤。髀，讀作「碧」，大腿。
15 尻骨：尾椎骨。尻，讀作「靠」的一聲。童童：光禿貌。
16 黃髮女：此指小女孩。
17 笄：未滿十五歲。
18 垂髫：小男孩不束髮，此指小男孩。
19 遽：忽然。
20 文君：指如文君般新寡。漢代卓文君，為富商卓王孫之女，有文才，文君正值新寡，與司馬相如私奔。
21 煢：讀作「瓊」，沒有親人可依靠，孤身一人。
22 粟：指皮膚因寒冷而起雞皮疙瘩。宋．蘇軾〈雪後書北臺〉詩二首之二：「凍合玉樓寒起粟，光搖銀海眩生花。」
23 羸：讀作「雷」，身體瘦弱。
24 支離：形容形貌分裂、分散的人。《莊子．人間世》中有個寓言故事，裏頭一個叫做支離疏的角色，便是形貌有所殘缺之人。
25 鍼灸：鍼，同「針」。針與灸是中醫的兩種醫治方法。針，指醫者以針刺患者周身穴道，以達治病效果。灸，以火點燃艾草，放置在病者穴道處，以治療疾病。兩者可分開，也可合一。
26 交：男女交合，即性交。
27 遺：即夢遺，男人在睡夢中射精。
28 詰：讀作「傑」，問。
29 懽：同今「歡」字，是歡的異體字。
30 委溝壑：屍體丟棄在野外山谷溝渠之間。此指人死去，埋葬於地下。
31 室：行房事。
32 俟：讀作「四」，等待、等候。
33 禳：讀作「讓」的二聲，祭祀鬼神，祈求去除疾病災禍。
34 逡巡：徘徊。逡，讀作「群」的一聲。
35 金丹：指狐狸吐納修練的內丹。
36 瘥：讀作「釵」的四聲，病癒。

◆**但明倫評點**：此時方知促徵之語，乃非模稜。

死到臨頭，才知醫者所言早夭之兆非空穴來風。

長尾巴，大驚，想逃走。女子已醒，伸手捉住他手臂，問要去哪裡？董生越發害怕，顫抖哀求，願仙人憐憫饒恕，他無意冒犯。女子笑道：「何以見得我是仙人？」董生說：「我不懼怕你的容貌，而是怕你的尾巴。」女子又笑道：「你看錯了，哪裡有尾巴？」她牽引董生的手，勉強要他伸手再探，發現她大腿滑潤如油脂，尾椎骨光禿禿。女子笑道：「如何？醉眼朦朧，看不清所見之物，誣陷我至此。」董生愛她美貌，也甚疑惑，反倒自責剛才錯看，又疑她無緣無故憑空而降。女子說：「你忘了住在東邊鄰家的女孩？算算你搬家也已十年，那時我未滿十五歲，你還是個小孩。」董生恍然大悟：「你是周家的阿瑣？」女子答：「正是。」董生說：「聽你一說，我彷彿想起來。十年不見，竟生得如此苗條！你又是如何來到這兒？」女子說：「我嫁給白癡夫君四五年，公婆相繼過世，又不幸新寡，剩我一人，孤獨無依。想起孩提時只與你相識，所以前來投靠。進門天色已晚，邀你飲宴的朋友剛來，我便在此處等你回來。待得久了，手足冰冷，皮膚起了雞皮疙瘩，所以借棉被取暖，請勿懷疑。」董生心喜，脫衣與她共寢，頗爲得意。

過了一個多月，董生身形漸瘦，家人覺得奇怪便相詢，董生說自己也不知道。時間久了，他瘦得不成人形，才開始害怕，又去拜訪那精通太素脈的江湖郎中請他診斷。醫者說：「這是妖脈。前日死兆已應驗，病入膏肓無法可治。」董生大哭，不肯離去。醫者不得已，爲他針灸，贈他醫藥，囑咐：「如遇女色，盡力拒絕。」董生也很害怕。回去後，女子笑著要與他交歡，董生怒道：「勿再糾纏，我都快死了！」女子惱羞成怒：「你還想要命？」夜晚，董生服藥獨寢，才剛合眼，便夢到與那女子交歡，醒來已然夢遺；越發害怕，到內室去睡，妻兒點燈守著他。他又做了那個夢，醒來，女子已不見蹤影。過了數日，董生吐了很多血而死。

王九思在書齋，見一女子前來，貪戀其美色與之歡好，問她從何處來，女子答：「妾，遐思的鄰居。他以前與我交好，不料被狐妖迷惑而死。此種妖物的妖氣可害人，讀書人應當慎防。」王生敬佩她，更加殷勤相待。過了幾日，王生精神恍惚，人也消瘦，忽夢見董生對他說：「與你相好的是狐狸精。她害了我的命，又想害我朋友的命。我已將此事上訴冥府，以洩此恨。連續七夜，在室外點香，不要忘了。」王生醒來覺得詫異，他告訴女子：「我病得很重，可能快死了，請不要再與我同寢。」女子說：「命中若注定長壽，與君同寢也能活命；注定早夭，不近女色也會死。」她坐著與他調情，王生不能把持，又與她交歡，事後雖懊悔，卻無法拒其誘惑。到了傍晚，點香插在門口，女子至，把香拔起丟在地上。晚上，王生又夢到董生託夢，責怪王生沒照他的話做。第二夜，王生暗中囑咐家人，等他睡著後偷偷在門口插香，女子在床上聞到，突然大驚失聲：「你又插香了！」王生裝作不知情。女子急忙起身，拔起香，折斷熄滅，入房問道：「誰教你這麼做的？」王生說：「也許是內人擔憂我病況，相信巫師之言，作法驅邪罷了。」女子心裡七上八下，心中不樂。家人偷窺，見香滅，又點燃插上。女子嘆道：「你福澤深厚，我誤害遐思又來找你，是我的錯，我這就去陰曹地府與他對質。你若看在我們曾經相好分上，不要損毀我的肉身。」她徘徊下床，倒地而死。

王生拿燈一照，是隻狐狸，怕牠又活過來，立刻呼叫家人，將其皮毛剝掉懸掛屋裡。王生病重，狐狸前來，說：「我去冥府法庭申訴，法官說董生見色起意，死了活該，卻責備我不該迷惑他人，便將我所修練金丹追討去，讓我還陽。我肉身何在？」王生說：「家人不知情，已將皮剝了。」狐狸臉色慘白，說：「我殺人無數，現在死都還算遲了，但你怎麼狠得下心！」狐狸忿忿離去。王生病得幾乎快死去，半年後才痊癒。

齕[1]石

新城王欽文[2]太翁家，有圉人[3]王姓，幼入勞山[4]學道。久之，不火食[5]，惟啖松子及白石。徧體生毛。既數年，念母老歸里，漸復火食，猶啖石如故。向日視之，即知石之甘苦酸鹹，如啖芋然。母死，復入山，今又十七八年矣。◆

山東省桓臺縣的王欽文，祖父家中有位王姓馬夫，年幼即入勞山學習道術，時日既久，不吃熟食，只吃些松子和白石，全身長毛。過了數年，思念母親，回家住，又逐漸恢復熟食，但仍吃石頭。他拿著石頭在陽光下照，便知石頭味道，如吃芋頭一般。母親過世，他又回山裡修道，至今已有十七八個年頭。

1 齕：讀作「河」，以牙齒去咬。
2 新城：古縣名，今山東省桓臺縣。王欽文：王士禛的父親，名與敕，字欽文，官至刑部尚書。
3 圉人：本指負責養馬的官員，後指馬夫或養馬的人。圉，讀作「與」。
4 勞山：即嶗山，古稱勞山、牢山，位於今中國青島市，有「海上第一仙山」之譽。
5 火食：將食物煮熟來吃。

◆何守奇評點：不如勿啖更佳。

不如不吃石頭，會更好。

陸判

陵陽[1]朱爾旦，字小明。性豪放。然素鈍，學雖篤，尚未知名。一日，文社[2]眾飲。或戲之云：「君有豪名，能深夜赴十王殿[3]，負得左廊判官[4]來，眾當醵[5]作筵。」蓋陵陽有十王殿，神鬼皆以木雕，妝飾如生。東廡有立判，綠面赤鬚，貌尤獰惡[6]。或夜聞兩廊拷訊聲。入者，毛皆森豎。故眾以此難朱。朱笑起，徑[7]去。居無何，門外大呼曰：「我請髯宗師[8]至矣！」眾皆起。俄負判入，置几上，奉觴酹[9]之三。眾睹之，瑟縮不安於坐。仍請負去。朱又把酒灌地，祝曰：「門生[10]狂率不文，大宗師諒不為怪。荒舍匪[11]遙，合乘興來覓飲，幸勿為畛畦[12]。」乃負之去。

次日，眾果招飲。抵暮，半醉而歸，興未闌[13]，挑燭獨飲。忽有人搴[14]簾入，視之，則判官也。朱起曰：「意[15]吾殆將死矣！前夕冒瀆，今來加斧鑕[16]耶？」判啟濃髯微笑曰：「非也。昨蒙高義相訂，夜偶暇，敬踐達人[17]之約。」朱大悅，牽衣促坐，自起滌器爇火[18]。判曰：「天道溫和，可以冷飲。」朱如命，置瓶案上，奔告家人治肴果。妻聞，大駭，戒勿出，朱不聽，立俟[19]治具以出。易琖交酬[20]，始詢姓氏。曰：「我陸姓，無名字。」與談古典，應答如響。問：「知制藝[21]否」曰：「妍媸[22]亦頗辨之。冥司誦讀，與陽世略同。」陸豪飲，一舉十觥。朱因竟日飲，遂不覺玉山傾頹，伏几醺睡。比醒，則殘燭黃昏，鬼客已去。

自是三兩日輒一來，情益洽，時抵足臥。朱獻窗稿[23]，陸輒紅勒[24]之，都言不佳。一夜，朱醉，先寢。

陸猶自酌。忽醉夢中，覺臟腑微痛；醒而視之，則陸危坐牀前，破腔出腸胃，條條整理。愕曰：「夙無仇怨，何以見殺？」陸笑云：「勿懼，我為君易慧心耳。」從容納腸已，復合之，末以裹足布束朱腰。作用畢，視榻上亦無血迹。腹間覺少麻木。見陸置肉塊几上，問之。曰：「此君心也。作文不快，知君之毛竅塞耳。適在冥間，於千萬心中，揀得佳者一枚，為君易之，留此以補闕[25]數。」乃起，掩扉去。天明解視，則創縫已合，有綖[26]而赤者存焉。自是文思大進，過眼不忘。數日，又出文示陸。陸曰：「可矣。但君福薄，不能大顯貴，鄉、科[27]而已。」問：「何時？」曰：「今歲必魁。」未幾，科試冠軍，秋闈果中經元[28]。同社生素揶揄之；及見闈墨，相視而驚，細詢始知其異。共求朱先容，願納交陸。陸諾之，眾大設以待之。更初，陸至，赤髯生動，目炯炯如電。眾茫乎無色，齒欲相擊；漸引去。

朱乃攜陸歸飲，既醺，朱曰：「湔腸伐胃[29]，受賜已多。尚有一事欲相煩，不知可否？」陸便請命。朱曰：「心腸可易，面目想亦可更。山荊，予結髮人，下體頗亦不惡，但頭面不甚麗人。尚欲煩君刀斧，如何？」陸笑曰：「諾，容徐圖之。」過數日，半夜來叩關。朱急起延入。燭之，見襟裹一物。詰[30]之，曰：「君曩所囑，向艱物色。適得一美人首，敬報君命。」朱撥視，頸血猶溼。陸立促急入，勿驚禽犬。朱慮門戶夜扃[31]。陸至，一手推扉，扉自闢。引至臥室，見夫人側身眠。陸以頭授朱抱之；自於靴中出白刃如匕首，按夫人項，著力如切腐狀，迎刃而解，首落枕畔。急於生懷，取美人頭合項上，詳審端正，而後按捺。已而移枕塞肩際，命朱瘞[32]首靜所，乃去。

朱妻醒，覺頸間微麻，面頰假錯；搓之，得血片。甚駭。呼婢汲盥。婢見面血狼籍，驚絕。濯之，盆水盡赤。舉首則面目全非，又駭極。夫人引鏡自照，錯愕不能自解。朱入告之。因反復細視，則長眉掩鬢，笑靨承顴[33]，畫中人也。解領驗之，有紅綫[34]一周，上下肉色，判然而異。

先是吳侍御有女甚美，未嫁而喪二夫，故十九猶未醮也。上元遊十王殿。時遊人甚雜，內有無賴賊窺而艷之，遂陰訪居里，乘夜梯入；穴寢門，殺一婢於牀下，逼女與淫。女力拒聲喊。賊怒，亦殺之。吳夫人微聞鬧聲，呼婢往視。見尸駭絕。舉家盡起，停尸堂上，置首項側，一門啼號，紛騰終夜。詰旦啟衾[35]，則身在而失其首。遍撻侍女，謂所守不恪，致葬犬腹。侍御告郡。郡嚴限捕賊，三月而罪人弗得。漸有以朱家換頭之異聞吳公者。吳疑之，遣媼探諸其家；入見夫人，駭走以告吳公。公視女尸故存，驚疑無以自決。猜朱以左道[36]殺女，往詰朱。朱曰：「室人夢易其首，實不解其何故。謂僕殺之，則冤也。」吳不信，訟之。收家人鞫[37]之，一如朱言。郡守[38]不能決。朱歸，求計於陸。陸曰：「不難，當使伊女自言之。」吳夜夢女曰：「兒為蘇溪楊大年所賊，無與朱孝廉[39]。彼不艷於其妻，陸判官取兒頭與之易之，是兒身死而頭生也。願勿相仇。」醒告夫人，所夢同。乃言於官。問之，果有楊大年；執而械之，遂伏其罪。吳乃詣朱，請見夫人，由此為翁壻[40]。乃以朱妻首合女尸而葬焉。

朱三入禮闈[41]，皆以場規被放[42]，於是灰心仕進。積三十年，一夕，陸告曰：「君壽不永矣。」問其期，對以五日。「能相救否？」曰：「惟天所命，人何能私？且自達人觀之，生死一耳，何必生之為樂，死之為悲？」朱以為然。即治衣衾棺槨，既竟，盛服而沒。翌日，夫人方扶柩哭，朱忽冉冉自外至。夫人懼。朱曰：「我誠鬼，不異生時。慮爾寡母孤兒，殊戀戀耳。」夫人大慟，涕垂膺。朱依依慰解之。夫人曰：「古有還魂之說，君既有靈，何不再生？」朱曰：「天數不可違也。」問：「在陰司作何務？」曰：「陸判薦我督案務，授有官爵，亦無所苦。」夫人欲再語，朱曰：「陸公與我同來，可設酒饌。」趨而出。夫人依

言營備。但聞室中笑飲，亮氣高聲，宛若生前。半夜窺之，窅然[43]已逝。

自是三數日輒一來，時而留宿繾綣[44]，家中事就便經紀[45]。子瑋方五歲，來輒捉抱，至七八歲則燈下教讀。子亦惠，九歲能文，十五入邑庠[46]，竟不知無父也。從此來漸疏[47]，日月至焉而已。又一夕來，謂夫人曰：「今與卿永訣矣。」問：「何往？」曰：「承帝命為太華卿[48]，行將遠赴，事煩途隔，故不能來。」母子持之哭。曰：「勿爾！兒已成立，家計尚可存活，豈有百歲不折之鸞鳳耶！」顧子曰：「好為人，勿墮父業。十年後一相見耳。」徑出門去，於是遂絕。

後瑋二十五，舉進士，官行人[49]。奉命祭西岳[50]，道經華陰[51]，忽有輿從羽葆[52]，馳衝鹵簿[53]。訝之。審視車中人，其父也。下馬哭伏道左。父停輿曰：「官聲好，我目瞑矣。」瑋伏不起。朱促輿行，火馳不顧。去數步，回望，解佩刀遣人持贈。遙語曰：「佩之當貴。」瑋欲追從，見輿馬人從，飄忽若風，瞬息不見。痛恨良久。抽刀視之，製極精工，鐫[54]字一行，曰：「膽欲大而心欲小，智欲圓而行欲方。」瑋後官至司馬。生五子，曰沈，曰潛，曰沕，曰渾，曰深。一夕，夢父曰：「佩刀宜贈渾也。」從之。渾任為總憲，有政聲。

異史氏曰：「斷鶴續鳧[55]，矯作者妄；移花接木，創始者奇；而況加鑿削於肝腸，施刀錐於頸項者哉？陸公者，可謂媸皮裹妍骨矣[56]。明季至今，為歲不遠，陵陽陸公猶存乎？尚有靈焉否也？為之執鞭[57]，所欣慕焉。◆

◆**何守奇評點**：伐胃湔腸，則慧能破鈍；改頭換面，則媸可使妍。彼終紛擊齒引去者，皆有所畏而不肯為者也。其亦異史氏之寓言也歟？

朱爾旦更換腸胃，可使聰慧，破除愚鈍；朱妻改頭換面，雖貌醜，也能變美。那些見陸判容貌凶惡而齒顫惶恐、直叫朱爾旦引袖離去的文社學友，全都心有所畏懼、不肯與之結交。這難道不是作者寄託於故事的弦外之音嗎？

1 陵陽：古縣名，今安徽省池州市青陽縣陵陽鎮。

2 文社：古代行科舉制度時，生員學子之間，講學、習作的民間團體。

3 十王殿：中國佛教廟宇供奉十位主管地獄閻王，此為原始佛教所無。

4 左廊：東廂，即東面殿宇。判官：民間傳説，輔佐閻王、掌管《生死簿》的冥官。

5 醵：讀作「具」，大夥一起出錢買酒。

6 獰惡：凶狠惡毒。獰，讀作「寧」。

7 徑：通「逕」，直接。

8 髯：臉頰上的鬍鬚。宗師：在此可能有兩種解釋，一指受人尊崇景仰的學者，一為明、清兩代對提督學政（掌管教育行政及各省學校生員之升降考核）的尊稱。不論哪種解釋，此處皆朱爾旦對陸判官的戲稱。

9 酹：讀作「類」，以酒灑地祭祀鬼神。

10 門生：古代科舉制度，考生尊主考官為師，而自稱門生。

11 匪：通「非」字，不。

12 畛畦：讀作「診溪」，本指田間小路，即田埂，此處引申為界限、分界，指陰陽兩界的分隔。

13 興未闌：尚未盡興。

14 搴：讀作「千」，掀起、揭開。

15 意：通「臆」字，猜想、揣測。

16 斧鑕：讀作「府志」，古代刑罰——將人放置鐵砧上，以斧頭砍頭或腰斬。

17 達人：不為世俗觀點拘束，率性而為的人。

18 滌器：洗器皿、酒具。爇火：燒炭火；爇，讀作「熱」或「若」，燒也。

19 俟：讀作「四」，等待、等候。

20 易琖：將自己面前的酒端給對方喝，對方也以此回敬。琖，讀作「展」，玉製的酒杯。交酬：互相勸酒。

21 制藝：八股文的別名。

22 妍媸：讀作「言癡」，美醜、好壞。

23 窗稿：讀書人習慣在窗下作文，平日裡練習寫作的文稿，故稱窗稿。

24 紅勒：用紅筆批改文章。

25 闕：通「缺」字，缺少之意。

26 綖：讀作「言」，線的意思。

27 鄉、科：指考中舉人。

28 秋闈：即鄉試。經元：古代科舉制度以五經（《易》《書》《詩》《禮》《春秋》）取士，鄉試前五名，要選取五經中的第一名，清代稱「經魁」。

29 湔腸伐胃：即更替新的腸胃之意。湔，讀作「堅」，洗。

30 詰：讀作「傑」，問。

31 扃：讀作「窘」的一聲，當動詞用，即鎖門，拴上門外面的門閂。

32 瘞：讀作「意」，用土掩埋、埋葬。

33 顴：眼睛下面，臉頰突起的部分。

34 綫：同今「線」字，是線的異體字。

35 衾：讀作「親」，被子。

36 左道：旁門左道。此指邪術。

37 鞫：讀作「局」，審問、審判。

38 郡守：古代知府的別名。

39 孝廉：舉人。

40 壻：女婿。同今「婿」字，是婿的異體字。

41 禮闈：禮部舉辦的科舉考試，稱會試，在鄉試之後的翌年春季於禮部舉行。

42 場規被放：因違反考場規則而被逐出，或不予錄取。

43 窅然：悵然若失貌，此指什麼也沒有。窅，讀作「咬」。

44 繾綣：形容男女之間情意纏綿。

45 經紀：經營打理。

46 邑庠：古代科舉制度下，對縣學的稱呼。庠，讀作「翔」，學校。

47 踈：稀少。同今「疏」字，是疏的異體字。

48 太華卿：華山的山神。

49 行人：古代官名。執掌朝覲聘問、接待賓客事宜。

50 西岳：華山。

51 華陰：縣名，今陝西省華陰市，位於華山北面，故稱「華陰縣」。

52 羽葆：儀仗中所用，將鳥羽插在柄的頂端，鳥羽垂下如傘蓋。

53 鹵簿：原指古代皇帝出行時的護衛隊，後來一般官員出行的儀仗，亦稱鹵簿。

54 鐫：讀作「娟」，銘刻。

55 斷鶴續鳧：以鶴的長腳，去補野鴨短腳之不足。無論是截斷鶴腳、或補長鴨腳，皆有違鶴與野鴨的自然之性，語出《莊子・駢拇》：「長者不為有餘，短者不為不足，是故鳧脛雖短，續之則憂，鶴脛雖長，斷之則悲。」鳧，讀作「福」，野鴨。

56 媸皮裹妍骨：醜惡的外表，包裹著巧慧之心。

57 執鞭：為某人拿鞭子駕車，表示傾慕願追隨。

朱爾旦，字小明，安徽陵陽人氏，性格豪放，天資駑鈍，雖勤奮好學，仍未中秀才。有天，文社朋友相聚飲宴，眾人開他玩笑：「你一向膽子大，若深夜能去十王殿將東廂的判官揹來，我們湊錢請你喝酒。」陵陽縣有座供奉十殿閻羅的廟宇，裡面神鬼像皆以木頭雕成，栩栩如生。東廂有尊判官立像，綠臉紅鬍，樣貌猙獰；有人曾聽兩廂房傳出拷打問訊聲，入內之人無不毛骨悚然，眾學友便以此為難朱爾旦。朱爾旦笑著起身，直接離去，沒多久，在門外大喊：「我請紅鬍子宗師來了。」眾學友全都站起。不久，朱爾旦揹了判官進來，放在桌上，以酒灑地敬祂三杯酒。眾人見狀，皆瑟縮於座位惶惶不安，要朱爾旦把判官揹走。朱爾旦又將酒灑於地上，說：「學生狂妄無禮，大宗師想必不會怪罪。寒舍離此不遠，何不乘興來尋我暢飲，勿以人神之別、陰陽相隔而推辭。」朱爾旦便揹判官離去。

第二天，眾學友果然叫朱爾旦前去飲酒，傍晚他半醉而回，餘興未了，挑燈獨飲。忽有人掀簾進入，他仔細一看，是那判官。朱爾旦起身，說：「想必我快死了！前夜有所冒犯，今天來捉我去受刑嗎？」判官撥開鬍鬚，笑道：「不是。昨日承蒙閣下相約，夜裡得空，前來赴你這位豪士之約。」朱爾旦大喜，牽著祂的衣服請祂坐下，自己起身洗酒具、燒炭火，準備溫酒。判官說：「天氣溫暖，可以冷飲。」朱爾旦遵其意，將酒瓶放於桌上，跑去告訴家人，要他們準備菜肴水果。朱妻聽說，大驚，告誡他別去，朱爾旦不聽勸阻，站著等候家人備妥菜餚又去。兩人互相勸飲，這才問起判官姓名。判官說：「我姓陸，沒有名字。」朱爾旦與祂談論典故，皆對答如流。朱爾旦問：「祢會作八股文嗎？」判官答：「好壞優劣尚能分辨。陰間誦讀的文章，和陽間大致差不多。」陸判豪飲，一下子喝了十杯。朱爾旦因整日飲酒，不知不覺醉倒，趴在桌上睡著。等到醒來，燒殘的蠟燭閃爍著餘光，鬼客已離開。

此後，陸判每兩三天來一次，兩人感情越來越好，經常抵足而睡。朱爾旦拿出平日習作文章給祂看，陸判便用紅筆批改，都說寫得不好。有天晚上，朱爾旦喝醉了先睡，陸判仍獨自喝酒。朱爾旦醉夢中感覺臟腑隱隱作痛，醒來一看，見陸判端坐床前，正打開他腹腔取出腸胃，井然有序的整理一番。朱爾旦驚訝道：「我和祢無怨無仇，為何殺我？」陸判笑道：「別怕，我不過是幫你換個聰慧的心罷了。」祂從容不迫的放回腸子，又縫合，最後用裹腳布包紮朱爾旦腰部。處理完畢，朱爾旦看床上並無血跡，腹部有點麻木，見陸判將肉塊放在桌上，遂詢問。陸判答：「這是你的心。作文不通暢，知道是你的心竅阻塞，所以我在地府，從千萬顆心當中選了一枚好的，為你替換，留下你這顆心是為了補足缺額。」說完起身，掩門離去。

天亮，朱爾旦解開布條觀看，傷口縫合處已癒合，只剩下紅線；從此文思大進，過目不忘。過了幾天，他又拿文章給陸判看，陸判說：「可以。但你福澤不夠深厚，只能中舉人而已。」朱爾旦問：「什麼時候？」陸判說：「今年必中。」沒多久，朱爾旦科試第一名，鄉試考中經元。文社學友一向拿他取笑，讀他應考的試卷後，相覷驚訝，詳細詢問才知箇中原委，便求朱爾旦幫他們跟陸判說，願與祂結交，陸判也應允。眾人設宴以待。一更初，陸判至，紅鬍鬚隨風飄逸，目光炯炯如閃電，眾人嚇得臉色發白，牙齒打顫。朱爾旦只好將陸判帶走，請祂到家裡飲酒。酒酣耳熱之際，朱爾旦說：「祢幫我換了新的腸胃，承您恩惠已多。還有一事想要相求，不知可否？」陸判請他囑咐。朱爾旦說：「心腸可更替，面貌想必也可更

換。我的結髮妻子下半身不甚討厭，只面貌不太好看，還需勞煩您動刀，您看如何？」陸判笑道：「好，容我替你想想辦法。」

過了幾天，陸判半夜來敲門，朱爾旦急忙起身請祂進屋。他用燭火一照，見陸判懷中裹著一個東西，問祂是何物？陸判說：「你先前囑託我之事，尋找不易。剛好得一美人頭顱，回來向你覆命。」朱爾旦撥開祂衣襟一瞧，那頭顱的頸子尚在滴血，陸判催他趕緊進去，別驚動了家禽與狗。朱爾旦擔心夜晚內室的門已鎖上，陸判一至，以手推門，門自動開了。朱爾旦引祂前往臥室，見妻子側身而眠，陸判便將頭顱交給朱爾旦抱著，自己從靴中取出匕首，按著朱妻的頭，施力如切豆腐般，利刃一割，頭便掉落枕畔。陸判急忙從朱爾旦懷中取美人頭合於頸上，仔細審視確定端正後，才用力按下。接著便將枕頭塞在朱妻肩膀下，要朱爾旦找個僻靜處掩埋切下的頭，這才離去。

朱妻醒來，頸肩略感麻木，臉上皮膚凹凸不平，拿手去搓，掉下一塊血痂。大驚，喚婢女替她梳洗，婢女見夫人臉上血跡斑斑，嚇得險些斷氣。朱妻以水洗臉，整盆水染成紅色，抬頭見面貌截然不同，更加驚怕。她攬鏡自照，錯愕不解。朱爾旦進入，告知事情原委，仔細端看妻子面貌，長眉延伸至鬢邊，笑靨有酒窩，宛如畫中之人。他解開妻子衣領，有一圈紅線，紅線上下皮膚顏色各有不同。

先前吳御史有個女兒容貌極美，還沒出嫁便死了兩個丈夫，所以十九歲還未改嫁。上元節時，前往十王殿遊玩，當時遊客很多，有兩個無賴見她貌美，暗中尋訪她住處。晚上爬梯子進入，敲開寢室的門，在床下殺一婢女，逼吳女與他們交歡。吳女極力反抗，大聲喊叫，賊人惱怒，連她也殺了。吳夫人聽見吵

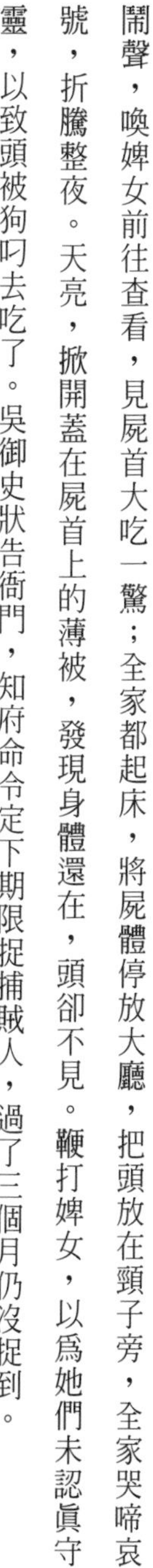

鬧聲，喚婢女前往查看，見屍首大吃一驚；全家都起床，將屍體停放大廳，把頭放在頸子旁，全家哭啼哀號，折騰整夜。天亮，掀開蓋在屍首上的薄被，發現身體還在，頭卻不見。鞭打婢女，以爲她們未認眞守靈，以致頭被狗叼去吃了。吳御史狀告衙門，知府命令定下期限捉捕賊人，過了三個月仍沒捉到。

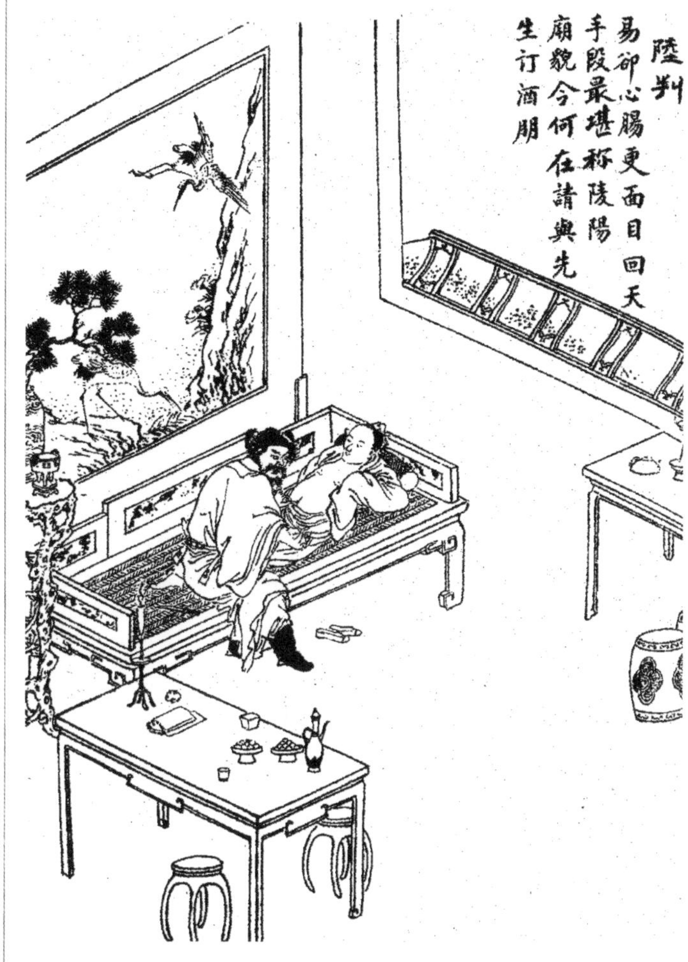

朱爾旦家中換頭之事逐漸傳到吳公耳裡。吳御史有些懷疑，派遣老婦去朱家探看；進入，看到朱妻的頭與吳家小姐的頭一模一樣，驚訝的跑走，稟告吳御史。吳御史見女兒屍體仍在，驚疑不已，猜測朱爾旦以邪術殺了女兒，便前往問他。朱爾旦說：「內人夢見換頭，實不知是何緣故。說我殺了令千金，實在冤枉啊。」吳御史不信其言，告到衙門。收押朱家的人審問，每人供詞皆和朱爾旦一樣，知府無法裁決。朱爾旦回家，找陸判商量此事，陸判說：「此事不難，就讓吳家千金自己去說好了。」吳御史晚上夢見女兒託夢：「女兒被蘇溪的楊大年所害，與朱舉人無關。他覺得他妻子不夠漂亮，陸判官便將我的頭和她的頭調換，是以女兒身雖死，而頭仍活著。希望父親您不要將他當成仇人。」吳御史醒來告訴夫人，她也做了同樣的夢，吳御史便將此事稟告知府；徹查此事，果然有楊大年這個人，捉來嚴刑拷問，遂認罪行。吳御史前往拜訪朱爾旦，請他讓妻子出來相見，從此兩人關係有如翁婿，便將朱妻的頭合在吳千金的屍體上下葬。

朱爾旦三次參加會試，皆因違反考場規則被逐，對仕途心灰意冷。過了三十年，一晚，陸判告訴他：「你的壽命不長了。」朱爾旦問大限何時至，陸判說尚有五日。朱爾旦問：「祢能救我嗎？」陸判說：「壽命長短是天注定的，人力如何能更改？且在通達之人看來，生死無別，何必認爲生才是快樂，死就是痛苦呢？」朱爾旦也覺此言有理，便置辦壽衣棺材等喪葬器具，備妥後，盛裝而死。翌日，朱妻正伏靈柩哭泣，朱爾旦忽從外緩緩飄入，她很恐懼。朱爾旦說：「我雖是鬼，卻與在世時無異，憂慮汝等孤兒寡母，依戀不捨。」朱妻十分悲痛，淚流滿面，朱爾旦勸慰。朱妻說：「古時有還魂傳說，既然你靈魂不散，何不還魂重生？」朱爾旦說：「天數不可違逆。」朱妻問：「你在陰間做何職務？」朱爾旦說：「陸判推薦我管理文書，授有官爵，沒吃什麼苦。」朱妻想再問，朱爾旦說：「陸判與我同來，可備酒菜招待。」說完快步走出，朱妻依言準備。只聞房內飲酒歡笑，聲音嘹亮，宛如他生前時。半夜偷窺，房中空蕩蕩，二鬼已然離去。

從此，朱爾旦每三天來一次，有時留宿與夫人纏綿，順便打理家事。兒子瑋兒那時才五歲大，一過來，朱爾旦便抱起他；待長至七八歲，朱爾旦在燈下教他讀書。瑋兒也很聰慧，九歲就下筆成文，十五歲考中秀才，竟不知父親已死。從此，朱爾旦已沒那麼頻繁回來，幾個月才回一次。有天晚上它回來，告訴妻子：「今日將與你永別了。」朱妻問要去哪裡？朱爾旦說：「奉天帝任命我為華山之神，即將遠行赴任，路途遙遠，所以無法回來。」母子抱頭痛哭。朱爾旦說：「別哭了！兒子已經長大，家中產業也足以過活，豈有百年不散的夫妻！」又望向兒子，說：「好好做人，不要敗壞為父留下的家業。十年後可再見一面。」說完，直接走出門，再也沒回來。

此後，瑋兒二十五歲考中進士，官拜行人，奉聖命去華山祭拜；途經華陰，忽有車馬華蓋快速衝撞儀仗隊伍。瑋兒驚訝之際，審視車中之人，是自己父親，立刻下馬哭伏在路邊。朱爾旦停車，說：「你的政績好，我可以瞑目了。」瑋兒伏地不起。朱爾旦催促車輦啟行，疾馳不回頭，走了數步回頭看，解下佩刀命人拿給瑋兒，遠遠的對他說：「佩此刀則當顯貴。」瑋兒想追上去，見車輦隨從如風般行蹤飄忽，轉瞬消失。瑋兒痛悔很久，抽刀一看，製作異常精巧，刀上刻有一行字，云：「膽子要大，心思要縝密；智慧要圓融，行為要端正。」瑋兒之後官拜司馬，生了五個孩子，分別名為沉、潛、沕、渾、深。一晚，夢見父親託夢：「佩刀宜贈渾兒。」瑋兒聽從父親囑託，渾兒後來官至總憲，政績聲譽極佳。

記下奇聞異事的作者如是說：「截斷鶴的長腿，去補鴨腳之短，是矯揉妄作；移花接木，也算創新之舉；何況是能夠更換心肝腸胃、施刀割換頭顱之人呢！陸判這人，可說醜陋的外表下包裹著巧慧的心思。明朝至今，離時不遠，陵陽陸公如今還在嗎？若他還有靈，我願為他駕車，追隨他左右。」

廟鬼

新城諸生①王啟後者，方伯中宇公象坤②曾孫。見一婦人入室，貌肥黑不揚。笑近坐榻，意甚褻③。王拒之，不去。由此坐臥輒見之。而意堅定，終不搖。婦怒，批其頰④有聲，而亦不甚痛。婦以帶懸梁上，捽⑤與並縊。王不覺自投梁下，引頸作縊狀。人見其足不履地，挺然立空中，即亦不能死。自是病顛，忽曰：「彼將與我投河矣。」望河狂奔，曳之乃止。如此百端，日常數作，術藥罔效。

一日，忽見有武士綰鎖⑥而入，怒叱曰：「樸誠者汝何敢擾！」即縶⑦婦項，自櫺⑧中出。纔⑨至窗外，婦不復人形，目電熌，口血赤如盆。憶城隍廟門中有泥鬼四，絕類其一焉。於是病若失。◆

◆**何守奇評點**：樸誠者為鬼神呵護如此，世多以智巧自矜，何哉？

鬼神會深深護守誠實質樸之人，世上卻多投機取巧且自得不已的人，這是什麼緣故？

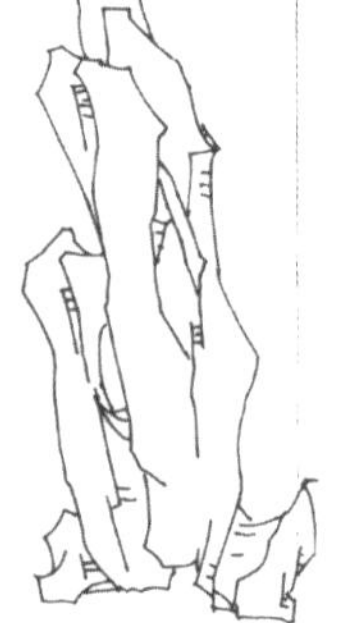

山東省桓臺縣有個叫王啓後的秀才，是山西布政使王象坤的曾孫。他曾見一胖婦進入寢室，膚色黝黑，其貌不揚，笑著走近矮床邊，舉止甚輕薄。王生拒絕她，婦人不肯離去，此後無論坐臥總見到她，但他心意堅定，不曾動搖。婦人大怒，打他一巴掌，聲響很大，卻也不太痛。婦人拿了條帶子懸在梁上，揪著他髮辮，要他一起上吊。王生不知不覺便將脖子伸到吊環上，做出自盡的樣子，旁人見他雙腳不著地，身體挺立半空中，卻也不能死。王生從此瘋癲成疾，會突然說：「她要我一起去跳河。」便朝河狂奔，旁人拽住，才停下腳步。一日之中發作數次，每次都要折騰半天，無論請道士驅邪或大夫診治，皆無效果。

有天，忽見一手臂上纏繞著鐵鏈的武士進入房間，怒斥：「如此誠實質樸的人，汝等鬼怪竟敢騷擾！」便用鐵鏈鎖住婦人頸子，從窗格拉她出去；才剛拖到窗外，婦人變成了妖怪，雙眼閃爍電光，張著血盆大口。王生想起，城隍廟門內有泥塑鬼像四尊，此妖物像極其中之一。王生自此病就好了。

1 新城：古縣名，今山東省桓臺縣。諸生：秀才。
2 方伯：地方長官的通稱，明、清兩代尊稱布政使為方伯。中宇公象坤：王象坤，字中宇，明朝人，官至山西布政使，是王士禎的堂伯祖。
3 褻：讀作「謝」，輕慢、不莊重。
4 批其頰：打巴掌，即掌嘴。批，當動詞用，以手擊打。
5 捽：讀作「族」，揪其髮辮。
6 綰鎖：鎖鏈盤繞在肩膀或手臂上。綰，讀作「晚」，繫、盤繞。
7 縶：讀作「質」，綑綁。
8 櫺：讀作「凌」，窗戶框上或欄杆上雕花的格子。
9 纔：讀作「才」，僅、只之意。通「裁」、「才」二字。

（卷二未完，請見下冊）

參考書目

王邦雄，《莊子內七篇・外秋水・雜天下的現代解讀》（台北：遠流出版社，2013 年 5 月）
王邦雄等著，《中國哲學史》（台北：里仁書局，2006 年 9 月）
牟宗三，《中國哲學十九講》（台北：台灣學生書局，1999 年 9 月）
馬積高、黃鈞主編，《中國古代文學史 1-4 冊》（台北：萬卷樓圖書股份有限公司，2003 年）
張友鶴，《聊齋誌異會校會注會評本》（台北：里仁書局，1991 年 9 月）
郭慶藩，《莊子集釋》（台北：天工出版社，1989 年）
樓宇烈，《王弼集校釋・老子指略》（台北：華正書局，1992 年 12 月）
盧源淡注譯，蒲松齡原著，《聊齋志異》（新北市：台科大圖書股份有限公司，2015 年 3 月）
何明鳳，〈《聊齋誌異》中的「異史氏曰」與評論〉，《文史雜誌》2011 年第 4 期
馮藝超，〈《子不語》正、續二書中殭屍故事初探〉，《東華漢學》第 6 期，2007 年 12 月，頁 189-222
楊清惠，〈論《聊齋志異》王士禎評點的小說敘事觀〉，《彰化師大國文學誌》第 29 期，2014 年 12 月
楊廣敏、張學豔，〈近三十年《聊齋志異》評點研究綜述〉，《蒲松齡研究》2009 年第 4 期
邱黃海，《從「任勢為治」說的形成論韓非思想的蛻變》，國立中央大學哲學研究所博士論文，2007 年 7 月

電子工具書

中央研究院漢籍電子文獻 https://hanji.sinica.edu.tw/
百度百科 http://baike.baidu.com/
佛光大辭典 https://www.fgs.org.tw/fgs_book/fgs_drser.aspx
教育部重編國語辭典修訂本 http://dict.revised.moe.edu.tw/cbdic/
教育部異體字字典 http://dict.variants.moe.edu.tw/
漢語大辭典 http://www.guoxuedashi.net/
維基百科 https://zh.wikipedia.org/zh-tw/

好讀出版　圖說經典24

填寫線上讀者回函
請 掃 描 QRCODE

聊齋志異一：義狐紅顏

原　　著／(清)蒲松齡
編　　撰／曾珮琦
繪　　圖／尤淑瑜
總 編 輯／鄧茵茵
文字編輯／簡綺淇
美術編輯／王廷芬、許志忠
圖片整輯／鄧語葶

發 行 所／好讀出版有限公司
台中市407西屯區工業30路1號
台中市407西屯區大有街13號（編輯部）
TEL:04-23157795　FAX:04-23144188
http://howdo.morningstar.com.tw
(如對本書編輯或內容有意見，請來電或上網告訴我們)
法律顧問／陳思成律師

讀者服務專線：(02)23672044 / (04)23595819#212
讀者傳眞專線：(02)23635741 / (04)23595493
讀者專用信箱：service@morningstar.com.tw
晨星網路書店：http://www.morningstar.com.tw
郵政劃撥：15060393（知己圖書股份有限公司）
如需詳細出版書目、訂書，歡迎洽詢

初版／西元2016年6月1日
初版三刷／西元2023年10月25日
定價／299元
ISBN 978-986-178-382-6
如有破損或裝訂錯誤，請寄回台中市407工業區30路1號更換（好讀倉儲部收）

國家圖書館出版品預行編目資料

聊齋志異一：義狐紅顏／(清)蒲松齡原著；曾珮琦編撰 —— 初版 ——
臺中市：好讀出版有限公司，2016.06
面：　公分 ——（圖說經典；24）
ISBN　978-986-178-382-6（平裝）
857.27　　105003960